Katy Roth

Life hurts sometimes

Playlist zum Buch

Spotify

Youtube

Katy Roth

Life hurts sometimes

Slow Burn Romance

1. Auflage, veröffentlicht 2025.
© 2025 Katy Roth – c/o WirFinden.Es, Naß und Hellie GbR,
Kirchgasse 19, 65817 Eppstein
kontakt.katy@tuta.com

Lektorat: Christine Dreyer - Lektorat Lynx

Verlag: BoD · Books on Demand GmbH, Überseering 33,
22297 Hamburg, bod@bod.de
Druck: Libri Plureos GmbH, Friedensallee 273,
22763 Hamburg

ASIN: B0D2B344P9
ISBN: 978-3-7693-5247-4

Für meine Familie

Rechtlicher Hinweis / Disclaimer

Die in diesem Buch dargestellten Personen, Orte, Firmen und Ereignisse sind frei erfunden. Ähnlichkeiten mit lebenden oder verstorbenen Personen oder realen Begebenheiten sind rein zufällig und nicht beabsichtigt.

Kapitel 1

Liv

Drei Tage zuvor

»Livy, hast du was vergessen?« Sean klingt belustigt.

Ich sitze hier.

Regungslos.

Gefangen in diesem Augenblick, der sich anfühlt, als würde er nie enden. Unfähig, ihn zu begreifen.

Mit tauben Fingern habe ich die erste Nummer gewählt, die mir in den Sinn kam. Doch jetzt, da ich Sean sprechen höre, ist mein Kopf wie leergefegt. Mein Mund öffnet sich, aber mir kommt kein Laut über die Lippen.

»Livy ...?« Sein Tonfall verändert sich.

Er ist verwirrt.

Ich kneife die Augen zusammen, versuche das stärker werdende Zittern zu unterdrücken, aber es ist zwecklos. Ich kralle meine Finger um das Handy, ehe es schrill und unvermittelt aus mir heraus bricht:

»Er ist tot … —«

Ein verzweifeltes Schluchzen folgt. Die Worte hallen laut in meinen Ohren wider. Seit Stunden – *oder waren es nur Minuten?* – schwirren sie mir durch den Kopf. Am anderen Ende der Leitung herrscht einen Moment Stille … dann höre ich sein scharfes Einatmen. Mit einem *Bleib, wo du bist,* beendet er das Gespräch. Ich weiß nicht, wie viel Zeit vergeht. Irgendwann betritt er die Wohnung.

Mit ihm die Polizei.

Rettungskräfte.

Stimmen.

Geräusche.

Doch ich kann mich nicht bewegen. Ich liege auf dem Boden vor dem Schlafzimmer mit dem Handy fest an mein Ohr gepresst.

+++ EILMELDUNG +++

Rockstar Pete Stone verstorben

London – Der Musiker Pete Stone ist tot. Wie das Management am heutigen Montag bestätigte, wurde der 32-jährige Frontsänger der Band *Stellar* am vergangenen Wochenende leblos in seiner Londoner Wohnung aufgefunden.

Herbeigerufene Rettungskräfte konnten nur noch seinen Tod feststellen. Die Ursache ist bislang unklar. Weder das Management noch die Einsatzkräfte haben weitere Details bekannt gegeben. Auch aus dem näheren Umfeld des Musikers war zunächst keine Stellungnahme zu erhalten.

Weltweit trauern Fans um den charismatischen Künstler. Stone hinterlässt seine Bandkollegen sowie seine Verlobte, Olivia Sinclair.

Weitere Informationen zu den Hintergründen sowie ein Rückblick auf das Leben des Musikers folgen im Laufe des Tages.

Heute

Tag drei.

Ich sitze noch immer hier und starre auf die Scherben meiner Realität.

Drei Tage sind vergangen, seit ich zuletzt sein Lachen gehört habe. Drei Tage, seit er mir zum letzten Mal gesagt hat, wie sehr er mich liebt. Drei *verdammte* Tage, in denen mir klar wurde, dass all das nicht genug war.

Meine Eltern und Sean, mein Zwillingsbruder, sind vor dreißig Minuten gegangen. Sie haben die letzten Tage bei mir verbracht und mich keine Sekunde allein gelassen.

Mom hat versucht, in der Wohnung Ordnung zu

schaffen. Immer wenn sie dachte, ich sehe es nicht, vergoss sie lautlos Tränen. Dad hat sich stillschweigend um alles Weitere gekümmert: Telefonate geführt, Fragen beantwortet; Dinge, für die ich keinen Kopf habe.

Und Sean…? Sean hat mich gehalten.

In den Momenten, in denen der Schmerz mich zu zerreißen drohte, war er da. Ruhig, aber so präsent, als könnte allein seine Nähe mich retten. Sie haben kaum geschlafen, kaum gegessen.

Wie ich.

Doch irgendwann musste ich sie wegschicken. Sean war der Letzte, der die Tür hinter sich schloss. Er sah mich eindringlich an und sagte mir damit mehr, als Worte es könnten. Ich nickte. Dann hieß ich die unerträgliche Stille um mich herum willkommen. Jetzt sitze ich im Wohnzimmer, vor *unserem* Fenster, den Blick auf das endlose Lichtermeer Londons gerichtet.

Die Stadt lebt, atmet … *pulsiert.*

Von hier oben wirkt alles friedlich. Ganz so, als hätte es den Zusammenbruch meiner Welt nie gegeben.

Mein Kopf sinkt schwer gegen die kalte Scheibe.

Fünf Jahre haben wir hier gelebt, Pete und ich. Fünf Jahre in diesem Zuhause, in dem wir gelacht, gestritten, uns versöhnt und von der Zukunft geträumt haben.

Und jetzt?

Ich betrachte das halbdunkle Wohnzimmer hinter mir. Es sieht aus wie immer und doch wirkt es fremd.

Das Sofa, auf dem wir unzählige Abende verbracht haben, nimmt den Raum ein. Eine zerknitterte Decke liegt darauf. Mom muss sie gestern über mich gelegt haben, als ich vor Erschöpfung dort eingeschlafen bin. Instinktiv sehe ich zur Ecke neben dem Bücherregal.

Da steht sie.

Seine Gitarre. Ihr dunkles Holz schimmert matt im schwindenden Tageslicht. Das Instrument, das er nie aus der Hand legen konnte. Wie oft hat er hier gesessen und die Finger über die Saiten gleiten lassen, während er leise vor sich hin summte? Ich höre ihn in meiner Erinnerung, als säße er hier jetzt vor mir: ‚*Musik macht alles leichter, Sweetheart.*‘

Nein.

Musik hat ihn nicht gerettet. Liebe hat ihn nicht gerettet. *Ich* habe ihn nicht gerettet. Ich schließe die Augen und der Knoten in meiner Brust zieht sich enger zusammen.

Drei Tage.

Ohne seine Stimme.

Ohne seine Berührungen.

Ohne *ihn.*

Ich sollte aufstehen und die Gitarre wegstellen. Sie aus meinem Sichtfeld verbannen.

Aber ich bleibe sitzen.

Draußen fließt das Leben weiter. Hier oben bleibt nur die Stille — und die Gewissheit, dass sie nie mehr von seiner Musik erfüllt wird.

Mein Telefon vibriert, und ich fahre unwillkürlich zusammen.

Das muss Sean sein.

Er sorgt sich fast noch mehr um mich als Mom. Wie in Trance nehme ich den Anruf an.

»Sean, ich hab dir vor nicht einmal dreißig Minuten gesagt, dass es in Ordnung ist, wenn ihr geht.« Ich merke, wie belegt, fast schon brüchig, meine Stimme ist.

Wem will ich etwas vormachen?

»Ich weiß, Livy. Ich kann dich jetzt nicht im Stich lassen. Lass mich rein, ich stehe vor deiner Tür.« Ich blinzle überrascht und betrachte mein Spiegelbild, das ich auf dem schwarzen Bildschirm des Fernsehers erkenne. Mein sonst makelloses Aussehen hat gelitten.

Die blasse Haut betont die dunklen Schatten unter meinen Augen. Selbst mit Make-up ließen sie sich nicht kaschieren. Die glatten, schwarzen Haare, die ich meist sorgfältig hochstecke, hängen wirr und stumpf herunter. Statt einer meiner dunklen Blusen trage ich ein weites Shirt von Pete, an dem ich mich seit Tagen festhalte.

Ohne zu antworten, beende ich den Anruf und öffne die App für das Sicherheitssystem.

Da steht er.

Sean.

Von seiner gewohnten eleganten Präsenz ist nicht mehr viel übrig. Das Hemd hängt locker über den Bund der maßgeschneiderten Hose und der Stoff wirft Falten. Eine Hand vergräbt er tief in der Tasche, mit der anderen winkt er in die Kamera.

Auf seinen Lippen liegt ein müdes, schiefes Lächeln. Auch unter seinen Augen, die meinen gleichen, zeichnen sich Schatten ab.

Seufzend betätige ich die Türöffnung.

Dann lege ich das Handy weg, setze mich an den Küchentresen und warte. Es dauert nicht einmal zwei Wimpernschläge, bis sich Seans Arme um mich schließen. Die Wärme seines Körpers dringt durch den Stoff meines Shirts. Sein vertrauter Geruch umgibt mich, und mit einem Mal wird mir klar, wie sehr ich ihn gebraucht habe, ohne es zu wissen.

Etwas in mir bricht auf.

Ich will stark bleiben; will ihm nicht noch mehr Sorgen bereiten. Aber der Druck auf meiner Brust wächst und wird unerträglich, bis ich die Tränen nicht mehr zurückhalten kann. Ehe ich es realisiere, drehe ich mich um und schlinge meine Arme um seinen Hals, als hinge mein Leben davon ab.

Und vielleicht tut es das auch.

Das erste Wimmern entkommt mir, ohne dass ich etwas dagegen unternehmen kann. Dann folgt der Rest. Meine Verzweiflung bricht in einem tiefen, gebrochenen Schrei aus mir.

»W-Wieso, Sean … Wieso?«

Er kann mir darauf keine Antwort geben – niemand kann das. Aber es ist die einzige Frage, die wie ein Mantra in meinem Kopf kreist. Doch im Gegensatz zu einem positiven Mantra spendet mir dieses keinen Trost.

Seans Arme schließen sich noch fester um mich, als könnte er mich vor dem Schmerz bewahren, der sich in mir ausbreitet. Seine Wange drückt gegen mein Haar. Ich spüre, wie er mich langsam hin und her wiegt, wie er es schon früher getan hat.

»Ich weiß es nicht, Livy …«

Seine Stimme ist rau vor unterdrückten Emotionen und schwerer, als ich es je gehört habe. Ich kann nicht sagen, ob es die Hilflosigkeit ist, mich so zu sehen, oder ob auch er gegen Tränen kämpft.

Vielleicht beides.

Und zum ersten Mal seit drei Tagen lasse ich die Trauer zu.

Kapitel 2

Liv

Die Tür zum Gästezimmer, in dem ich *schlafe*, steht einen Spalt offen. *Als ob es mir möglich wäre, erholsamen Schlaf zu finden.*

Aus der Küche dringt das Klappern von Geschirr zu mir. Für einen Moment liege ich da und starre an die Decke, während die ersten Sonnenstrahlen durch die halb geöffneten Vorhänge brechen.

Der Morgen bringt einen weiteren Tag mit sich, der keine Antworten bietet. Doch das Geräusch aus der Küche ist wie ein dünner Faden, der mich zurück ins Hier und Jetzt zieht.

Sean ist noch da.

Womit ich einen so wundervollen Bruder verdient habe, ist mir nicht klar. Er bleibt, obwohl ich nichts mehr zu geben habe.

Meine Kehle zieht sich zusammen und wieder brennen mir die Tränen in den Augen. Ich blinzle schnell, um sie zu vertreiben.

Nicht jetzt.

Stattdessen atme ich tief ein, schiebe die Bettdecke zur Seite und stehe langsam auf. Gedämpfte Schritte nähern sich der Tür, und Seans Kopf erscheint im Türrahmen. *Als hätte er gespürt, dass ich aufstehe.*

»Livy, ich hab Frühstück gemacht.«

Er lächelt mir ermunternd zu, was ich vergeblich versuche zu erwidern.

»Okay, Se. Ich komme gleich.«

Der Morgen war *unsere* Zeit. Wir sind beide nicht selten spät nach Hause gekommen. Aber die Zeit der Morgendämmerung haben wir für uns genutzt.

Bis jetzt.

Sean bleibt noch eine Sekunde länger stehen. Wahrscheinlich wartet er ab, ob ich nicht abermals in mich zusammensinke, kaum dass er sich umdreht. Sean ist meine zweite Hälfte und mein bester Freund. Bei all den falschen Menschen, die im Laufe der Jahre versucht haben, sich an uns heranzumachen hat es gereicht, dass wir einander hatten.

Dann kam Pete.

Er trat in mein Leben und machte es heller … in jeder erdenklichen Weise. Er hat einen Schalter umgelegt, von dem ich nicht einmal ahnte, dass er existierte. Mit ihm war da plötzlich Leichtigkeit.

Hoffnung.

Ein Gefühl, dass alles möglich sein könnte.

Bis er ging, und all das mit sich nahm.

Auf die schlimmste Art und Weise.

Ich ziehe meinen Morgenmantel über und betrete den Flur. Der Duft von Tee und Gebäck schlägt mir entgegen. Ein Hauch von Normalität inmitten des Chaos, doch mein Magen verkrampft sich sofort.

Mir wird übel.

Ich schwanke vorwärts, eine Hand sucht Halt an der Wand, die andere presse ich gegen meinen Mund. Der Weg bis ins Badezimmer fühlt sich endlos an. Gerade rechtzeitig schaffe ich es, vor der Toilette auf die Knie zu gehen, bevor ich mich übergebe.

Es ist nicht das erste Mal.

Schon die letzten Tage war mir wiederholt übel. ‚*Was hast du denn erwartet?*‘, zischt eine boshafte Stimme in meinem Kopf.

Wenn du den Menschen, den du liebst, leblos im gemeinsamen Schlafzimmer findest. Wenn du reglos dastehst – machtlos, während er diese Welt für immer verlässt. Wenn es nichts – absolut nichts – gibt, um ihn zurückzuholen.

Mein Magen krampft aufs Neue, doch da ist nichts mehr, was ich loswerden könnte.

»Livy, alles in Ordnung?«

Seans Stimme kämpft sich durch das Rauschen in meinen Ohren. Ich schaue zu ihm auf, als er ins Badezimmer stürmt und neben mir auf den Boden sinkt. Seine Hand streicht mir sanft die wirren Strähnen aus dem Gesicht. Mit dem Daumen verharrt er einen Moment an meiner Schläfe. Er strahlt so viel Kummer aus, dass ich mich dafür schäme, ihm diesen Anblick zuzumuten. Ich bekomme ein schwaches Nicken zustande.

»J-Ja … ich weiß nicht. Mir ist schlecht geworden.« Er sagt nichts, verschwindet kurz und erscheint daraufhin mit einem feuchten Tuch. Dankbar nehme ich es und presse den kühlen Stoff gegen meine brennende Stirn.

»Es geht schon wieder«, murmele ich und lasse mich erschöpft an die Wand fallen. Die Wärme der beheizten Fliesen unter mir lindert das Zittern in meinen Beinen. Der Schüttelfrost verzieht sich, doch die schwere Müdigkeit hat sich festgesetzt.

Sean bleibt stehen und betrachtet mich wachsam.

In seinen Augen kann ich ernsthafte Sorge erkennen.

»Ich rufe Mom an.«

Ich öffne den Mund, um zu protestieren, aber da hat er sich schon umgedreht und gibt ein gemurmeltes *Das ist gar nicht gut* von sich. Ehe ich fragen kann, was er meint, höre ich ihn im Nebenraum sprechen.

Super …

Ich liebe meine Familie. Aber nach fast vier Tagen, in denen sie ununterbrochen um mich herum waren, fühle ich mich wie in Watte gepackt.

Weich, sicher; kurz vorm Ersticken.

Sie lassen mir keinen Raum, um mich in meine Trauer zurückzuziehen – genau das will ich jetzt eigentlich tun.

Allein sein. Nicht reden. Im *Nichts* versinken.

Ich lehne den Kopf gegen die Wand und schließe die Augen. Sean und ich arbeiten beide in der *Holding*, die unser Dad gegründet hat. Sean hat letztes Jahr den Posten als operativer Geschäftsführer übernommen und ich leite die Abteilung Unternehmensstrategie. Das ist der einzige Grund, warum wir an einem Montagmorgen hier sitzen, ohne befürchten zu müssen, unsere Jobs zu verlieren. Ich habe fürs Erste frei genommen und wie ich Sean kenne, verlegt er seine Arbeit auf die Zeiträume, in denen ich schlafe. Es war unsere freie Entscheidung, für Dad zu arbeiten, und ich habe sie nie bereut. Unsere Eltern haben uns geschützt, weshalb wir auch nicht unter unseren richtigen Namen im Unternehmen auftreten. Durch meine Beziehung zu Pete wurde die Anonymität noch einmal wichtiger.

Ich merke kaum, wie ich mich in meinen Gedanken verliere, bis Sean wieder das Badezimmer betritt. Wortlos lässt er sich neben mir auf den Boden nieder.

»Sie kommen gleich.«

Ich seufze kraftlos und lehne den Kopf an seine Schulter. Meine Eltern haben direkten Zugang zur Tiefgarage und auf diese Etage, wodurch sie keine Schwierigkeiten mit den Menschen vor dem Gebäude bekommen werden.

Natürlich wissen sie inzwischen, wo wir leben.

Mister Clapton, der Concierge des Wohngebäudes, hat uns vor zwei Tagen darüber informiert, und Dad hat daraufhin Sicherheitsleute engagiert, die sie auf Abstand halten.

Wieso können sie mich nicht einfach in Ruhe lassen?

Die Wärme, die Sean ausstrahlt, ist beruhigend und macht mich schläfrig. »Jetzt bin ich euch nach vier Tagen endlich losgeworden und schon steht ihr erneut vor meiner Tür.«

Schmunzelnd stupst er mich an. »Du wirst uns auch nicht so schnell los, kleine Schwester.«

»Nur achtzehn Minuten …« Meine Stimme ist kaum mehr als ein Wispern. »Und … ich will euch auch gar nicht loswerden.« Dann richte ich mich auf. Mein Kopf ist noch bleiern, aber der Magen hat sich halbwegs beruhigt. »Jetzt raus hier. Gib mir ein paar Minuten.«

Sean erhebt sich grinsend und streicht mir über den Rücken, bevor er das Badezimmer verlässt.

Endlich habe ich Zeit für mich.

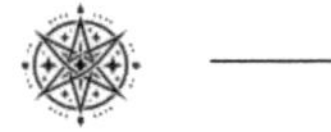

Etwas später betrete ich den Wohnraum.

Mein Bruder lehnt mit verschränkten Armen an der Kücheninsel und schaut mir angespannt entgegen. Mom erhebt sich vom Stuhl, sobald sie mich entdeckt. Dad steht neben ihr, eine Hand in der Tasche seines Jacketts vergraben.

Sie sind erschöpft.

Nicht nur körperlich, sondern auf eine Art, die tiefer geht. Ich zwinge ein Lächeln auf meine Lippen. Es ist falsch und alles in mir zieht sich unangenehm zusammen.

»Hey Mom, hallo Dad. Das war wirklich nicht nötig, dass ihr euch sofort auf den Weg macht. Mir geht es schon viel besser.« Die Worte klingen hohl, selbst in meinen eigenen Ohren.

Ich trete auf beide zu, um sie zu begrüßen.

Mom drückt mich fest an sich. Dads Arme legen sich um mich, und als ich sein raues Kinn an meiner Schläfe spüre, schleicht sich ein Kloß in meinen Hals.

»Kleines, ich kümmere mich mit Sean um die Dinge, die jetzt erledigt werden müssen. Du gehst kurz mit deiner Mutter, ja?«

Die Dinge, die jetzt erledigt werden müssen.

Es hallt in mir nach und wiegt schwer wie Blei. Ich nicke, obwohl mir die Kraft fehlt, auch nur einen klaren Gedanken zu fassen.

»Okay, Daddy … Danke.«

Ich schlucke mühsam, bevor ich mich von ihm löse. Mom legt mir sanft eine Hand auf den Rücken und führt mich aus dem Raum. Es ist fast unheimlich, wie schnell ich abermals in meinen eigenen Gedanken versinke. *Die Dinge, die jetzt erledigt werden müssen.* Mir ist klar, was das bedeutet.

Die Beerdigung.

Das heißt, die Gerichtsmedizin ist fertig. Mein Atem wird flacher, als ich darüber nachdenke. *An die Papiere, die unterschrieben werden müssen. An die endlosen Fragen des Bestatters. An die Trauerfeier, die ich organisieren soll … Als wäre es eine verdammte Gala, auf die man sich freuen könnte.*

Ich will nichts davon.

Pete hatte keine lebenden Angehörigen mehr. Er hat zur Familie gehört — zu *mir*. Daher haben wir schon vor einer Weile die notwendigen Formulare für den Fall der Fälle hinterlegt.

Wie sollte ich jemals darauf vorbereitet sein, dass sie eines Tages notwendig werden?

Ich blinzle die aufsteigenden Tränen weg, als ich merke, dass Mom mich ins Badezimmer geführt hat. Sie schweigt und streckt mir stattdessen eine kleine, weiße Schachtel hin.

Fassungslos starre ich sie an.

»Mom, was soll das …?«

Sie antwortet nicht sofort, wendet ihren Blick aber

nicht ab.

»Schätzchen,« setzt sie schließlich zögernd an. »Sean hat erwähnt, dass du dich heute Morgen wieder übergeben musstest. Es ist nur eine Vermutung, aber … wir müssen es wissen.«

Mein Herz stolpert.

Nein.

Das Brennen in meinen Augen kehrt mit voller Wucht zurück, diesmal gnadenlos.

Das darf nicht sein. Das kann *nicht sein.*

Ich schüttle den Kopf, doch die Tränen lassen sich nicht länger aufhalten. Mom macht einen Schritt auf mich zu, legt ihre warmen Hände an meine Wangen und streicht die salzigen Spuren fort, bevor sie mich sanft an sich zieht.

»Wir sind für dich da … egal was noch kommt.«

Ich presse die Lippen fest zusammen.

Egal, was noch kommt …

Ich nehme die Packung und ahne, dass mein Herz erneut zerbrechen wird.

Kapitel 3

Brad

Gottverdammt sind die Kisten heute schwer.

Jedes Mal, wenn eine Lieferung für das *Flavor Lane* ankommt, frage ich mich, warum ich immer noch darauf bestehe, sie selbst einzuräumen. Es wäre ein Leichtes, jemanden vom Team dafür abzustellen.

Aber nein – Brad Jackson muss es allein erledigen.

Ich schiebe die nächste Kiste mit frischem Gemüse auf den Edelstahltresen, mache auf dem Absatz kehrt und betrachte den leeren Gastraum.

Wir haben heute geschlossen.

Die einzige Zeit, in der das *Flavor Lane* nicht brummt. Keine Gäste, keine Bestellungen, keine Hektik. Nur das Klirren von Gläsern, das aus Richtung der Bar dringt. Floyd, mein

Geschäftspartner und bester Freund sortiert seine heilige Bar.

Effizientere Ordnung, wie er es mir verkaufen wollte. In Wahrheit schiebt er seit einer Stunde Flaschen hin und her, als würde der perfekte Winkel zwischen Whiskey und Gin das Geschäft ankurbeln.

Schnaubend greife ich nach der nächsten Kiste.

Im Hintergrund läuft leise das Radio. »*… Pete Stone, Frontmann der Band Stellar, der vor einer Woche tot in seiner Londoner Wohnung aufgefunden wurde …*« Mürrisch klopfe ich mir die Hände an meiner Jeans ab.

Schon wieder dieser Bericht.

Seit Tagen gibt es kein anderes Thema mehr. Ich sehe in eine Ecke des Raumes. Val, unsere gemeinsame Freundin und Geschäftspartnerin, sitzt dort über einem Stapel von Papier gebeugt. Ihr Laptop ist umringt von zerknitterten Quittungen und zwei leeren Kaffeetassen. Kaum fällt der Name *Stellar*, hebt sie den Kopf. Val ist seit Jahren ein großer Fan der Band. Es überrascht mich nicht, als sie sich vorbeugt und das Radio ein paar Stufen lauter dreht. Ich stöhne leise und schnappe mir das Mehl.

»Echt jetzt?«, grummle ich im Vorbeigehen. »Wie viele Nachrufe willst du dir noch anhören?«

»Er war ein verdammt guter Musiker, Brad. Zeig ein bisschen Respekt!«

Ich sage nichts dazu.

Sicher ist sicher.

Ich kann sie verstehen und es gleichzeitig nicht mehr hören. Der Tod eines Fremden mag tragisch sein, aber hier, in unserer kleinen Blase, dreht sich die Welt weiter. Lieferungen kommen an, Bars werden sortiert, Buchhaltung wird erledigt.

So ist das Leben.

»… sieben Tage später gibt es keine offiziellen Informationen. Weder Band noch Management äußerten sich zu den Umständen. Auch über die Beisetzung ist nichts bekannt.

Wo sich die Bandmitglieder derzeit aufhalten, bleibt unklar. Das Management bittet um Geduld – doch wer entscheidet, wann der richtige Zeitpunkt für Antworten gekommen ist? Auch Stones Verlobte, Olivia Sinclair, schweigt weiterhin. Beth, du bist vor Ort. Was kannst du uns sagen?«

»Danke, Mel. Pete Stone schirmte sein Privatleben stets ab. Dass seine Verlobung mit Olivia Sinclair öffentlich wurde, war eine Ausnahme. Auch die Familie Sinclair meidet die Öffentlichkeit.

Offiziell heißt es, sie regeln alles intern. Direkte Statements? Fehlanzeige. Kontaktversuche werden abgeblockt. Ein Sprecher bat lediglich um Raum zur Trauer – nachvollziehbar, aber wie lange noch?

Fans und Presse bleiben im Dunkeln und die Abschottung heizt Spekulationen nur weiter an …«

»Pfft… unfassbar.« Val schüttelt den Kopf und dreht das Radio leiser. »Die können einfach nicht aufhören, oder?«

»Na ja, ist es so überraschend? Das Interesse ist riesig. Sogar du konzentrierst dich mehr auf das, was sie da im Radio quatschen, als auf deine Rechnungen.«

Sie sieht mich genervt an.

»Jaja, mach dich nur lustig über mich, Brad.« Ihre Stimme folgt mir den Flur entlang, begleitet vom Rascheln der Belege, die sie mit übertriebener Dramatik auf den Tisch klatscht.

Floyd, der bisher geschwiegen hat, lehnt sich mit verschränkten Armen gegen ein Regal. »Diese Hyänen von den Medien haben auch keinerlei Empathie.« Er wirkt gelassen, aber der Unterton unverkennbar. »Die zerreißen das Leben der Betroffenen. Dabei ist er wahrscheinlich noch nicht mal unter der Erde!«

»Moment mal!«

Val schnellt in eine aufrechte Position, die Stirn in Falten gelegt.

»Die Fans haben ein Recht darauf, zu erfahren, was passiert ist. Das war nicht irgendein Kerl, das war… *Pete Stone*. Für viele war er wie…«, sie sucht wild gestikulierend nach Worten, »… ein Teil ihres Lebens.«

Floyd verzieht das Gesicht und ich kann es ihm nicht verübeln.

»Und deswegen muss jeder Sender bis zum Erbrechen über sein Privatleben berichten? Das ist pure Sensationsgier, Val.«

»Es geht nicht um Sensation, sondern um Klarheit.« Val stemmt die Hände in die Hüfte und taxiert ihn. »Das ist ein Unterschied.«

Und schon sind sie mittendrin.

Ich schnappe mir die letzte Kiste und trotte zurück in die Küche. Ihre Auseinandersetzung wird lauter.

Es ist immer dasselbe.

Keiner von beiden wird nachgeben. Nicht, bis ihnen entweder die Argumente oder die Lust am Diskutieren ausgehen.

Meine besten Freunde.

Grinsend schüttle ich den Kopf. Es gibt keine besseren Geschäftspartner für mich, aber ihre Kämpfe lasse ich sie selbst ausfechten.

Als ich das Gemüse im Kühlraum verstaut habe, ist die Diskussion schon am Abklingen. Floyd schüttelt den Kopf und grummelt etwas vor sich hin, vermutlich eine letzte halblaute Widerrede, die nur für ihn selbst bestimmt ist. Val, den Rücken kerzengerade, ordnet triumphierend ihre Unterlagen, als hätte sie eine offizielle Debatte gewonnen.

Klarer Punktsieg.

Ich lasse mich seufzend neben ihr an den Tisch fallen, reibe mir den Nacken und spüre das dumpfe Ziehen der Anstrengung.

»Ihr zwei solltet echt mal einen Debattierclub eröffnen. ‚*Guter Geschmack & feurige Diskussionen*‘ – das wäre doch was.«

Val verdreht die Augen, aber das verräterische Lächeln, das sich in ihre Mundwinkel stiehlt, entgeht mir nicht.

»Solange ich der Schiedsrichter bin. Sonst endet das irgendwann in einem Ringkampf«, murrt Floyd leise von der Bar aus. Ich lege den Arm auf die Stuhllehne neben mir und lasse meinen Blick abermals durch den Raum wandern.

Der polierte Tresen. Die gemütlichen Holztische. Die großen Fenster, durch die das Tageslicht auf den dunklen Boden fällt.

Das *Flavor Lane*.

Es ist nicht nur ein Restaurant – es ist ein Zufluchtsort. Unser *Lebenswerk*. Vor drei Jahren haben wir hier eröffnet. Floyd und ich sprachen während des Studiums ständig davon, wenn wir nach langen Schichten unserer unterbezahlten Aushilfsstellen im Wohnheim waren.

Aber wir hatten beide keine Ahnung, wo wir anfangen müssten, geschweige denn, was es zu beachten gäbe. Daher haben wir den Traum nicht weiterverfolgt.

Als dann Val aus England zurückgekommen ist, hat sie die Ideen und Energie mitgebracht, die wir brauchten. Obwohl die Tage länger sind, als wir es uns je vorgestellt haben, und uns das Geschäft manchmal an unsere Grenzen bringt – das hier hat sich zu unserem zweiten Zuhause entwickelt.

Zufrieden betrachte ich die beiden.

Floyd, mit seiner Statur, die genauso zu einem Boxer wie zu einem Barkeeper passen würde, ist auf die Flaschen vor sich fixiert. Seine dunklen Haare sind noch unordentlicher als sonst, als wäre er im Laufe des Tages des Öfteren mit den Fingern durchgefahren.

Val, das komplette Gegenteil von ihm, sitzt mit überschlagenen Beinen auf dem Stuhl, die lockigen Haare zu einem lockeren Knoten gebunden. Sie kann kaum stillsitzen, als hätte sie im Kopf schon eine Liste an weiteren Aufgaben, die sie erledigen muss.

Ich wäre nicht überrascht, wenn es tatsächlich so ist.

»Wisst ihr, was das Beste daran ist, selbstständig zu sein?«

Floyd hebt den Kopf. »Dass du dich über Lieferungen beschweren kannst, die du freiwillig selbst einräumst?«

Ich greife leise lachend nach ein paar Erdnüssen aus der Schale vor mir.

»Nein. Dass man an freien Tagen mit seinen

besten Freunden diskutieren, arbeiten und Kaffee trinken kann und es sich nicht wie eine nervige Pflicht anfühlt.«

Val schnaubt amüsiert und legt eine letzte Quittung beiseite. Ich mustere sie, wie sie konzentriert die Zahlen überprüft. Die Stirn konzentriert in Falten gelegt, einen Stift zwischen den Fingern drehend. Sie hätte eine großartige Karriere vor sich gehabt. Hätte sich nach ihrem Studium für jeden Ort der Welt entscheiden können, und doch hat sie sich für uns entschieden.

»Sag mal, Val … du hast doch bei *Sinclair's Holding* gearbeitet, während du in England warst.« Ich schiebe mir eine Erdnuss in den Mund. »Hast du nie die sagenumwobenen Erben der Firma kennengelernt?«

Val sieht auf und tippt sich nachdenklich auf die Lippen, während sie den Kopf schüttelt.

»Nein, nie.« Sie legt den Stift beiseite und entspannt sich auf ihrem Stuhl.

»Ich war nicht in der Chefetage eingesetzt und hab sie auch nie betreten. Ich wüsste nicht mal, ob sie überhaupt dort arbeiten. Von der Verschwiegenheitserklärung mal abgesehen, die übrigens nach wie vor gültig ist. Da steht klipp und klar drin, dass ich keine Internas oder Bilder nach außen tragen darf.« Ihre Augen verengen sich leicht, als sie weiter nachdenkt.

»Wer weiß, wie oft Pete vielleicht im gleichen Gebäude wie ich war, ohne dass es jemand mitbekommen hat.«

Sie verliert sich kurz in dieser Vorstellung.

Floyd, der endlich mit seinem Ordnungswahn fertig ist, schlendert herüber und lässt sich gegenüber von mir auf einen Stuhl fallen. Er deutet mit einem Nicken auf das Radio.

»Ich find's geschmacklos, wie das jetzt ausgeschlachtet wird. Wir sollten den Mist einfach ausmachen. Die Sender haben doch kein anderes Thema mehr.«

Ich sage nichts, aber im Stillen gebe ich ihm recht.

Floyd hat am eigenen Leib erfahren, wie sich das anfühlt. Sicher nicht in dieser Größenordnung, doch als sein kleiner Bruder mit sechs Jahren ertrunken ist, waren die lokalen Medien wie Geier. Sie lauerten vor dem Haus seiner Eltern und schleppten Bilder in die Zeitungen, als wäre ihr Schmerz jede Story wert.

Wenn jemand nachvollziehen kann, wie es den Angehörigen von Pete momentan geht, dann wohl er.

Für einen Moment versinken wir alle in unseren eigenen Gedanken. Val trommelt leise mit den Fingern auf den Tisch. Floyd starrt auf einen unsichtbaren Punkt vor sich.

Und ich?

Ich greife nach der nächsten Erdnuss und denke

darüber nach, was ich ohne die beiden tun würde.

Vermutlich wäre ich schon lange zu meiner Schwester und ihrer Familie nach Texas gezogen und würde dort in einem Restaurant arbeiten.

»Gut, Leute. Ich pack hier zusammen und verschwinde. Ich bin heute noch verabredet.« Val klappt ihren Laptop zu und stopft die Unterlagen in ihre große Ledertasche. »Legt mir die Bestätigung der Lieferungen einfach ins Büro, damit alles seine Ordnung hat, ja?«

»Klar, Chefin.« Ich schnappe mir noch eine Handvoll Erdnüsse. »Ohne dein *Okay* läuft hier schließlich nichts.«

Val zieht sich grinsend ihre Jacke über.

»Endlich hast du's verstanden.«

Floyd hebt wortlos die Hand zum Abschied und verschränkt dann die Arme hinter dem Kopf.

»Haut später nicht zu wild auf den Putz, Jungs.«

»Versprochen.« Wir schauen ihr hinterher, wie sie die Tür aufstößt. Einen Moment lang bleibt sie im Türrahmen stehen. Dann dreht sie sich halb um, winkt beiläufig und verschwindet.

Die Tür fällt leise ins Schloss.

»Was meinst du?« Floyd wirft mir einen Seitenblick zu. »Sollen wir auch Feierabend machen und Billard spielen?« Ich zögere keine Sekunde, schiebe den Stuhl zurück und nehme meine Jacke.

»Klar, lass uns mal wieder einen freien Tag genießen.«

Gemeinsam verlassen wir das *Flavor Lane*. Floyd dreht den Schlüssel im Schloss und prüft die Tür, wie üblich, zweimal. Ich bleibe neben ihm stehen, die Hände in den Taschen meiner Lederjacke vergraben, und warte. »Irgendwann hast du den Griff in der Hand, Alter.«

Er lacht leise. »Lieber das, als mitten in der Nacht hier antanzen zu müssen.«

Ich verdrehe die Augen und wir setzen uns in Bewegung. Unsere Stammbar liegt nur ein paar Straßen entfernt. Es dämmert zwischenzeitlich, und die Straßenlaternen werfen lange Schatten auf den Gehweg.

»Läuft dein Bike wieder?«, frage ich und schlage den Kragen meiner Jacke hoch. Wir hatten keine andere Wahl, als unseren Ausflug letztes Wochenende abzubrechen, weil Floyds Maschine wieder Schwierigkeiten gemacht hat.

Seine Mundwinkel zucken nach oben.

»Ja, endlich. Hab gestern Abend noch ein bisschen geschraubt. Die Kupplung hat gezickt.«

»Und? Gibt's noch Probleme?«

»Natürlich nicht. Ich lass doch nicht zu, dass mich sowas in die Knie zwingt.«

»Du und dein Stolz.« Ich schüttle schmunzelnd den Kopf. Ich beobachte die fast menschenleere

Straße, während wir die nächste Kreuzung überqueren.

»Ich hab meins seit einer Woche nicht mehr angerührt. Zeit wird's mal wieder.«

Floyd boxt mir gegen die Schulter. »Du lässt das gute Stück verstauben? Blasphemie, Mann.« Wir lachen und biegen in die Seitenstraße ein, in der die Bar liegt. Die vertraute, warme Beleuchtung strahlt durch die großen Fenster, und das Durcheinander von Stimmen dringt nach draußen.

Rose's Drinks ist genau der richtige Ort für einen freien Abend. Obwohl es noch früh ist, herrscht bereits reger Betrieb. Rose steht hinter der Bar, wie so oft mit einem Lächeln im Gesicht. Ihr Mann Cal wischt einen der Tische ab und nickt uns zur Begrüßung zu.

»Na, ihr zwei?«

Rose deutet in die Richtung, in der der Billardtisch steht. »Ich schätze, dazu dasselbe wie immer?«

»Bier und die Chance, Floyd endlich mal wieder abzuzocken.« Floyd lacht trocken und klopft mir im Vorbeigehen auf die Schulter, als er zur Bar schlendert.

»Träum weiter, Jackson.«

Kapitel 4

Liv

Vor sieben Tagen hat mich meine große Liebe zurückgelassen.

Vier Tage sind vergangen, seit sich mein Leben erneut auf den Kopf gestellt hat. Und ein Tag, seit wir die Asche beigesetzt haben.

Ich sitze auf dem Bett meines alten Kinderzimmers. Seitdem ich vor zwölf Jahren für das Studium weggezogen bin, habe ich hier keine Nacht mehr verbracht. Das große Himmelbett nimmt den Platz vor dem bodentiefen Fenster ein. Die cremefarbenen Vorhänge sind zur Seite geschoben und geben den Ausblick auf den Garten frei.

Dad und Sean haben sich in den letzten Tagen um alles gekümmert – die Beisetzung, die Formalitäten und den Schutz vor der Presse.

Die Medienvertreter suchen wie Aasgeier nach jedem Schnipsel an Informationen, die sich für Schlagzeilen eignen.

Sean hat erwähnt, dass sich die Anwälte unserer Familie und die der Band zusammengeschlossen haben, um sicherzustellen, dass nichts nach außen dringt. Sie werden unruhig und wollen Details – eine *Geschichte.*

Tom, Kyle und Wilson, Petes Bandkollegen, haben aus diesem Grund ihre gepackten Koffer direkt nach der Beisetzung genommen und sind auf und davon. Nicht aus Feigheit, sondern aus Eigenschutz.

Wir haben nicht mehr miteinander gesprochen.

Weder sie noch ich hatten in den letzten Tagen die Kraft dazu. Es tut weh, an Pete zu denken. Aber seinen Freunden, die gleichzeitig seine Familie waren, gegenüberzutreten?

Unmöglich.

Mein Bruder hat vergangene Woche keine Sekunde gezögert. In Rekordzeit hat er meine Sachen zusammengepackt, während ich im Badezimmer saß.

Dann hat er mich gemeinsam mit Mom und Dad hierherbegleitet: Auf ihr Anwesen, sicher und abgeschirmt vor der Außenwelt.

Heute steht der Termin an, den ich lange vor mir hergeschoben habe. Mom hat keine Ruhe gegeben, bis ich endlich zugestimmt habe, und sie meine Gynäkologin, Dr. Bridget, herkommen lassen durfte.

Sie wollte sie sofort hier haben, doch ich war bisher zu aufgewühlt.

In meiner Verzweiflung habe ich es bis heute hinausgezögert – bis einen Tag nach der Beisetzung. Und so sitze ich hier und starre auf die Uhr, als würde sich die Zeit damit beschleunigen.

Gleich wird Astrid, unsere Haushälterin, an die Tür klopfen und mir mitteilen, dass Dr. Bridget eingetroffen ist.

Ich will aufwachen.

Jeden Morgen hoffe ich darauf, dass der Albtraum vorbei ist. Aber die Realität ist gnadenlos.

Er kommt nicht zurück.

Und das Leben wartet nicht, dass ich bereit bin, mich ihm zu stellen. Während ich hier sitze, fällt mein Blick auf meinen flachen Bauch. Die vergangenen Tage habe ich erfolgreich alles verdrängt. Meine Finger wandern zögernd unter den Stoff der Bluse und legen sich auf die warme Haut.

Was kann ich tun?

Der Spiegel an der Wand gibt mir keine Antwort. Ich sehe nur das Abbild einer Frau, die sich fragt, wie sie weitermachen soll.

Ein behutsames Klopfen an der Tür reißt mich aus

meinen Gedanken. Kurz darauf steht Mom im Zimmer.

»Schätzchen, Astrid hat Dr. Bridget reingebeten. Bist du so weit?«

Zerstreut hebe ich den Kopf.

Meine Hand liegt immer noch auf dem Bauch, die Finger unbewusst gespreizt. Mom sieht es.

Natürlich sieht sie es.

Ihre Gesichtszüge werden weich, und ohne zu zögern, tritt sie mit ausgebreiteten Armen auf mich zu und umfasst meine Schultern.

»Alles wird gut, hörst du?«

Ich nicke, hole tief Luft und schließe die Augen.

Wird es das wirklich?

»Ja, Mom …«

Mit einem langen Atemzug stoße ich die Luft wieder aus, und richte mich auf. Ich folge ihr hinaus in den Flur Richtung Erdgeschoss.

»Wo sind Sean und Dad?«, frage ich, während wir die Treppe hinuntergehen. Mom sieht über die Schulter zu mir, bevor sie antwortet.

»Die beiden mussten sich um dringende Angelegenheiten im Büro kümmern. Sie kommen aber so schnell wie möglich zurück.«

Ich muss nicht nachfragen, was *dringende Angelegenheiten* bedeutet.

Vermutlich abermals aufdringliche Reporter.

Als wir das Erdgeschoss erreichen, entdecke ich

Astrid, die Dr. Bridget ihren cremefarbenen Mantel abnimmt. Ihre Haare sind zu einem tiefen Knoten gebunden, nur ein paar widerspenstige Strähnen haben sich gelöst. Sie mustert mich aufmerksam, während sie ihre Tasche zurechtrückt.

»Guten Morgen, Miss Sinclair.« Ich nicke stumm und streiche mir eine Haarsträhne aus dem Gesicht.

Ich bin schon seit vielen Jahren Patientin ihrer Praxis, was wohl auch der Grund dafür ist, dass sie so kurzfristig einen Hausbesuch abhält.

»Bitte Dr. Bridget, folgen sie mir.«, fordert Mom sie auf und führt uns in das Gästezimmer. Dort angekommen drückt sie noch einmal aufmunternd die Schulter. Dann dreht sie sich um und schließt die Tür leise hinter sich.

»Gut, Miss Sinclair.«

Dr. Bridget zieht sich die Handschuhe an und bereitet den Ultraschall vor. »Ihre Mutter hat mir bereits mitgeteilt, worum es geht. Dann schauen wir mal.«

Ich setze mich auf die Kante des Bettes. Von draußen dringt das leise Knirschen von Reifen auf der Kiesauffahrt herein.

Sean und Dad.

Mein Herz macht einen Sprung. Dr. Bridget räuspert sich leise, und ich sehe sie an.

»Legen Sie sich bitte hin und ziehen Sie das Oberteil etwas hoch.« Ihre weiche Stimme ist routiniert, und ich befolge ihre Anweisungen.

»So … sehen Sie hier.« Die Ärztin deutet mit dem Finger auf den flimmernden Bildschirm des tragbaren Ultraschallgeräts.

»Hier ist der kleine Spatz.«

Ich starre auf das unscharfe, schwarz-weiße Bild. Ein verschwommener Punkt ist darauf zu sehen.

Winzig und doch so unbeschreiblich groß in seiner Bedeutung.

»Das … das heißt also …«

Ich bekomme kaum einen Ton heraus.

»Ja, Miss Sinclair. Herzlichen Glückwunsch. Sie sind schwanger.« Obwohl der Test schon eindeutig war, trifft mich die Bestätigung wie ein Schlag.

Schwanger.

Das Wort hallt in meinem Kopf wider, bis es sich wie ein Fremdkörper anfühlt. Ich kann plötzlich nicht mehr atmen. Es ist, als hätte mir jemand mit einem Schlag gegen den Brustkorb die Luft geraubt. In einem Versuch, die Realität wegzudrücken, presse ich die Hand auf den Bauch. Dr. Bridget merkt es sofort.

»Alles in Ordnung, Miss Sinclair?«

Ich kann nicht antworten. Der Raum verschwimmt um mich.

Ich kann das nicht … nicht ohne Pete an meiner Seite.

»Mrs. Sinclair?« Ihre Stimme wird lauter, und ich nehme am Rande wahr, wie die Tür geöffnet wird.

Nein, nein, nein, nein…

»Mom?«

Sean stürmt ins Zimmer. Ohne zu zögern, schließt er mich in seine Arme, und ich klammere mich an ihn. »Seanie…« Meine Stimme versagt.

Ich will das nicht…

Er drückt mich fester. Das Kinn hat er auf meinem Scheitel abgelegt.

»Ich bin für dich da, Livy.«

Ich wimmere, während Sean mich stützt.

Wie so oft in den vergangenen Tagen hält er mich am Leben.

Kapitel 5

Liv

*E*s ist spät geworden. Der Tag war ein einziges Chaos – Meetings, unzählige E-Mails und Telefonate, die sich anfühlten, als würden sie nie enden. Ich bin erschöpft, als ich das Penthouse betrete.

Wenn Pete schon zu Hause ist, können wir gemeinsam essen. Ich lege den Mantel ab und werde von Stille empfangen. Im offenen Wohnbereich brennt weder Licht, noch höre ich Musik.

Vermutlich ist er noch nicht zurück.

Oft sind die Jungs bis tief in die Nacht im Studio und feilen an Aufnahmen. Wenn Pete vor mir zu Hause ist, sitzt er meistens vor dem Fenster im Wohnzimmer, die Gitarre auf dem Schoß, den Blick auf das Treiben der Stadt unter ihm gerichtet.

Ich stelle die Tasche auf der Kommode im Flur ab – und

halte inne. Ein Schlüssel liegt in der Schale neben der Tür.

Mir wird flau im Magen.

Er geht nie vor Mitternacht ins Bett.

»Pete, Darling? Ich bin zu Hause.«

Keine Antwort. Irgendetwas sorgt dafür, dass ich mit wachsender Unruhe durch die Wohnung gehe und unterwegs das Bad prüfe.

Vielleicht ist er krank?

In letzter Zeit war er oft blass, aber jedes Mal, wenn ich ihn darauf angesprochen habe, hat er es mit einer wegwerfenden Geste auf den Stress geschoben. Die Aufnahmen, der Druck, das Leben im Rampenlicht – es zehrt an ihm.

Als ich vor der Schlafzimmertür stoppe, entdecke ich einen Zettel. Mein Herz rast und mir stockt der Atem, weil ich augenblicklich seine feine Handschrift auf dem Post-It erkenne.

Mit trockenem Mund und zitternden Fingern nehme ich das Papier in die Hand. Ich umfasse den Türgriff, atme tief durch – und drücke die Tür auf.

Ich schrecke auf und versuche, mich zu orientieren.

Es ist dunkel, und ich liege im Bett.

Es muss spät sein.

Neben meinem Kopf spüre ich das leise Vibrieren eines Handys. Ich taste danach und werde vom grellen Display geblendet.

Val ruft an.

Allein dieser Name reicht aus, um den dunklen Sog des Traums zu durchbrechen. Ich wische über den Bildschirm und halte das Handy ans Ohr.

»Hey, Val … tut mir leid. Ehrlich gesagt hab ich unser monatliches Telefonat vergessen.« Ich schließe die Augen und bin froh, dass sich meine Stimme normal anhört. »Macht doch nichts, Liv. Wir können es auch mal ausfallen lassen, wenn du viel zu tun hast?«

»Nein … nein um ehrlich zu sein, kommt mir dein Anruf gerade recht.«

Valerie St. James arbeitete zwei Jahre in der *Sinclair's Holding*. An dem Tag, an dem ich sie kennenlernte, war gerade ihr letzter Monat angebrochen. Im Restaurant im Erdgeschoss unseres Bürogebäudes habe ich mir einen Tee geholt und sie dort entdeckt; allein am Tisch, den Laptop halb geöffnet, einen Kugelschreiber zwischen den Fingern drehend.

Sie wusste nicht, wer ich bin. Also setzte ich mich zu ihr und stellte mich einfach als Liv vor.

Wir verstanden uns auf Anhieb.

Val erzählte mir von ihrem Plan, in ihrer Heimat ein Lokal zu eröffnen. Ich bewunderte sie für ihren Mut. Vier Wochen später reiste sie ab, weiterhin ahnungslos über meine Identität.

Unsere Freundschaft blieb jedoch bestehen. Seitdem tauschen wir regelmäßig Nachrichten aus und telefonieren monatlich. Dieser Tag war heute.

»Erzähl mir, was bei dir los ist, und bring mich auf andere Gedanken.«

Val lacht gelöst und legt sofort los.

»Wir haben heute Inventur gemacht und das Lager und so weiter aufgefüllt. Also ist das *Flavor Lane* geschlossen. Aber ehrlich? Ich bin froh drum. Es war in letzter Zeit viel los, und ich genieße es, mal einen Gang runterzuschalten.«

Ich setze mich auf, konzentriere mich auf die Wand und lausche ihrer Stimme. »Floyd und Brad machen heute, denke ich, einen Männerabend. So gern ich die beiden habe, manchmal brauche ich einfach den Kontakt zu einem weiblichen Wesen.«

Ich lächle schwach. »Und du kannst dir gar nicht vorstellen wie sehr ich diesen Anruf heute gebraucht habe.«

»Da bin ich wirklich froh.«

Val klingt beruhigt und zögert einen Moment.

»Weißt du schon, wann du es endlich mal schaffst, uns zu besuchen?« In ihrer Stimme schwingt kein Vorwurf mit, dennoch spüre ich Schuld in mir aufsteigen.

»Nein, ehrlich gesagt nicht.« Ich schlucke schwer. »Das kann sich noch eine ganze Weile ziehen. Tut mir wirklich leid, Val. Aber ich freue mich schon darauf dein Restaurant in echt zu sehen und nicht nur auf Bildern.«

Val ist immer noch nicht klar, wer ich bin.

Nicht, dass ich es so lange für mich behalten wollte. Es hat sich nie ergeben. Sie weiß, dass ich in der *Sinclair's Holding* arbeite, aber nicht, dass ich eines Tages die Firma leiten werde.

Und Val hatte erst recht keine Ahnung von Pete.

Ich wollte es ihr bei einem Besuch sagen. Einem Besuch, den ich mit ihm zusammen geplant hatte.

Aber das Leben machte andere Pläne.

Während Val von ihrem letzten Monat erzählt, merke ich, wie sehr mir diese Art von Gespräch gefehlt hat. Ein Gespräch, das nichts mit Tod, Verantwortung oder der Zukunft zu tun hat.

Wie soll es jetzt weitergehen?

Ich war nie jemand, der sich lange versteckt oder in Selbstmitleid badet. Vielleicht sollte ich mit Dad darüber sprechen, wie wir die Arbeit in den nächsten Monaten bis zur Geburt gestalten könnten.

Ich schnappe erschrocken nach Luft, als mich die

Erkenntnis trifft. Es ist das erste Mal seit einer Woche, dass ich an die Zukunft denke und mir dabei klar wird, dass ich in wenigen Monaten ein Kind haben werde und damit alleinerziehende Mutter bin.

»Alles okay, Liv?«

Vals Frage durchbricht das Rauschen meiner Gedanken.

»Ja … entschuldige. Meine Gedanken fahren Achterbahn.«

»Mach dir keine Sorgen.« Ihre Stimme ist verständnisvoll. »Ich weiß, dass du mir nicht viel erzählen darfst, wenn es um die Arbeit geht. Und dass das der Grund ist, warum es in unseren Telefonaten meist um mich geht.« Sie zögert kurz. »Aber du weißt doch, dass du über alles mit mir sprechen kannst, oder?« Mein Herz sackt mir in den Magen.

»Du bist die Beste. Ich hoffe, das weißt du.«

»Hör auf, Liv. Ich werd schon ganz rot.« Ich kann ihr breites und ansteckendes Lächeln vor mir sehen.

So typisch Val. Doch dann verstummt sie wieder.

»Liv …« Ihre Stimme ist jetzt ernster. »Ich weiß, ich bin einen langen Flug und acht Stunden Zeitverschiebung entfernt, aber ich bin für dich da.«

Die Worte treffen mich unerwartet.

Ich schlucke, doch es hilft nicht. Tränen brennen in meinen Augen.

»Val … hör auf sowas zu sagen. Sonst muss ich

nur anfangen zu weinen.« Ich lache kurz, rau und zittrig, ehe ich mir schniefend über das Gesicht wische. »Ich hab mich wirklich gefreut, dass du mich heute angerufen hast. Ehrlich. Aber ich kann jetzt noch nicht darüber reden.«

Val schweigt einen Moment, als müsse sie die Worte abwägen. »Okay. Ich hab ein bisschen das Gefühl, dass wir unser Telefondate für nächsten Monat offenlassen sollten, oder?« Ich atme tief durch und starre auf den Boden meines Zimmers.

»Ich melde mich bald wieder bei dir. Versprochen! Und dann sprechen wir über alles.« Wir verabschieden uns.

Ich lege das Handy auf den Nachttisch und lasse mich zurück in die Kissen sinken. Innerlich spüre ich, dass es Zeit wird – nicht um alles auf einmal zu bewältigen, aber um zumindest einen Schritt vorwärts zu gehen.

Kapitel 6

Liv

Sechs Jahre zuvor

*I*ch sitze vor dem Fenster unseres Penthouses, die Knie angezogen, eine Tasse meines geliebten englischen Tees in den Händen.

Die Lichter Londons flimmern hinter der Glasscheibe. Pete kommt ins Zimmer, nimmt mir den Tee aus der Hand, um ihn beiseite zu stellen, und zieht mich auf seinen Schoß.

»Wie war dein Tag?«

Sein warmer Atem streift meinen Nacken, ehe er mich dort küsst – sanft, aber fordernd genug, sodass ich den Kopf etwas neige. Die Spannung in meinem Rücken löst sich. Ich schließe für einen Moment die Augen, spüre seinen Herzschlag an meinem Rücken und atme den

vertrauten Duft seines Aftershaves ein.

»Dad hat erzählt, dass immer häufiger Presse vor der Holding auftaucht.« Ich ziehe die Stirn kraus und presse die Lippen zu einer dünnen Linie zusammen.

»Sie sind auf ein Bild aus…« Bevor ich den Satz beenden kann, drückt Pete mich fester an sich. Er lässt seine Lippen über meine Haut wandern und eine feine Gänsehaut breitet sich an den Stellen aus, die er berührt.

»Und?« Er löst sich minimal und stützt sein Kinn auf meine Schulter. »Was sagt deine PR-Abteilung?«

Ich hebe die Brauen. »Meine PR-Abteilung?« Petes Band Stellar hat mit der letzten Veröffentlichung den großen Durchbruch geschafft. Mit dem Durchbruch kam allerdings auch das Interesse an der Person hinter dem Mann, der auf der Bühne steht. Ich kann sein Schmunzeln an meiner Haut spüren und drehe mich zu ihm um.

Er hebt die Schultern. »Na ja, du hast in der Holding mehr zu sagen als jeder andere. Jason und Sean mal ausgenommen.«

Mit einer Hand auf seiner Brust nicke ich. »Sie sagen, wir müssen ihnen etwas geben. Die Gerüchteküche brodelt.«

Er seufzt schwer. »Die Band ist seit dem letzten Album permanent auf dem Radar. Jeder will wissen, mit wem wir ins Bett steigen, was wir frühstücken und ob wir uns nach dem Duschen den Hintern abtrocknen.«

Ich lehne den Kopf an seine Schulter. »Du weißt, dass ich das nicht will. Und du willst es auch nicht.«

»Definitiv nicht.«

Er drückt mir einen zärtlichen Kuss auf die Schläfe und streicht mit seinen Fingern sanft über meinen Rücken. »Ich hab diesen Teil des Ruhms nie verstanden. Unsere Musik? Klar, die gehört den Fans. Aber unser Leben?«

»Bleibt unser Leben.«

Die Worte hängen einen Augenblick in der Luft.

»Wir werden alles dafür tun, dass keine Pärchenbilder an die Öffentlichkeit gehen. Also keine Homestorys und kein romantisches Candle-Light-Dinner auf Seite Eins.«

Ich lächle matt. »Wenn sie wissen wollen, dass wir zusammen sind, sollen sie es wissen. Aber ein Name reicht. Wir geben keine Bilder raus, keine Interviews. Wenn sie uns zusammen ablichten, kümmern sich vertrauenswürdige IT-Fachleute darum, dass nichts davon verbreitet werden kann.«

Er hält mich ein wenig fester.

»Danke, Sweetheart. Du kannst dir nicht vorstellen, wie wichtig mir ein privates Leben ist.«

»Wir machen das zusammen, Pete. Meine Familie hat genug Erfahrung damit, wie man die Presse auf Abstand hält. Wir bewegen uns in Kreisen, die diskret sind. Und wenn jemand aus der Reihe tanzt, wird er ausgeladen.«

Sein Atem an meiner Wange fühlt sich beinahe heiß an, als er lachen muss. »Du machst mir manchmal ein bisschen Angst, Miss Sinclair.«

Ich stimme mit ein. »Gut so.«

Heute

Zwei Monate sind vergangen.

Seit vier Wochen arbeite ich wieder und versuche dabei, in den Alltag zurückzufinden – doch die Welt lässt mich nicht.

Die *Medien* lassen mich nicht.

Sie geben keine Ruhe und präsentieren täglich eine neue Schlagzeile.

‚Pete Stone: Zerbrochen am Ruhm? Die dunkle Seite des Erfolgs.‘

‚Liebe, Lügen und Luxus – was verschweigt Olivia Sinclair über den Tod von Rockstar Pete Stone?‘

‚War es Selbstmord? Insider spekulieren über die letzten Monate des Musikers.‘

‚Überdosis oder Unfall? Das tragische Ende eines Rockstars.‘

‚Doppelleben und dunkle Geheimnisse – die wahre Geschichte hinter Pete Stones letzter Nacht!‘

Ich frage mich, ob diesen Leuten auch nur ein einziges Mal in den Sinn gekommen ist, dass es dabei um einen echten Menschen geht.

Morgen wird die Wahrheit bekannt gegeben.

Die Anwälte und das Management sind der Ansicht, dass es an der Zeit ist. Und ich habe beschlossen, weit weg zu sein, wenn die Schlagzeilen explodieren.

Ich drehe mich um und betrachte mich im Spiegel. Meine Schwangerschaft lässt sich nicht mehr verbergen. Es hat sich herausgestellt, dass ich schon vier Wochen schwanger war, als Pete noch lebte.

Ob er anders entschieden hätte?

»Bist du bereit, Livy?«

Seans Stimme holt mich zurück ins Hier und Jetzt. Es ist Zeit zu gehen. Ich hebe die Tasche auf und sehe mich ein letztes Mal in meinem Zimmer um.

Es wird mir guttun, die nächsten Monate an einem anderen Ort zu verbringen. Das versuche ich mir zumindest einzureden.

»Komme gleich, Se.«

Langsam schließe ich die Tür hinter mir. Sie rastet ein, was endgültiger wirkt, als es sein sollte.

Unten wartet Sean neben der Haustür, und ich drücke ihm meine Tasche in die Hand. »Ich verabschiede mich noch kurz von Mom und Dad, dann komme ich.«

»Lass dir Zeit, ich warte draußen auf dich.«

Er nickt mir zu, schließt die Tür hinter sich und läuft zum Auto. Bevor ich mich rühren kann, kommen Mom und Dad in den Eingangsbereich. Schnell schließe ich Mom in die Arme und küsse sie auf die Wange.

»Danke, Mom. Für alles.«

Ihre Umarmung wird fester. »Schon gut, Schätzchen. Du bist dir sicher, dass wir nicht mitkommen sollen?« Ich schüttle den Kopf und löse mich von ihr.

»Ja, bin ich. Bitte macht euch keine Sorgen.«

Dad tritt einen Schritt vor. Ich schmiege mich in seine Arme und genieße noch einmal seine wohlige Wärme, die mich umhüllt. »Wir sind nur einen Anruf entfernt. Und wenn wir die Pressemitteilung verschieben sollen, dann musst du nur einen Ton sagen. Wir setzen alles in Bewegung.«

Nickend blinzle ich die Tränen weg und zwinge ein Lächeln auf meine Lippen.

»Danke, Daddy. Aber es ist Zeit. Pete wollte nie, dass Details unseres Lebens veröffentlicht werden, und das aus gutem Grund. Ich begebe mich aus der Schusslinie und hoffe auf das Beste.« Ich räuspere mich, um nicht wieder die Fassung zu verlieren.

»Na gut, meine Kleine.« Dad streicht mir eine Haarsträhne hinters Ohr. »Wir hören uns dann am Telefon.« Schließlich drückt er mir einen Kuss auf die Stirn. Dann mache ich mich auf den Weg.

Draußen angekommen setze ich mich in Seans Wagen. Er wirft mir einen fragenden Blick zu, den ich bestätigend erwidere, und fährt los.

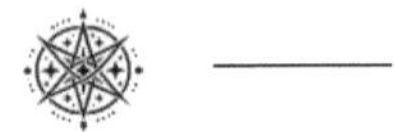

»Livy, ich weiß, dass du stark bist und alles.«

Seans Stimme durchbricht das Schweigen, das sich, begleitet vom gleichmäßigen Rauschen der Reifen auf dem Asphalt, ausgebreitet hat. Ich ertrage es nicht, das Radio eingeschaltet zu lassen. Petes Songs laufen noch immer auf fast jedem Sender.

»Aber vielleicht macht es Sinn, wenn du diese Val anrufst und sie fragst, ob sie dich besuchen kommt?«

»Woher kommt das denn jetzt?«

Verwundert mustere ich sein Profil. Ich habe ihm vor einer Weile von Val erzählt. Von der unbefangenen Freundschaft, die sich nie nach Erwartungen oder Verpflichtungen angefühlt hat.

Er sieht mich von der Seite her an.

»So gern ich auch würde, aber ich kann nicht durchgehend für dich da sein.« Mit seinen Händen umschließt er das Lenkrad ein wenig fester.

»Es ist viel zu tun und du weißt, du bist das Wichtigste für mich. Aber sie kann dir auf einer anderen Ebene helfen als ich.« Er verstummt und presst die Lippen aufeinander, als hätte er schon zu viel gesagt.

Mit einem Mal trifft es mich: Er hat Pete, seinen besten Freund, verloren. Doch während ich mich in meiner eigenen Trauer vergrabe, hält Sean alles zusammen. Ich schlucke schwer und knete die Finger in meinem Schoß.

»Se, bitte.« Die Landschaft zieht an uns vorbei. »Kümmere dich auch mal um dich selbst. Ich schaff das schon. Lass mich darüber nachdenken, okay? Und glaub nicht, dass ich dir nicht unendlich dankbar bin, für alles, was du für mich tust. Ich wüsste nicht, wo ich ohne dich in den letzten zwei Monaten wäre.« Mit seinen Fingern trommelt er beiläufig auf das Lenkrad. »Du musst dich nicht bedanken, Liv. Das weißt du.«

Während ich weiter nach draußen starre, wandern meine Gedanken zu Val. Nach unserem letzten Telefonat vor zwei Monaten haben wir nur ein paar kurze Nachrichten ausgetauscht. Ich musste zu Atem kommen und habe mich nur auf mich konzentriert – oder zumindest versucht, nicht völlig zu zerbrechen.

Sean hat recht.

Val ist meine einzige wirkliche Freundin außerhalb der Familie. Und wenn ich sie weiterhin als Freundin bezeichnen will, ist es an der Zeit, ihr endlich die Wahrheit zu sagen.

»Ich hab ihr noch nicht erzählt, wer ich bin und was los ist.«

Meine Stimme durchdringt leise die Stille. »Das letzte Mal haben wir vor zwei Monaten telefoniert. Nicht mal da konnte ich es ihr sagen.« Traurig schließe ich die Augen und lehne den Kopf gegen die Stütze.

»Lad sie einfach ein. Alles andere ergibt sich von selbst. Schick ihr Flugtickets als Überraschung.«

Ich pruste belustigt.

»Dein Vorschlag ist ja wirklich gut, aber sie führt ein eigenes Lokal. Ich kann ihr nicht einfach vorschreiben, wann sie wo zu sein hat.« Sean kratzt sich verlegen am Kinn. »Stimmt. Gut, dann eben keine Überraschung. Frag sie einfach, ob sie für ein paar Wochen kommen kann. Ohne Druck.«

»Du hast recht.«

Ohne länger abzuwarten, nehme ich mein Handy und öffne den Chat mit Val. Seans gemurmeltes *Das ist keine Überraschung,* ignoriere ich. Mein Daumen schwebt kurz über der Tastatur, dann tippe ich drauflos.

Ich

Wie spontan bist du für ein Telefondate zu haben?

Val

Was heißt spontan?

Ich prüfe die Uhrzeit. Bei ihr muss schon der Morgen angebrochen sein. In spätestens zwei Stunden werden wir beim Haus ankommen.

Ich lege das Handy zur Seite, gleichzeitig durchströmt mich Erleichterung.

»Okay, ich spreche heute noch mit ihr und lad sie ein.«

Seans Lippen umspielt ein zufriedenes Lächeln.

»Du weißt, dass ich dich nicht gern hier allein lasse. Aber ich muss zurück an die Arbeit und deine Abwesenheit vorbereiten.«

»Ich weiß, Se. Mach dir keine Sorgen um mich. Du hast schon mehr als genug für mich getan.«

Er drückt erneut meine Hand.

»Du hast es verdient, nicht allein zu sein.«

Ich räuspere mich, und verschränke meine Finger mit seinen. »Danke, Se. Und jetzt hör auf mich zum

Weinen zu bringen.«

Lachend schüttelt er den Kopf.

Der Rest der Fahrt verstreicht in belanglosen Gesprächen, während er den Wagen über den schmalen, gewundenen Weg lenkt. Nach der letzten Kurve taucht es schließlich vor uns auf: mein Zuhause auf Zeit; bis zur Geburt.

Das Küstenhaus liegt erhöht über dem Strand, eingebettet zwischen windgepeitschten Gräsern und vereinzelten Bäumen. Der weiße Anstrich hebt sich gegen das Grau des Himmels ab. Die bodentiefen Fenster reflektieren das Tageslicht. Im Hintergrund brechen die Wellen und erzeugen ein Rauschen, das selbst durch die geschlossenen Autofenster zu hören ist. Es ist ein Ort zum Wohlfühlen.

Sean schaltet den Motor aus.

»Mom hat sich noch darum gekümmert, dass alles gereinigt und hergerichtet wird.«

Ich betrachte die Fassade des Gebäudes. Kühle Luft schlägt mir entgegen, als ich aussteige. Sean holt mein Gepäck aus dem Kofferraum und folgt mir zur Tür. Drinnen empfängt mich der Duft von Holz und frischer Farbe. Der Innenraum ist schlicht, aber gemütlich eingerichtet. Eine Treppe führt nach oben zu den Schlafzimmern.

Sean stellt den Koffer ab. »Hier kannst du zur Ruhe kommen.« Meine Kehle wird enger.

Wann hört das endlich auf, dass ich ständig um Luft

ringen muss.

»Danke, Se.«

Er legt mir die Hände auf die Schultern, dreht mich um und sieht mich eindringlich an. »Ruf an, wenn etwas ist, ja? Tag oder Nacht.« Er zieht mich in eine innige Umarmung. Ich kralle meine Finger in sein Hemd.

»Mache ich.«

»Es wird leichter. Irgendwann«, verspricht er mir. Ich nicke, aber in diesem Moment ist es kaum vorstellbar. Nach einer gefühlten Ewigkeit lösen wir uns widerwillig voneinander.

»Ich fahre jetzt. Sonst komme ich nie los.«

Ich begleite ihn zur Tür und lehne mich an den Rahmen. Sean dreht sich ein letztes Mal um. »Mach's gut, Livy. Wir telefonieren.«

»Das machen wir. Fahr vorsichtig.«

»Immer.« Er steigt ins Auto, winkt ein letztes Mal und fährt er los. Ich bleibe stehen, bis die roten Rücklichter in der Dämmerung verschwinden.

Wenn er doch nur bleiben könnte.

Nachdem ich die Tür geschlossen habe, atme ich tief durch, setze mich auf das Sofa, ziehe mein Handy aus der Tasche und wähle Vals Nummer.

Kapitel 7

Brad

Der gestrige Abend war stressig, aber erfolgreich. Volles Haus, zufriedene Gäste und ein Küchenteam, das wie ein Uhrwerk lief.

Ich blinzle verschlafen und drehe mich zur Seite. Kurz bevor ich abermals einnicke, sehe ich die Uhrzeit.

Verdammt.

Es ist kurz vor elf. Ich werfe die Decke zurück und schwinge die Beine aus dem Bett. Das *Flavor Lane* öffnet zwar erst heute Abend, allerdings bin ich mit Val und Floyd zum Lunch verabredet.

Die Mittagsstunden gönnen wir uns meistens, um durchzuatmen, uns zu sortieren oder neue Ideen zu besprechen. Heute geht es um das After-Work-Event im nächsten Monat.

Die Idee kommt von Val, aber ich finde sie sehr gut. Ein lockerer Abend für Berufstätige – zum Netzwerken, Lachen, womöglich sogar zum Flirten.

Nachdem ich mich geduscht habe, schnappe ich mir den Helm und begebe mich zu meinem Bike. Der Motor springt mit dem vertrauten, satten Knurren an.

Bestes Geräusch der Welt.

Ich setze mich auf die Maschine, rolle langsam aus der Garage und lenke sie auf die Hauptstraße. Die Stadt ist lebendig, wie immer um diese Zeit. Autos drängen sich durch die Straßen, Fußgänger eilen über den Gehweg und Ladenbesitzer bieten ihre Auslagen an.

Ich lebe schon seit meiner Kindheit hier. Meine Eltern genießen jetzt allerdings ihren Lebensabend im sonnigen Florida – wie wahrscheinlich der Großteil der amerikanischen Bevölkerung jenseits der sechzig. Meine Schwester ist mit ihrem Mann nach Texas gezogen, nachdem er ein Jobangebot bekommen hat, das er nicht ablehnen konnte.

Am Diner angekommen stelle ich das Bike ab, ziehe den Helm vom Kopf und streiche die Strähnen aus dem Gesicht. Ich schiebe mir die Sonnenbrille in die Haare und betrete das Gebäude.

Direkt am Eingang, auf dem Tresen neben der

Kasse, liegt ein Stapel Zeitungen. Fette, schwarze Buchstaben prangen über einem Foto von Pete Stone, das auf einem seiner Auftritte aufgenommen worden sein muss.

Pete Stone: Es war Selbstmord!

Ich bleibe stehen und greife stirnrunzelnd danach. Um ehrlich zu sein, habe ich nicht damit gerechnet, dass noch einmal darüber berichtet wird. Der Artikel zur Schlagzeile ist schnell gefunden.

Ende eines Idols: Pete Stone nahm sich das Leben

London – Zwei Monate nach dem plötzlichen Tod von Pete Stone hat die Familie Sinclair heute in einer offiziellen Pressemitteilung Klarheit geschaffen. Der 32-jährige Musiker beging Suizid. Stone wurde am Abend des 26. Mai leblos in seiner Londoner Wohnung aufgefunden.

»Mit großem Bedauern müssen wir bestätigen, dass sich Pete das Leben genommen hat. Wir bitten weiterhin darum, in dieser schweren Zeit die Privatsphäre der Hinterbliebenen zu respektieren.« Mit diesen Worten schloss die kurze Erklärung, die im Namen der Familie Sinclair und der Band veröffentlicht wurde.

Während die Bestätigung für viele Fans ein endgültiges Ende der wochenlangen Spekulationen bedeutet, wirft sie gleichzeitig neue Fragen auf. Unter anderem: Warum hat niemand die Anzeichen bemerkt? Im Fokus der Aufmerksamkeit steht nun vor allem Stones Verlobte, Olivia

Sinclair. Die Erbin hat sich seit seinem Tod vollständig zurückgezogen.

»Hat sie etwas geahnt? War der Druck der Beziehung zu groß?«; so oder ähnlich lauten die Fragen, die in den sozialen Netzwerken die Runde machen. Unbestätigten Berichten zufolge soll die geplante Hochzeit des Paares kurz vor der Absage gestanden haben. Eine offizielle Stellungnahme liegt nicht vor.

Auch Stones Bandkollegen – Tom und Kyle Kingston sowie Wilson Daniels – schweigen weiterhin. In den sozialen Medien reichen die Reaktionen von Mitgefühl bis hin zu offenen Vorwürfen. »Wie konnten sie nichts merken?«, schreibt ein Nutzer auf Instagram. Ein anderer postet: »Hat sie ihn im Stich gelassen?«

Während die Musikwelt einen ihrer talentiertesten Künstler betrauert, bleibt eine unbequeme Wahrheit bestehen: Manche Antworten werden wohl im Dunkeln bleiben.

Betroffen hebe ich den Kopf.

Da sehe ich Floyd, der mir aus einer der Ecken zuwinkt. Val sitzt ihm gegenüber, die Augen auf ihr Handy gerichtet.

Ich schlendere zu ihnen hinüber.

»… weiß auch nicht. England ist ja schon immer anders gewesen als hier. Aber so wie sich das liest, liegt es wohl vor allem an den aufdringlichen Medien, dass es jetzt veröffentlicht wurde.«

Ah, es geht also um die Meldung des Tages.

»Sorry Leute, verschlafen. Hab ich was verpasst?«
Floyd verschränkt bequem die Arme vor der Brust.
»Nein, du kommst genau richtig. Unsere Val hier
klärt mich gerade über die Eigenheiten und
Verbissenheit englischer Medien auf.« Ich lasse mich
auf die Bank fallen, nehme die Karte vor mir und
überfliege die Frühstücksangebote. Während Val
weiterspricht, bleibt mein Fokus auf der Speisekarte.
Bevor ich mich entscheiden kann, tritt die Kellnerin
an den Tisch. Eine ältere Frau mit Lachfalten und
dem typischen, eigentümlichen Charme einer Diner-
Angestellten.

»Was darf ich euch bringen, Kinder?«

Val legt ihr Handy beiseite. »Ich nehme die
Erdbeerwaffeln und einen Vanille-Milchshake.« »Für
mich bitte das Chicken Fried Steak und Eier und eine
Coke.«, meint Floyd, ohne die Karte zu beachten.

Die Kellnerin kritzelt beides auf ihren Block und
wendet sich dann an mich. »Und was darf's für dich
sein, Schätzchen?« Ich schließe die Karte und
entscheide mich spontan für das Home-Style-
Frühstück und einen großen Cappuccino.

»Kommt sofort.«

Mit einem Nicken dreht sie sich um und
verschwindet hinter der Theke. Kurz darauf stellt sie
schon unsere Getränke auf dem Tisch ab.

»Ich muss mit euch über was Wichtiges sprechen,
bevor wir mit dem Event weitermachen.« Val lehnt

sich zurück und betrachtet die vorbeifahrenden Autos vor dem Diner.

»Schieß los. Wir sind ganz Ohr«, ermuntere ich sie, wenn auch eine Spur irritiert. Es ist sonst nicht ihre Art, um den heißen Brei herumzureden.

Sie zögert, offenbar um nach den richtigen Worten zu suchen. »Ich hab euch doch schon mal von Liv erzählt. Aus London.«

»Ich erinnere mich.« stimme ich zu während Floyd bestätigend brummt.

»Na ja, wir haben gestern wieder mal telefoniert. Ist ewig her gewesen. Ein bisschen mehr als zwei Monate. Das letzte Mal hatte sie viel um die Ohren.«

Val nestelt nachdenklich an ihrer Serviette.

»Jedenfalls … Sie hat mich gefragt, ob ich bald zu ihr kommen kann. Sie ist umgezogen und … braucht Unterstützung. Am Telefon konnte sie nicht wirklich sagen, worum es geht, aber … irgendwas stimmt nicht.« Ich ziehe argwöhnisch die Brauen zusammen und schaue zu Floyd. Er spricht daraufhin aus, was ich denke.

»Und dafür sollst du hier alles stehen und liegen lassen?«

»Nein!« Val hebt abwehrend die Hände. »Es geht nicht einfach nur um den Umzug. Es ist … ein Freundschaftsding. Ich kann euch jetzt nicht alles auf die Nase binden, wie es ihr geht und so weiter. Obwohl sie da ehrlich gesagt seit jeher ein bisschen vage ist, also wirklich was sagen kann ich da gar nicht.« Gedankenverloren dreht sie eine Strähne zwischen den Fingern. »Wie auch immer … Ich würde sie wirklich gern besuchen.«

Ihre Ernsthaftigkeit ist deutlich. Man sieht ihr an, wie wichtig ihr das ist. Ich beobachte sie einen Moment und nicke schließlich langsam.

»Okay. Wir schreiben dir sicher nicht vor, was du mit wem wann machst. Von welchem Zeitraum sprechen wir denn?«

Sie atmet hörbar aus, fast als hätte sie genau diese Reaktion gebraucht, um weiterzusprechen. »Ich dachte erstmal an vier Wochen. Und dann mal sehen.«

Floyd verschluckt sich so heftig an seiner Cola, dass er hustend nach einer Serviette greift.

»Vier Wochen?« japst er röchelnd. Val verengt die Augen. Dann fährt sie fort.

»Ich hab im *Flavor Lane* nicht unbedingt Kundenkontakt. Ich kann meine Arbeit mitnehmen. Ihr müsstet mir nur zuverlässig alles schicken, was mit der Buchhaltung und den Bestellungen zu tun hat. Dann muss das auch keiner von euch übernehmen.« Schnaubend schüttle ich den Kopf, während Floyd nach Luft schnappt.

Vier Wochen.

»Das ist eine verdammt lange Zeit, Val.«

Mit zwei Fingern kneife ich mir in die

Nasenwurzel. "Du kennst sie doch so gut wie gar nicht …?"

"Komm schon, Brad! Ich kenne sie lange genug und sie ist meine Freundin."

Ich lasse meine Hand sinken. Fast schon flehend sieht sie uns an.

»Stimmt. Kundenkontakt haben nur wir beide.« Nachdrücklich sehe ich zu Floyd, um ihn daran zu hindern, etwas Unüberlegtes zu sagen, als er den Mund öffnet. Nicht, dass er es boshaft meint, aber wenn jemand ins Fettnäpfchen treten kann, dann er.

»Ich glaube, es spricht nichts dagegen, wenn du deine Freundin besuchst. Wir leiten dir einfach alles weiter, womit wir nichts anfangen können.« Sie hält inne, als hätte sie nicht erwartet, das zu hören.

»Brad hat recht. Du hast dir auch mal ein bisschen Urlaub verdient. Und du lässt uns ja nicht hängen.« Mit jedem Wort von Floyd löst sich ihre Anspannung merklich.

»Wann willst du denn los?«, frage ich, während ich meinen Cappuccino umrühre. Auch wenn sie weiterhin arbeitet, müssen wir uns darauf vorbereiten.

»Also, wir haben nächsten Monat das Event und dann noch die Nachbereitung – Analyse und sowas. Ob es sich lohnt, das zukünftig häufiger zu veranstalten …«

Sie hebt ihren Milchshake und überlegt.

»Ich würde sagen, in spätestens sechs bis sieben Wochen mache ich mich auf den Weg.« Damit nimmt sie einen großen Schluck.

Ich nicke. »Okay, für mich passt das. Was meinst du Floyd?« Er zuckt mit den Schultern, als wäre es die einfachste Entscheidung der Welt.

»Jep, ist für mich auch okay. Das nächste Mal, wenn du deine Freundin vermisst, sagst du aber früher Bescheid. Dann machen wir Betriebsferien, schließen das *Flavor Lane* für eine Woche und kommen mit.«

Ich starre ihn sprachlos an.

Auch Val fehlen die Worte – und das kommt so selten vor, dass ich sogar *nie* sagen würde.

Das habe ich bisher nie in Erwägung gezogen, aber es stimmt. »Wir waren beide noch nie in England, und du hast davon geschwärmt, seit du zurück bist«, gebe ich Floyd recht.

Mit einem Blinzeln findet sie wieder ihre Sprache.

»Ja … Ja, das hört sich gut an. Klasse, Jungs, ich ruf direkt Liv an.«

Sie springt auf, doch ich halte sie auf.

»Essen wir erstmal und sprechen über das Event.«

Val lässt sich zurückfallen. In dem Moment kommt die Kellnerin mit unserer Bestellung an den Tisch.

»Stimmt. Sorry. Ich bin einfach aufgeregt.«

Ich greife lachend nach dem Besteck. »Mal

schauen, was du diesmal für Ideen aus England mitbringst.« Sie stößt mir leicht gegen die Schulter und zwinkert mir zu.

»Bestimmt nur die Besten, Brad.«

Darauf können wir nur alle hoffen.

Kapitel 8

Der Geräuschpegel ist enorm – Stimmengewirr, klirrende Flaschen und Gläser, das Dröhnen der Musik aus den Lautsprechern. Die Luft ist warm, schwer von Bier und Parfum und die Stimmung ausgelassen. Sean legt einen Arm um meine Schultern und führt mich durch die Bar.

»Livy, komm schon. Du wirst sie mögen.«

Ich verdrehe die Augen. »Wenn du das sagst.«

Er lacht gelöst und läuft weiter. Seit Wochen will er mir ein paar Freunde vorstellen, die er in Cambridge kennengelernt hat. Sie haben eine Band gegründet; arbeiten angeblich an ihrem ersten Album.

Der Name ist mir entfallen.

Ich wollte nur einen gemütlichen Abend nach einer anstrengenden Woche verbringen.

Vor Kurzem habe ich mein Masterstudium in Oxford mit Auszeichnung abgeschlossen und der Plan war, das heute mit Sean und dem einen oder anderen Cocktail zu feiern. Stattdessen steuert er zielstrebig auf einen Tisch zu, an dem vier Typen sitzen; vertieft in ihr Gespräch.

Ein Blonder mit längeren Haaren und Lederjacke spricht, seine Bierflasche in der Hand. Der neben ihm, ein Stück größer, lacht laut auf. Die anderen beiden hören entspannt und amüsiert zu. Sean bleibt vor dem Tisch stehen, den Arm noch immer um meinen Schultern.

»Aufgepasst, Stellar. Ich will euch meine kleine Schwester vorstellen.« Er schiebt mich vor sich. »Das ist Liv.«

Ich stoße ihm mit dem Ellbogen in die Seite. »Nur achtzehn Minuten ...«

Drei der Jungs stehen auf und stellen sich als Tom, Kyle und Wilson vor. Sie wirken nett und locker, aber meine Aufmerksamkeit bleibt an dem Blonden hängen.

Er sitzt da, lehnt sich leicht zurück, die Flasche lässig zwischen den Fingern. Dann setzt er sie an die Lippen, nimmt einen letzten Schluck und stellt sie auf dem Tisch ab. Mit dem Blick fest auf mich gerichtet, kommt er näher. Er ist etwa so groß wie Sean und als er vor mir stehen bleibt, muss ich den Kopf ein wenig heben, um ihm in die Augen sehen zu können.

Sie sind blau, und obwohl ich pragmatisch veranlagt bin, muss ich sofort an einen weiten Ozean denken, der sich vor mir erstreckt.

Ich schrecke aus dem Traum hoch und schlage die Augen auf.

Die Sonne kämpft sich durch die Wolkendecke und wirft ihre ersten Strahlen in mein Schlafzimmer. Stöhnend schlage ich die Decke zurück und hieve mich aus dem Bett. Seit drei Monaten bin ich jetzt hier, in dem kleinen Küstenhäuschen östlich von London. Nahezu täglich telefoniere ich mit Sean, mindestens alle zwei Tage mit meinen Eltern.

Sie kommen so oft wie möglich am Wochenende, doch zweimal waren sie gezwungen, die Fahrt abzubrechen. Ihr Sicherheitsteam hatte bemerkt, dass die Presse sie verfolgte. Der Versuch, die Medien zu besänftigen, indem die von ihnen geforderten Informationen veröffentlicht wurden, ging nach hinten los.

Seitdem ist es nur irrsinniger geworden.

Dad und Sean haben darum beschlossen, dass es an der Zeit ist, den Fokus der Medien umzulenken. Nach der Geburt meines Sohnes wird Sean offiziell als Nachfolger von Dad an der Spitze des

Unternehmens vorgestellt.

Damit tritt er in die Öffentlichkeit, obwohl er sich, wie ich, ursprünglich dagegen entschieden hatte. Durch die Beziehung mit Pete war mein Name häufiger in den Medien. Das war unvermeidbar. Spätestens durch diesen Schritt wird der Fokus von mir auf meinen Bruder gelenkt.

Das ist zumindest der Plan.

Im Laufe des Tages wird Val hier ankommen. Sie wollte schon vor vier Wochen hier sein, hat es aber nicht früher geschafft. Noch weiß sie nichts von meinem Zustand. Ich habe mich die letzten Monate vollständig zurückgezogen und jeden Kontakt zur Außenwelt vermieden.

Eine Schlagzeile hat gereicht, um meine Entscheidung des vollständigen Rückzugs zu besiegeln: *»Liebesdrama mit tödlichem Ende – Was verschweigt Olivia Sinclair über die letzten Stunden von Pete Stone?«* Ich habe die Seite sofort wieder geschlossen und keine Online-Nachrichten mehr geöffnet. Stattdessen beschäftige ich mich mit Arbeit und diversen Streamingdiensten. Meine Familie versucht alles in ihrer Macht Stehende, dass solche Artikel schnell verschwinden.

Leider ist das nicht immer möglich. Manchmal wird diese Hetze sogar als Meinungsfreiheit verteidigt.

Langsam begebe ich mich in die Küche auf der Suche nach Frühstück.

Ich sollte aufhören, darüber nachzudenken.

Es war zu erwarten, dass die Spekulationen diese Richtung einschlagen. Ich mache mir selbst die gleichen Vorwürfe.

Von der Band habe ich seit dem Tag der Beisetzung nichts mehr gehört; weder Nachrichten noch Anrufe. Ob sie etwas zu den aktuellen Schlagzeilen sagen oder ob sie überhaupt die Kraft haben, dagegen vorzugehen?

Keine Ahnung.

Ich mache ihnen keinen Vorwurf, dass sie sich nicht mehr gemeldet haben. Sie trauern, genau wie ich.

Und keiner von ihnen weiß, dass ich schwanger bin. Mom, Dad, Sean und Dr. Bridget sind die Einzigen und das ist gut so.

Als würde er sich in Erinnerung bringen wollen, tritt er mich, und ich lege eine Hand auf meinen Bauch.

Später wird auch Val zu den Personen gehören, die mehr über mich wissen als sonst jemand. Sie hat darauf bestanden, sich einen Mietwagen zu nehmen. Val lässt sich nicht gern helfen, wenn sie etwas selbst regeln kann.

Ich hätte sie ohnehin nicht abholen können.

Da niemand von ihrer Verbindung zu mir weiß, nicht einmal sie selbst, besteht auch nicht die Gefahr, dass sie verfolgt wird. Ich sehe ein letztes Mal im Gästezimmer nach dem Rechten und richte ihr Handtücher und ein Set Badeutensilien her.

Mom hat das Zimmer am Wochenende vorbereitet, damit ich mich nicht darum kümmern muss. Sie hat mich auch noch einmal darum gebeten Val nur vollständig einzuweihen, wenn ich mir ganz sicher bin. Doch je länger ich in den vergangenen Wochen darüber nachgedacht habe, desto mehr verziehen sich die Zweifel. Val vertraut mir und sie hat es verdient, dass ich ihr ebenso vertraue.

Um die Wartezeit zu überbrücken, schnappe ich mir meinen aktuellen Roman und verziehe mich mit einer Decke in den Wintergarten. Von hier aus hat man eine unvergleichliche Aussicht auf den Strand, der direkt an das Haus grenzt.

Drei Stunden später klingelt mein Handy.

Der Bildschirm leuchtet auf und zeigt einen Anruf vom Tor an. Ich tippe auf die Benachrichtigung und schon wird mir Val hinter dem Steuer ihres Mietwagens gezeigt. Mit der Sonnenbrille auf der Nase und einem erwartungsvollen Lächeln in ihrem Gesicht. Ich nehme den Anruf an.

»Val, du bist da! Folge einfach der Straße.«

»Alles klar, Liv. Bis gleich!«

Mit einem Fingertipp öffne ich das Tor und beobachte auf dem Bildschirm, wie es langsam aufgleitet. Val rollt hindurch und es schließt sich automatisch wieder. Ich schäle mich aus der Decke, schlüpfe in meine Hausschuhe und strecke mich, um meine Muskeln zu lockern.

Wie wird sie reagieren?

Ich habe diese Frage in den letzten Tagen so oft durchgekaut, dass sie mir mittlerweile fast banal vorkommt. Ich hoffe nur, dass sie nicht allzu sauer ist. Aber Val ist die verständnisvollste Person, die ich kenne. Wenn jemand meine Beweggründe nachvollziehen kann, dann sie.

Kurz darauf klingelt es an der Tür.

Ich wische mir die feuchten Hände an meiner Hose ab, atme tief durch und öffne die Haustür mit einem Ruck. Val steht vor mir, die Sonnenbrille ins Haar geschoben und einem Koffer neben sich. Ihre Augen weiten sich, als sie mich mustert.

»Val … hey.«

Meine Stimme klingt unsicherer als erwartet. Ich trete zur Seite und sie kommt herein.

»Oh mein Gott, Liv??«

Als ich die Tür hinter ihr schließe, lässt sie den Koffer stehen und schließt mich in die Arme.

»Großer Gott, Liv… was ist hier los?«

Schmunzelnd blinzle ich die aufsteigenden Tränen weg. »Ich wusste nicht, dass du so gottesfürchtig bist.«

Sie schnaubt und lacht dabei auf.

In den letzten Wochen ist es mir gelungen, die Tränen zurückzuhalten, aber Val hierzuhaben und damit nicht mehr allein hier zu sein, ist befreiend.

»Ich glaub ich muss dir was erzählen.«

Meine Worte hängen zwischen uns und ein weiteres ungläubiges Kichern entkommt ihr.

»Weißt du was?«

Sie löst sich von mir und schüttelt den Kopf, als müsse sie ihre Gedanken ordnen. »Ich würde mich gerne eben frisch machen. Ich stinke nach Flugzeug und so, wie du anfängst, schreit das nach gemütlicher Kleidung. Und ich würde ja Schnaps zu diesem Gespräch vorschlagen, aber da das wohl keine Option ist, nehme ich auch Kaffee. Oder Tee. Vorzugsweise Kaffee. Ich weiß, dass ich hier in England bin und du tendenziell nur Tee zu Hause hast.« Ein echtes, unbeschwertes Lachen löst sich, und ich wische die letzten Tränen aus den Augenwinkeln.

»Ich hab dein ohne-Punkt-und-Komma-Gerede vermisst.« Sie grinst breit, als hätte sie es genau darauf angelegt.

»Komm, ich zeig dir dein Zimmer. Ich warte im Wintergarten, wenn du bereit bist.«

Sie schnappt sich ihren Koffer und ich lotse sie in das Gästezimmer. Mit jedem Schritt lockert sich der Knoten in meiner Brust ein wenig mehr.

In einer Rekordzeit von zwanzig Minuten steht Val vor mir. Frisch geduscht, in gemütlicher Kleidung und mit einem erwartungsvollen Gesichtsausdruck.

»Ich hab extra für deinen Besuch Kaffee besorgt.« Ich zwinkere ihr zu und schiebe die Kanne über den Tisch.

»Oh Mann, du bist die Beste!«

Strahlend schenkt sie sich eine Tasse ein, während ich meinen Tee anhebe. »Also gut. Ich rede, du trinkst und kommst hier an, okay?« Sie nickt, nimmt einen ersten Schluck und bedeutet mir, dass ich loslegen soll.

Ich zögere.

Ein Teil von mir will den Moment noch festhalten.

»Du musst das, was ich dir gleich erzähle unbedingt für dich behalten, Val. Bitte!« Flehend packe ich ihre Hand, die sie locker auf dem Oberschenkel abgelegt hat.

»Ich vertraue dir mehr als jedem anderen außerhalb meiner Familie. Du bist die einzige Person, die ich an mich heranlasse.« Val blinzelt kurz, dann legt sie die andere Hand beruhigend auf meine.

»Ist gut, Liv. So viel hab ich mir zusammengereimt. Ich verstehe, dass das, was jetzt kommt, unter uns bleibt.« Sie drückt meine Hand aufmunternd und greift erneut nach ihrer Tasse.

Ich hole tief Luft und beginne zu erzählen.

»Mein vollständiger Name ist Olivia Sinclair.« Ich vermeide es, sie anzusehen und fixiere stattdessen die dunkle Flüssigkeit in der Tasse. »Mein Zwillingsbruder Sean und ich sind die Kinder von Isabella und Jason Sinclair. Wir arbeiten beide in der *Sinclair's Holding*.«

Ich lasse die Worte sacken.

»Da habe ich dich vor etwas mehr als drei Jahren beim Mittagessen kennengelernt. Du hattest keine Ahnung, wer ich bin. Und das war das Schönste daran. Ich war einfach Liv. Nicht Olivia Sinclair, nicht die Erbin, nicht die Tochter von … sondern einfach nur ich.« Ich hebe den Kopf und stelle fest, dass Val den Kaffee in ihrer Hand vergessen hat. Sie versucht, das Gehörte einzuordnen.

»Die vergangenen sechs Jahre war ich außerdem mit Pete Stone zusammen. In den letzten sechs Monaten unserer Beziehung waren wir verlobt.« Die nächsten Worte brennen regelrecht auf meiner Zunge, obwohl ich sie schon unzählige Male im Kopf hatte.

»Er hat sich vor fünf Monaten das Leben genommen.« Ich versuche, die aufsteigenden Emotionen zu unterdrücken und schließe die Finger fest um die Tasse.

»Ich weiß nicht, ob ich dir die genauen Umstände irgendwann erzählen kann. Aktuell bin ich noch nicht so weit.« Die ersten Tränen steigen in mir auf, aber ich rede weiter. »Dreieinhalb Tage nach seinem Suizid habe ich festgestellt, dass ich schwanger bin.«

Meine Wangen werden feucht und ich lasse es zu.

»Nachdem die Medien aufdringlicher und aggressiver wurden, bin ich vor drei Monaten hierhergezogen.« Den Tee habe ich weggestellt und mein Gesicht in den Händen vergraben.

Das Pflaster ist ab, und jetzt sitze ich in mich zusammengesunken da, während die letzten Worte im Raum hängen. Ich erwarte Fragen, Ungläubigkeit oder sogar Vorwürfe. Stattdessen spüre ich unvermittelt einen Lufthauch neben mir und Vals Arme schließen sich um meinen Oberkörper.

Sie sagt nichts. Keine Floskeln oder bedeutungslosen Quatsch. Sie hält mich einfach fest.

Nach einer Weile holt sie tief Luft.

»Wann ist es so weit?«

Vals Stimme ist kaum vernehmbar, aber ihre Augen verraten, wie sehr sie die neuen Informationen noch verarbeitet.

»Ich hab noch ungefähr acht Wochen vor mir.«

»Dann bleibe ich mindestens so lange hier bei dir.«

Ich schüttle den Kopf, unentschlossen, ob ich lachen oder weinen soll. »Val …«

»Nein, Liv!« Sie beugt sich vor und sieht mich eindringlich an, ihre Hand fest auf meiner. »Du bist meine Freundin. Ich bin dir wahnsinnig dankbar, dass du mich in dein Leben gelassen hast. Ich kann mir nicht vorstellen, was gerade in dir vorgeht, aber ich versuche es. Okay?« Ich starre sie an und was ich sehe, ist pures Mitgefühl.

»Schau mich nicht so an.«

Val grinst schief und drückt meine Hand. »Ich hab den Eindruck, du hattest Angst vor meiner Reaktion. Mal ehrlich: Mir war klar, dass du nicht ganz offen zu mir sein konntest. Gut … mit so einer Bombe hab ich nicht gerechnet. Du hast es verdammt schlau gemacht, dich hinter den Vorschriften der Firma verstecken. Jedes Mal, wenn du gesagt hast, es hat was mit der Arbeit zu tun, hab ich gar nicht weiter nachgefragt. Nenn mich naiv, aber ich hatte nie das Gefühl dir Misstrauen zu müssen.«

Kichernd streicht sie mir über den Rücken und wie es scheint, erinnert sie sich in diesem Moment an einige unserer früheren Telefonate.

»Ich weiß nicht, was ich sagen soll. Außer, dass ich mehr als dankbar für dich bin.«

Sie winkt ab.

»Na hör mal, das ist doch selbstverständlich.«

Überwältigt von ihrem Verständnis flirren meine Gedanken zu Pete. Ich ärgere mich über mich selbst, dass ich Val nicht schon vor Jahren alles erzählt habe.

»Weißt du was? Ich koch uns heute Abend was Schönes. Aber erzähl das bloß nicht den Jungs, wenn du sie mal kennenlernst. Die denken, ich bekomm in der Küche nichts zustande … und das soll auch so bleiben.«

Ich lache und wische mir beiläufig eine Träne von der Wange.

»Okay. Da kann ich nicht nein sagen.«

Kapitel 9

Brad

Erschöpft lasse ich mich auf das Sofa fallen. Floyd ist vor einigen Minuten gegangen.

Es ist bald Herbst, daher überlegen wir, ob es Sinn macht, nur saisonweise Events zu veranstalten. Die letzten Monate waren anstrengend, aufgrund dessen haben wir beschlossen, es die nächsten Wochen etwas gemächlicher angehen zu lassen.

Wir hatten praktisch jede Woche ein anderes Event im *Flavor Lane*. Dauerhaft auf diesem Level zu fahren, ist für keinen von uns gesund.

Zumindest haben wir Val endlich dazu überredet, ihre Reise anzutreten. Sie dürfte längst angekommen sein – England ist uns acht Stunden voraus. Während es hier 23 Uhr ist, bricht dort schon der Morgen an.

In dem Moment, in dem ich die Augen schließe, vibriert mein Handy. Nach einem kurzen Blick auf das Display bin ich überrascht, Vals Namen zu lesen, die eine Nachricht in unseren Gruppenchat geschrieben hat.

Val

> Ich weiß, ich bin gerade mal einen Tag weg, aber ich muss länger bleiben. ✦

Ich runzle die Stirn und richte mich auf.

Länger?

Bevor ich überhaupt darüber nachdenken kann, was sie meint, tippt Floyd bereits zurück.

Floyd

> Was heißt denn länger? Wir hatten ja über vier Wochen gesprochen.

Val

> Zwei bis drei Monate

Sprachlos starre ich auf ihre Nachricht. Ich bin sicher, dass mir in diesem Moment der Mund offen steht.

Was zum Geier…

Bevor ich eine Antwort tippen kann, blinkt die nächste Nachricht auf.

Val

Mir ist klar, dass ihr
wahrscheinlich gerade nach
Worten sucht. Aber lasst uns
die Tage telefonieren und
drüber sprechen.

Ich

Okay, Val. Schlaf gut.

Floyds Antwort folgt Sekunden später.

Floyd

Ja... Schlaf gut, Val.

Gerade lege ich das Handy zur Seite, da klingelt es erneut. Floyds Name leuchtet auf dem Bildschirm auf.

»Hey...«

»Alter, was denkt sie sich dabei? Ich meine, vier Wochen sind schon lang, aber jetzt kommt sie mit zwei bis drei Monaten daher ...«

Es überrascht mich, wie aufgebracht er ist – normalerweise ist er eher nachsichtig.

»Ich weiß, es ist nicht optimal, aber es muss ja einen Grund dafür geben...«, versuche ich ihn zu beschwichtigen.

»Kennst du diese Freundin, zu der sie geflogen ist? Vielleicht ist ihr nicht ganz klar, dass wir selbstständig sind und nicht einfach mal drei Monate

Urlaub machen können.«

Ich reibe mir den Nacken.

»Nein, ich kenn sie nicht. Val erzählt nur selten von ihr. Sie haben sich wohl während ihrer Zeit in England kennengelernt.« Floyd brummt unzufrieden und ich kann es ihm nicht verübeln.

»Lass uns einfach mal abwarten, was sie die Tage dazu sagt.« Am anderen Ende der Leitung bleibt es still. »Was ist los, Kumpel? Du bist so gereizt in letzter Zeit.«

»Sorry, du hast recht … sie würde so etwas nicht leichtfertig entscheiden.« Floyd seufzt hörbar. »Im *Flavor Lane* geht es einfach drunter und drüber. Ich weiß nicht, wo mir der Kopf steht.«

Daher weht also der Wind.

»Geht mir genauso.« Ich lasse meinen Kopf zurückfallen und starre an die Decke. »Sobald Val zu Hause ist, sollten wir ernsthaft über weiteres Personal sprechen.«

»Ja, sollten wir. Das kann nur gut für uns sein.«

Nach einem flüchtigen Austausch beenden wir das Gespräch.

Val hatte, wie wir, die letzten drei Jahre keinen freien Tag.

Womöglich ist sie ausgebrannt?

Oder zumindest kurz davor, wie Floyd. Auch wenn er es nicht ausspricht, es ist ihm anzumerken.

Und es käme nicht aus heiterem Himmel.

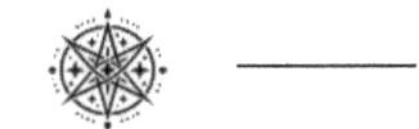

Am nächsten Morgen weckt mich das Licht, das durch die halb geöffneten Jalousien fällt. Ich reibe mir die Augen, um wach zu werden.

Eigentlich könnte ich den Tag sinnvoll nutzen.

Eine halbe Stunde später sitze ich auf meinem Bike und rolle durch die noch leeren Straßen. Der Himmel ist wolkenlos, die Luft kühl. Als ich vor Floyds Haus halte, verlässt er es gerade und ist auf dem Weg zur Garage.

Er nickt mir zu, als hätte er mich erwartet.

Wir parken die Motorräder nebeneinander im Hof, holen das Werkzeug heraus und machen uns an die Arbeit. Ich wechsle die Bremsbeläge und Floyd bastelt an seiner Kupplung.

Die meiste Zeit reden wir nicht viel.

Erst als Floyd den Kopf hebt, durchbricht er die Ruhe.

»Hast du nochmal was von Val gehört?«

Ich schüttle den Kopf, ohne aufzusehen.

»Nope. Sie wird sich melden, wenn sie darüber sprechen will.« Floyd nickt, als hätte er keine andere Antwort erwartet.

»Ich hab gestern noch drüber nachgedacht.« Seine Stimme ist leise, fast schon vorsichtig. »Vielleicht ist das ihre Chance, rauszukommen. Val tut so, als wäre sie unverwüstlich, aber jeder hat seine Grenzen.«

»Ja. Vielleicht ist das genau das, was sie braucht.«

Ich wische mir die Hände mit einem alten Lappen ab.

Die frische Luft ist erholsam und kühlt meine angespannten Gedanken.

Nachdem wir schweigend einige Stunden weitergearbeitet haben, packt Floyd das Werkzeug zusammen.

»Ich brauch jetzt definitiv was Kaltes zu trinken.«

Er wirft mir einen ölverschmierten Lappen zu, den ich aus Reflex auffange.

»Klingt nach dem besten Vorschlag, den du heute gemacht hast.« Angewidert schmeiße ich den Lappen in seine Kiste.

»Ich mach nur gute Vorschläge.«

Floyd stellt die Werkzeugkiste in seine Garage und kommt wieder zu mir. Ohne große Worte steigen wir auf unsere Maschinen.

Als wir in die Seitenstraße einbiegen, in der *Rose's Drinks* liegt, ist der Parkplatz vor der Bar bereits gut gefüllt. Der vertraute Klang von Stimmen, Gläserklirren und leiser Musik schlägt uns entgegen, als Floyd die Tür aufstößt.

Rose hebt sofort den Kopf.

»Na, schaut mal, wer sich wieder mal aus dem eigenen Laden getraut hat.« Grinsend reicht sie ein

Tablett mit zwei Drinks über die Theke.

»Lustig, Rose. Ich warte immer noch darauf, dass du mich mit offenen Armen in dein Team aufnimmst«, erwidert Floyd trocken.

»Schatz, dann würden mich Val und Brad lynchen.«

»Ja … das wäre ungünstig.« Floyd reibt sich über das Kinn und schlendert direkt zur Bar. »Ich geh mir mal anhören, warum Cal plötzlich so begeistert von irischem Whiskey ist.«

Ich hingegen bleibe bei Rose stehen. Sie lehnt sich an die Theke, verschränkt locker die Arme vor der Brust und mustert mich.

»Was ist los?«

Ich ziehe die Brauen hoch. »Kannst du deine hellseherischen Fähigkeiten auch mal abschalten, Rose?«

»Klar. Und du kannst mal einen Abend lang nicht so tun, als würdest du über nichts nachdenken.«

Leise schnaubend vergrabe ich die Hände in meinen Taschen und lehne mich zu ihr an die Theke.

Natürlich entgeht ihr nichts.

Sie ist die klassische Barinhaberin; hat stets ein offenes Ohr, weshalb sie über jeden Bewohner der Stadt ein eigenes Buch schreiben könnte.

»Val hat sich gemeldet«, sage ich nach einer kurzen Pause.

»Und?« Rose zieht die Stirn kraus.

»Sie bleibt länger. Zwei bis drei Monate. Wir hatten über vier Wochen gesprochen. Und jetzt das.« Ich schüttle den Kopf und starre auf einen unbestimmten Punkt hinter ihr.

»Ich weiß nicht, was das soll.«

»Hast du sie gefragt?«

»Sie will in den nächsten Tagen telefonieren und in Ruhe darüber sprechen.« Rose bleibt für einen weiteren Moment still. Dann greift sie zu einem frischen Glas, schenkt sich selbst Wasser ein und nimmt einen Schluck.

»Brad«, sagt sie schließlich, »wann hat Val je was gemacht das keinen Sinn ergibt?« Ich überlege und reibe mir dabei über den Nacken.

Klar, sie ist impulsiv. Sie trifft Entscheidungen aus dem Bauch heraus, springt manchmal ins kalte Wasser, bevor sie den Grund sieht.

Aber unüberlegt? *Nein.*

»Du kennst sie doch«, fährt Rose fort. »Sie hat immer einen Grund für das, was sie tut. Auch wenn sie ihn nicht gleich erklärt.«

»Mag sein«, murmle ich. »Aber es ist beschissenes Timing. Und nicht fair uns gegenüber.«

Rose beobachtet mich skeptisch.

»Was macht dir mehr Sorgen? Dass sie länger wegbleibt? Oder dass sie vielleicht gar nicht mehr zurückkommt?«

Mein Blick schnellt zu ihr.

»Ich—« Ich breche ab.

Sie hat recht. Das ist, was mich wirklich beschäftigt. Klar, sie hat gesagt, dass sie nach Hause kommt.

Aber was, wenn nicht?

Was, wenn England sie erneut einfängt. Wenn sie dort etwas findet, das sie nicht mehr loslässt? Was, wenn das *Flavor Lane* nicht mehr das ist, wo sie hingehören will?

Weder Floyd noch ich verfügen über das nötige Wissen über den bürokratischen Aufwand, den Val übernommen hat. Wir wären nicht nur freundschaftlich aufgeschmissen, sondern auch geschäftlich.

Rose legt mir eine Hand auf den Unterarm und reißt mich damit aus meinen Gedanken. »Val kommt wieder, Brad. Sie ist eine von uns.«

Ich atme tief durch, um mich zu sortieren.

»Ja …«

Ich will ihr glauben.

Aber was, wenn sie sich irrt?

Kapitel 10

Liv

»**U**nd … was sagst du dazu?«

Val sieht vom Sofa aus zu mir, kneift die Augen zusammen und bricht in schallendes Gelächter aus.

Stirnrunzelnd betrachte ich die Skulptur vor mir.

Sie ist unförmig, schief und hat einen merkwürdigen Knick, der definitiv nicht geplant war.

»Was soll das denn darstellen …?«

Lachend, nach Luft schnappend rollt sich Val halb vom Sofa auf den Boden. Ich stimme mit ein.

»Eigentlich sollte das eine Vase sein …« Ich deute auf den schiefen Rand. »Aber offenbar hab ich irgendwo zwischen Kunstwerk und Katastrophe die Abzweigung verpasst.«

96

Val hält sich den Bauch. »Liv ... das ist ... wow. Ich glaube, ich hab selten etwas so ... Hässliches gesehen.«

»Na danke. Das war dein Vorschlag, falls du dich erinnerst.«

Die Idee zum Töpfern kam von ihr, nachdem ich vor ein paar Tagen wieder einmal in ein Loch gefallen war.

Sean hat zum dritten Mal in Folge seinen Besuch abgesagt. Er meinte, die Medien belagern inzwischen rund um die Uhr das Bürogebäude der *Sinclair's Holding*.

Auch Mom und Dad konnten nicht mehr herkommen. Sie haben schon unser Leben lang dafür gesorgt, dass keine Bilder von Sean und mir in der Öffentlichkeit kursieren.

Wenn sie mich besuchen kommen würden, wäre die Gefahr zu groß, dass ihnen jemand folgt. Val hat meine Familie bisher nicht persönlich kennengelernt.

Sie ist jetzt seit drei Wochen hier und unterstützt mich, wo sie nur kann. Ich kann mir keinen besseren Zeitpunkt vorstellen, sie hier zu haben.

Seit einigen Tagen überlege ich, wie es nach der Geburt weitergeht. Ich kann nicht dauerhaft an der Küste bleiben. So idyllisch es ist, ich vermisse meine Familie; vermisse das Leben, das ich hinter mir gelassen habe.

»Okay, okay ... du hast nicht gelogen, als du

meintest, dass kreatives Talent an dir vorbeigezogen ist.« Sie wischt sich eine Lachträne aus dem Augenwinkel.

»Lass uns das für heute abbrechen.«

Ich wische mir die Hände an einem Tuch ab und betrachte die unförmige Vase. »Die Welt ist wohl noch nicht bereit für meine künstlerische Genialität.«

Val kichert, rappelt sich vom Boden auf und streicht sich die lockigen Haare aus dem Gesicht.

»Ganz sicher nicht. Komm, lass uns einfach fernsehen. Irgendwas ohne Anspruch.«

Noch immer glucksend hievt sie sich auf das Sofa.

Tagsüber ist Val oft mit ihrer Arbeit beschäftigt. Ich habe mitbekommen, dass ihre Freunde nicht begeistert waren, als sie ihnen sagte, dass sie länger bleiben will. Ich habe wiederholt versucht, sie zu überzeugen, wie geplant zurückzugehen.

Aber Val bleibt stur. Sie möchte mich so lange wie möglich unterstützen. In den letzten Wochen haben wir viel über mein bisheriges Leben gesprochen. Alles, was ich in den vergangenen Jahren nicht erzählen konnte – oder wollte.

Wie mein Dad und ich es besprochen haben, arbeite ich täglich von zu Hause aus. Wir bereiten außerdem die Auszeit vor, die ich nach der Geburt einlege.

»Deine Entscheidung.«

Sie zuckt mit den Schultern und schaltet den

Fernseher an – nur, um ihn direkt wieder abzuschalten.

»Was ist denn?«

Ich räume unterdessen die Töpferutensilien zusammen.

»Ähm … ich weiß nicht genau. Lass uns einfach einen Film schauen.«

Unschlüssig, was ich davon halten soll, hebe ich die Brauen. Vermutlich ist es besser, nicht nachzufragen. Deshalb belasse ich es dabei.

»Ooookay … dann lass uns das machen. Hast du Lust auf Popcorn?«

»Ja, total! Ich suche in der Zwischenzeit was raus.«

Zustimmend hebe ich einen Daumen und gehe Richtung Küche, um die Snacks vorzubereiten. Gerade als die Körner im Topf springen, betritt Val mit bedrücktem Gesichtsausdruck den Raum.

In der Hand hält sie mein Telefon.

»Hier … Sean ruft an. Ich denke es könnte wichtig sein.« Damit reicht sie mir das Handy und verlässt die Küche wieder.

Komisch, was ist denn mit ihr los?

Kopfschüttelnd nehme ich den Anruf entgegen.

»Se… hey… konntest du dich heute schon losreiß—«

»Livy? Bist du zu Hause?«

Ich halte inne. »Ja, natürlich. Wo sollte ich sonst sein? Was ist los?«

Das ist doch kein Zufall.

Erst reagiert Val so komisch und jetzt der Anruf.

»Pass auf Livy. Ich weiß nicht, wie das passieren konnte.« Ich sehe ihn förmlich vor mir hin und her laufen, die freie Hand in den Haaren vergraben.

»Se, worum geht es denn?«

Er zögert, bevor er endlich antwortet. »Sie wissen, wo du bist!« Mein Herz setzt einen Schlag aus. »Ich mach mich gleich auf den Weg zu Dad. Diese Geier sind hinter dir her. Warum auch immer sie nicht lockerlassen …«

Das darf nicht wahr sein.

Mein Atem wird flacher, als er weiterspricht.

»Ich weiß, dass Stress nicht gut ist, aber Livy: Du musst deine Sachen packen. Sofort! Sie haben sich auf dich eingeschossen. Wir kümmern uns darum.«

Damit beendet er den Anruf.

Wie lange ich regungslos dastehe? Keine Ahnung. Erst als Val in den Raum kommt, löst sich der Bann.

»Liv, was hat er gesagt?«

»Ich muss meine Sachen packen.« Die Worte klingen selbst in meinen Ohren fremd. »Er und Dad kümmern sich darum … und dann muss ich hier weg.« Das Schluchzen lässt sich nicht vermeiden. Val tritt näher und legt eine Hand auf meinen Arm.

»Haben sie auch gesagt wohin?«

Zur Antwort schüttele ich nur den Kopf.

»Hör zu, Liv.« Val ist zurückhaltend, während sie

mich ins Wohnzimmer führt.

»Ich weiß, dass es dich schon die letzten Wochen belastet hat, deine Familie nicht um dich zu haben. Aber … bitte überleg dir, ob du nicht einfach mit zu mir kommen willst.« Sie drückt mich sanft auf den Sessel, kniet sich vor mich und hält meinen Blick fest.

»In den Staaten interessieren sich die Medien nicht so … penetrant für ein Thema. Schon bevor ich zu dir gekommen bin, hat es sich gelegt. Und in unserer kleinen Stadt kannst du dich endlich wieder … Na ja … frei bewegen.« Ich presse die Lippen aufeinander und lasse meinen Kopf in die Hände sinken.

»Ich versteh es einfach nicht. Wieso können sie uns nicht in Ruhe lassen? Ist es nicht schlimm genug, dass ich lernen muss, mit alledem umzugehen? Nein, stattdessen glauben sie auch noch, dass ich ihnen Gründe liefern müsste, die ich selbst nicht kenne.«

Sie streichelt mir beruhigend über den Kopf.

»Ich weiß, Süße. Aber das ändert nichts daran, dass sie dich und den Kleinen in Gefahr bringen.«

Als ob er ihre Worte bestätigen will, spüre ich genau in diesem Moment einen kräftigen Tritt.

Reflexartig lege ich eine Hand auf meinen Bauch.

Ich soll mein ganzes Leben zurücklassen?

Wie es scheint, bleibt mir keine andere Wahl.

»Du hast recht.«

Meine Stimme zittert kaum merklich.

»Mir bleibt nichts anderes übrig. Ich weiß nicht, wie lange ich diese Hetzjagd noch ertragen kann.«

Ich schließe die Augen und sammle mich.

»Könntest du mir helfen, das Nötigste einzupacken?«

»Na klar, bleib sitzen.«

Val drückt meine Hand und erhebt sich, nur um kurz darauf im Flur zu verschwinden.

Die nächste Stunde vergeht in einem verschwommenen Durcheinander. Dann höre ich das lauter werdende Knattern eines Helikopters.

Ernsthaft?

Scheinbar hat sich die Situation längst so zugespitzt, dass sie den auffälligen Weg wählen. Kurz nachdem das Dröhnen verstummt ist, öffnet sich die Tür und Sean tritt ein, dicht gefolgt von unserem Dad. Beide wirken, als kämen sie direkt aus dem Büro hierher; ihre Anzüge sitzen noch richtig, aber die Müdigkeit in ihren Augen verrät die lange Nacht.

Als ich sie sehe, überkommt mich eine Mischung aus Erleichterung und Sorge. Ich steuere mechanisch auf sie zu und schließe sie nacheinander in die Arme; spüre, wie sehr ich ihren Halt gebraucht habe. Gemeinsam gehen wir ins Wohnzimmer, wo Val zu uns stößt.

»Dad, Sean, das ist Val. Val, das sind mein Dad, Jason, und mein Bruder, Sean.« Ich trete einen Schritt zur Seite.

Dad lächelt mild und streckt die Hand aus.

»Hallo, Liebes. Danke, dass du die vergangenen Wochen für meine Kleine da warst.« Val ergreift die dargebotene Hand, offenbar ein wenig überrumpelt von seiner Aufrichtigkeit. Ich kann mir vorstellen, dass sie so etwas von einem Mann mit dem Status meines Dads nicht erwarten würde.

»Ach, mir hat es Spaß gemacht. Die Auszeit hatte ich dringend nötig.« Ihre Wangen färben sich leicht rosa. Mein Bruder geht auf sie zu.

»Hallo, Schönheit. Nett dich kennenzulernen.«

Er beugt sich nach vorne und haucht ihr einen Kuss auf die Wange. Vals Gesicht wird eine weitere Nuance dunkler.

»Danke, gleichfalls«, murmelt sie und weicht seinem Blick aus.

Bevor Sean eine weitere Gelegenheit bekommt, sie in Verlegenheit zu bringen, ergreife ich das Wort.

»Daddy, Val hat mir die die letzten Wochen wirklich geholfen. Und sie hat mich auf eine Möglichkeit hingewiesen, über die ich noch nicht nachgedacht habe.« Der Gedanke daran, England zu verlassen, schmerzt mich, doch eine andere Möglichkeit gibt es nicht mehr.

»Okay, dann lasst mal hören. Aber eins vorweg:

Wir sind hier, um dich wegzubringen. Das ist nicht verhandelbar«, stellt er umgehend klar.

Sean setzt sich neben mich auf das Sofa und legt einen Arm um meine Schultern. Dabei lässt er Val nicht aus den Augen.

Mein Zwillingsradar schlägt an.

Ich nehme mir vor, ihn darauf anzusprechen, sobald wir unter uns sind. Aber jetzt zählt erst einmal die zugegeben drängende Situation.

»Val hat angeboten, dass ich mit zu ihr kommen kann. Sie hat die letzten Wochen hier erlebt und gemeint, dass die Medien in den Staaten längst nicht mehr so fixiert auf die ganze Sache sind.« Nachdem ich geendet habe, breitet sich unangenehmes Schweigen im Raum aus.

Statt zu antworten, zieht mich Sean an sich.

»Wir sind wirklich erleichtert, dass du das in Betracht ziehst. Wir wollten dir dasselbe vorschlagen und sind unheimlich froh, dass Val dir diesen Anstoß gegeben hat.« Verwirrt löse ich mich von ihm und sehe zu meinem Dad, der zur Bestätigung nickt.

»Kleines, deswegen sind wir direkt mit dem Heli gekommen.« Seine Stimme ist behutsam.

»Da ist keine andere Möglichkeit, um dich und meinen Enkel zu schützen. Wir bringen euch zum nächsten Flughafen und ihr fliegt mit einem Privatjet nach Portland. Sean begleitet dich die ersten zwei Wochen. Ich rufe kurz bei eurer Mom an, damit sie sich um eine Wohnung und alles Weitere kümmern kann.«

Er erhebt sich, um im Nebenraum zu telefonieren.

»Ähm … also du kannst auch bei mir bleiben, Liv.« Val klingt fast beleidigt. »Ich lass dich doch nicht auf der Straße sitzen.« Ich will gerade antworten, als Sean das Wort ergreift.

»Danke für das Angebot, Darling.« Er lehnt sich zurück und grinst sie verschmitzt an. »Aber das ist nicht nötig. Wir wollen dir den Platz nicht wegnehmen. Obwohl ich natürlich nichts gegen einen Aufenthalt in deinem Bett einzuwenden hätte.« Val schnappt nach Luft, und ich kneife Sean in die Seite.

»Se, ernsthaft?!«

Ein Kichern kann ich allerdings nicht unterdrücken. Er ist voll im Flirtmodus.

Und es ist schön, ihn so zu erleben.

Kapitel 11

Brad

»**F**loyd, was meinst du? Gehen wir noch zu
Rose?«

Ich trete in den inzwischen leeren Gastraum und
stelle mich an die Bar, wo mein Kumpel die letzten
Gläser wegräumt. Das *Flavor Lane* war heute wieder
voll, bis zum Schluss.

Floyd hebt den Kopf, wischt sich die Hände an
einem Tuch ab und setzt zu einer Antwort an, als sich
die Tür hinter mir öffnet.

»Na, habt ihr mich vermisst?«

Die vertraute Stimme lässt mich herumfahren.
Floyd reckt den Kopf und stellt das letzte Glas, das er
in der Hand hält, auf der Theke ab.

»Val, was machst du denn hier?«

Ich gehe auf sie zu, um sie zu umarmen, und

Floyd tut es mir gleich.

»Wir haben dich noch nicht so schnell erwartet.«

Val lacht verhalten und löst sich aus der Umarmung.

»Ich weiß. Bis gestern war das auch nicht geplant.«

»Wie kommt's dann dazu?« Ich verschränke locker die Arme und mustere sie erwartungsvoll.

»Nicht, dass wir uns nicht freuen würden. Aber neugierig bin ich trotzdem.« Sie tritt einen Schritt zurück und strahlt uns an. »Ich stell euch morgen jemanden vor, und ich wollte euch nur vorwarnen, damit ihr euch nicht überfahren fühlt.«

Mit misstrauischer Miene betrachte ich sie.

Seit wann warnt sie uns vor irgendwas?

»Als ob du jemals gezögert hast, uns zu überfahren, Val.« Feixend boxt sie mir gegen die Schulter.

»Touché.« Sie sieht sich kurz im Raum um. »Solltet ihr nicht schon abgeschlossen haben? Was ist noch zu tun? Ich helfe euch.«

»Schon okay.« Floyd schüttelt den Kopf. »Ich bin gerade fertig geworden, und Brad hat sein Reich auch schon aufgeräumt. Also spricht nichts dagegen, jetzt zu gehen.«

»Willst du noch zu *Rose's* mitkommen?«

Val winkt kopfschüttelnd ab. »Heute nicht, Jungs. Ich bin wahnsinnig müde von der langen Reise.

Dann sehen wir uns morgen Nachmittag.« Mit einem letzten Winken dreht sie sich um und verschwindet durch die Tür. Für einen Moment herrscht eine eigenartige Ruhe im leeren *Flavor Lane*.

Floyd kratzt sich am Kopf. »Also, das war … interessant.« Ich lasse mich auf einen Barhocker sinken.

»Ja.«

»Sie hat nicht gesagt, wer es ist.« Floyd rümpft nachdenklich die Nase und sieht mich an. »Was meinst du … warum hat sie sich nicht angekündigt?«

Ich atme langsam aus und starre ins Nichts.

»Keine Ahnung. Aber wenn Val sich so verhält, heißt das meistens, dass sie sich über irgendwas den Kopf zerbricht.« Er stützt sich an der Theke ab.

»Und du hast nicht das Gefühl, dass es nur um eine simple Vorstellung geht?« Ich schnaube leise.

»Nicht eine Sekunde.« Wir tauschen einen kritischen Blick.

»Glaubst du, es ist ein Kerl, den wir unter die Lupe nehmen müssen?« Floyd zuckt mit den Schultern.

»Wer weiß. Hoffen wir mal, dass es kein verdammtes Chaos wird.« Er schnappt sich seine Jacke von der Theke.

»Lass uns verschwinden.«

Ich nicke, nehme meine eigene Jacke und folge ihm zur Tür.

Während Floyd abschließt, geht mir Vals Auftritt durch den Kopf. Ihr Lachen war echt, aber da war noch etwas anderes: Eine Art unausgesprochene Spannung, die sie zurückgehalten hat.

Am nächsten Tag betrete ich am frühen Nachmittag das *Flavor Lane*, um den Abend vorzubereiten. Gestern wurde es wieder länger, daher habe ich den Vormittag mit Ausschlafen verbracht. An der Tür stößt Floyd zu mir.

»Wie ich sehe, hatten wir denselben Plan.«

Er schiebt sich die Sonnenbrille ins Haar, und ich stecke den Schlüssel in die Tasche.

»Weißt du, wann Val kommen wollte?«

»Keine Ahnung. Ich denke, es kann nicht mehr allzu lange dauern. Immerhin ist es ja sowas wie unsere inoffizielle Öffnungszeit.«

Floyd legt seine Sachen ab. »Ich bin auf ihren Besuch gespannt.«

»Nicht nur du …« Ich deute Richtung Küche.

»Ich bin hinten und fang schon mal mit den Vorbereitungen an.« Damit betrete ich meine Küche, mache das Licht an und lege die Utensilien zurecht.

Eine Stunde vergeht wie im Flug und erst jetzt bemerke ich, dass ich mir nichts zum Trinken mitgenommen habe. Auf dem Weg in den Gastraum dringen unbekannte Stimmen zu mir herüber.

»Schön, dich kennenzulernen, Floyd.«

Ich trete durch die Tür und bleibe wie angewurzelt stehen. Ein angenehmes Pochen breitet sich in meiner Brust aus, als sich mein Herzschlag beschleunigt.

Vor mir steht das atemberaubendste Wesen, das ich je gesehen habe.

Dunkle Haare, fest zusammengebunden, schimmern unter der Deckenbeleuchtung. Ein paar Strähnen haben sich aus der Spange gelöst und fallen ihr sanft ins Gesicht. Mit einer fließenden Bewegung streicht sie sie zurück und offenbart dabei den weichen Schwung ihres Kinns.

Ihre grünen Augen fixieren mich mit einem Hauch von Vorsicht in ihnen. Ihr Lächeln ist höflich, aber nicht aufgesetzt. Trotz ihrer würdevollen Haltung kann ich die feinen Nuancen Müdigkeit in ihrem Gesicht erkennen. Sie scheint erschöpft zu sein, als trüge sie eine Last auf den Schultern, die ich mir nicht einmal ausmalen kann.

Nur am Rande nehme ich wahr, dass Val neben ihr steht, bis diese sich zu Wort meldet. »Und da ist schon der zweite im Bunde. Liv, Sean, das ist Brad, der Hüter der Küche.« Sie zwinkert mir zu und reißt mich damit aus meinem Bann.

Das ist also die ominöse Freundin aus London.

Ich gehe ohne Umschweife auf sie zu und strecke ihr meine Hand hin.

»Freut mich, Liv.«

In dem Moment, in dem ihre Finger meine berühren, durchzuckt mich ein Blitz. Nicht wörtlich, aber nah dran.

»Ebenso, Brad.«

Hinter ihr kommt ein Mann zum Vorschein, den Val als Sean vorgestellt hat. Er ist nur einige Zentimeter kleiner als ich und tritt mit einer selbstverständlichen Gelassenheit auf, die nur jemand ausstrahlen kann, der es gewohnt ist, Verantwortung zu tragen. Sein Freizeitanzug vermittelt einen deutlich wohlhabenden Eindruck. Er legt Liv einen Arm locker um die Schulter – nicht besitzergreifend, sondern beschützend.

An seiner Stelle würde ich nichts anderes tun.

Mit einem nüchternen und abschätzenden Ausdruck betrachtet er mich.

Immerhin ohne Feindseligkeit.

Ich lasse ihre Hand los und wende mich ihm zu.

»Hallo, herzlich willkommen.«

»Danke. Entschuldigt bitte den kurzfristigen Überfall. Wir sind erst gestern angekommen und freuen uns, hier zu sein.«

Seans Handschlag ist fest und professionell. Ich nicke und richte meine Aufmerksamkeit wie von selbst zurück auf Liv.

Erst jetzt, da ich nicht mehr von ihren grünen Augen gefangen bin, fällt mir der Rest ihrer

Erscheinung auf: Sie trägt ein schlichtes blaues Kleid und neben ihrer Uhr ein filigranes Armband.

Außerdem … *verdammt.*

Ich könnte mir selbst in den Hintern treten. Sie ist nicht nur vergeben – sie ist schwanger. Ich weiche unauffällig einen Schritt zurück.

»Kann ich euch etwas zum Essen anbieten? Wir öffnen zwar erst abends, aber ich kann euch einen Nachmittagssnack zubereiten.«

»Mach das, Brad. Wir setzen uns in der Zwischenzeit.«

Val hakt sich bei Liv unter und zieht sie und Sean zu unserem üblichen Tisch. Ich sehe verstohlen zu Floyd, woraufhin er nur mit den Schultern zuckt.

Ich fahre mir mit der Hand durch die Haare und gehe in die Küche.

Wer ist diese Frau?

Kapitel 12

Liv

Nach einer kräftezehrenden Reise, zumindest für mich, sind wir in Vals Heimat angekommen. Auf dem Flug haben wir die wichtigsten Punkte besprochen. Wir waren uns schnell einig, dass Sean und ich uns, wenn erforderlich, hier mit *Brennan* vorstellen – dem Geburtsnamen unserer Mom, unter dem wir auch in der Firma arbeiten.

Val ist bewusst, dass wir vorsichtig und diskret sein müssen. Von Mom konnte ich mich nicht mehr persönlich verabschieden. Wir sind direkt zum Flughafen und in die vorbereitete Maschine umgestiegen.

Zumindest haben wir im Flugzeug telefoniert.

Sie hat mir alle Details zur Unterkunft geschickt – Bilder, Lage und Zugangscodes.

Die Wohnung ist nicht so groß wie das Penthouse, das ich mit Pete bewohnt habe und das weiterhin in meinem Besitz ist. Aber ihre drei Schlafzimmer bieten ausreichend Platz. Eines davon werden wir in ein Kinderzimmer umgestalten.

Am nächsten Tag sind wir gemeinsam mit Val zu ihrem Restaurant gefahren, um uns ihren Freunden und Geschäftspartnern Floyd und Brad vorzustellen. Jetzt sitzen wir hier, an einem der massiven Holztische im *Flavor Lane* und warten auf die Snacks, die Brad vorbereiten wollte.

Seit dem Händedruck vorhin lässt mich das seltsame Kribbeln nicht los. Ich hoffe, er hat nicht bemerkt, wie ich zusammengezuckt bin. *Ich wünschte, er hätte meine Hand nicht so schnell losgelassen.*

Ich tadle mich innerlich für meine Reaktion und streiche mir eine Haarsträhne hinters Ohr, während ich versuche, mich auf das Gespräch mit Val zu konzentrieren.

Floyd hat sich um Getränke gekümmert und setzt sich zu uns. Man bemerkt sofort beim Betreten des *Flavor Lane*, dass ihm seine Bar wichtig ist: Auf den Holzbänken an der Wand lehnen weiche Kissen, über der Theke hängen rustikale Glühbirnen, die golden leuchten, und an den Wänden reihen sich jede Menge gerahmte Fotos aneinander.

Fast, als hätte jemand sein Wohnzimmer einfach

öffentlich zugänglich gemacht. Es ist vollkommen anders als die sterilen Lobbys und gläsernen Büros, die sonst meinen Alltag bestimmten.

Fünfzehn Minuten vergehen, während sich Val und Floyd über den Vorabend unterhalten. Dann gesellt sich Brad wieder zu uns.

Er ist groß, mindestens einen Meter neunzig. Seine dunkelbraunen Haare sind zerzaust, und seine bernsteinfarbenen Augen wirken liebevoll und leuchten optimistisch. Über der rechten Augenbraue hat er eine kleine Narbe.

Ich möchte ihn danach fragen.

Brad macht in seinen zerschlissenen Jeans, Bikerstiefeln und seinem hochgekrempelten Hemd einen entspannten Eindruck.

Er balanciert ein Tablett, stellt es vor uns ab und schiebt einen Stuhl zurück, um sich zu setzen. »Ich hoffe, das ist in Ordnung. Ich wollte euch nicht zu lange auf das Essen warten lassen.« Ich bedanke mich und nehme mir eines der Sandwiches. Er mustert mich mit unverhohlener Neugier.

»Erzählt mal, woher kommt ihr.«

Sean und ich wechseln einen kurzen Blick. Wie von selbst streicht er mir mit seiner Hand beruhigend über Rücken. »Wir mussten raus aus der Großstadt, und Liv braucht einen unaufgeregten Rückzugsort für die Geburt.« Mein Bruder antwortet für uns beide, und ich pflichte ihm bei.

»Val hat mir vorgeschlagen, mit ihr zu kommen.«
Ich lege instinktiv eine Hand auf meinen Bauch.
»Und ich kann bestätigen. Es ist hier nicht ganz so
stressig wie zu Hause.«

Obwohl ich die Hektik einer Großstadt wie
London vermisse, fühle ich mich hier erstaunlich
wohl.

»Val ist wirklich eine Bereicherung in unserem
Leben.«

Sean betrachtet Val intensiv, die prompt leicht
errötet und sich auf eine Serviette auf dem Tisch
konzentriert. Aus dem Augenwinkel nehme ich
wahr, wie Floyd und Brad einander fragend ansehen.
Offenbar irritiert es nicht nur mich, Val so stumm zu
erleben.

Ich bin noch nicht dazu gekommen, Sean darauf
anzusprechen, und nehme es mir für diesen Abend
vor. Um das Thema zu wechseln, ergreife ich wieder
das Wort.

»Ihr habt hier wirklich einen schönen Ort
geschaffen.« Ich mustere den Raum vor mir. »Schon
beim Reinkommen fühlt man sich wohl.«

Umgehend erhellt sich Floyds Miene.

Gut, mit Komplimenten zum Flavor Lane *sind hier
also punkten.*

Er legt die Arme lässig auf die Lehne. »Das *Flavor
Lane* war nie als reines Restaurant geplant.« Brad
nickt und nimmt sich ein Sandwich vom Tablett.

»Eher als Treffpunkt. Ein Ort, an dem gutes Essen und lockere Abende stattfinden.«

Val grinst breit. »Genau. Wir wollten nie nur Teller servieren und am Ende die Rechnung bringen. Hier soll man an der Bar hängen bleiben, sich über Gott und die Welt unterhalten und vielleicht ein bisschen zu viel trinken.«

»Oder viel zu viel«, wirft Floyd trocken ein und prostet Brad mit seiner Cola zu.

Sean reibt sich schmunzelnd das Kinn. »Klingt, als hättet ihr genau das erreicht.«

Brad hebt kurz die Schultern, ein zufriedenes Lächeln auf den Lippen. »Hat ein paar Jahre gedauert, bis es so lief, wie wir es uns vorgestellt haben. Anfangs war es verdammt hart – lange Tage, kurze Nächte, und ständig die Sorge, ob wir die nächste Miete stemmen können. Ohne Val würde hier nichts laufen.«

Val verdreht die Augen und lacht auf.

»Jemand musste euch schließlich sagen, dass man Buchhaltung nicht einfach ignorieren kann.«

Es ist nicht schwer, sich vorzustellen, wie das abgelaufen ist, da sie mir von einigen Situationen erzählt hat: Val, die energisch Listen erstellt; Brad, der genervt den Kopf schüttelt; Floyd, der ungestört weiter seine Bar poliert, als ginge ihn das alles nichts an.

»Aber genug von uns.« Floyd stützt die Arme auf

dem Tisch ab. »Erzählt doch mal, was ihr drüben überm großen Teich so treibt.«

Ich tausche mich stumm mit Sean aus, damit er zuerst erzählt. »Ich arbeite viel im Bereich Geschäftsabschlüsse und Verhandlungen.« Er legt seinen Arm auf meine Rückenlehne und platziert den Knöchel auf seinem Knie. »Es kann nervenaufreibend sein. Die zwei Wochen hier werden mir sicher guttun.« In seinen Worten liegt auch das unausgesprochene Bedauern.

Er muss zurück - ich bleibe hier.

Doch daran möchte ich jetzt nicht denken. Ich nippe an meinem Wasser und zwinge mich zu einem Lächeln.

»Ich bin im strategischen Bereich eines großen Unternehmens in London angestellt. Ich hab die Möglichkeit bekommen, vorübergehend von hier aus zu arbeiten.«

Brad hebt eine Braue und sieht neugierig zu mir.

»Wow, das muss ja ein zuvorkommender Chef sein.« Ich nicke und ignoriere den Kloß, der sich in meinem Hals bildet.

»Er ist der Beste.«

»Oh je, die Zeit vergeht ja.« Val springt auf. »Wir müssen den Abend vorbereiten.« Sie sieht zerknirscht zu mir. »Liv, Sean, ich hoffe, es ist okay für euch, wenn ich hierbleibe?«

Val hat schon auf dem Rückweg angekündigt,

dass sie direkt wieder arbeitet, damit sie ihre Freunde entlasten kann.

»Natürlich. Mach dir keinen Kopf.«

»Wir müssen eh noch ein paar Möbel besorgen, die uns fehlen.« Sean streckt sich und reicht mir die Hand, um mir aufzuhelfen. »Obwohl ich natürlich nichts gegen Zuflucht bei dir einzuwenden hätte …« Er zwinkert Val zu.

Ich schüttle schnaubend den Kopf. »Immerhin gibt es ein Bett. Aber das tauschen wir auch aus. Wer weiß, wo das herkommt.« Er lacht, unbeeindruckt von meinem trockenen Ton.

Wir verabschieden uns von den Dreien, bevor wir uns auf den Weg zum Mietwagen machen, den Sean organisiert hat. Es war die sinnvollste Lösung.

Sie räumt uns genug Zeit ein, uns vor Ort nach einem anderen Wagen umzusehen und die ein oder andere Probefahrt zu machen. Und das ohne den Stress, gleich am ersten Tag eine Entscheidung treffen zu müssen. Sean überlässt mir die Wahl; letztlich bleibe ich hier.

Das macht es nicht leichter.

Ich habe in London nie ein eigenes Auto gebraucht. Für jede Form von Reise, die ich unternehmen musste, gab es Fahrer, die mich von A nach B gebracht haben.

Auf dem Weg zum nächsten Möbelgeschäft breche ich das Schweigen, das sich auf natürliche Weise zwischen uns ausgebreitet hat.

»Du bringst Val ganz schön oft in Verlegenheit.«

Sean verzieht den Mund zu einem schiefen Grinsen. »Ich weiß nicht, was du meinst, Livy.«

Ich lache ironisch. »Ich mein ja nur, *großer Bruder*. Ich kenne Val nur als jemanden, der ohne Punkt und Komma redet. Und bei dir? Da ist sie plötzlich ganz anders.« Sein Lächeln verblasst für einen Moment.

»Meinst du, sie ist zu mir weniger offen als zu dir?«

Es ist nur eine Sekunde, aber ich kenne Sean in- und auswendig, daher entgeht mir das Aufflackern von Unsicherheit in seinen Augen nicht.

Ich schüttle den Kopf. »Nein, das nicht. Es ist einfach … ungewohnt. Aber auf eine gute Art und Weise. Ich freue mich darüber.« Er zuckt mit den Schultern und das Grinsen kehrt zurück.

»Wie auch immer.«

Kurz darauf erreichen wir das Möbelgeschäft, das wir online entdeckt haben. Es hat erstklassige Bewertungen, und da ich einen Bruder habe, der denselben Stil bevorzugt, werden wir schnell fündig. Man bietet uns zum Einkauf die Lieferung inklusive Aufbau für den gleichen Tag an, was wir dankend annehmen. So müssen wir uns nicht mehr darum kümmern.

In den folgenden Tagen kommen wir mehr und mehr an.

Mom hat eine Wohnung in direkter Nachbarschaft zu Val organisiert. Heute haben wir geplant, das Kinderzimmer einzurichten. Sean hat ein wichtiges Meeting, das er nicht verschieben konnte, und so verbringt er den Vormittag im angrenzenden Büro, das gleichzeitig sein Schlafzimmer ist.

Ich strecke mich und sehe zu Val, die bereits die ersten Kartons aufgerissen hat. Sie hat mir ein wenig bei der Auswahl und Bestellung der Babysachen geholfen.

»Habt ihr heute wieder einen Ruhetag, Val?«

Sie sieht über die Schulter zu mir. »Ja, aber ich wette, nach der Aktion hier bin ich so erledigt, dass ich mich direkt ins Bett fallen lasse.«

Kichernd nehme ich ein anderes Paket zur Hand, in dem sich kleinere Dekoartikel befinden. »Danke, dass du mir hilfst. Wir hätten aber noch genug Zeit. Wir müssen das nicht heute machen.«

Val schüttelt energisch den Kopf.

»Doch! Da führt kein Weg dran vorbei. Ich bin motiviert und nehme die Energie direkt mit.« Sie schnappt sich einen Pinsel. »Ich hab dir versprochen, die Wand zu verschönern. Und letzte Nacht hatte ich eine Idee.«

»Okay, lass dich von mir nicht aufhalten. Du hast mein Vertrauen. Ich mach mir noch einen Tee. Kann ich dir auch etwas bringen?«

»Nein, danke. Ich bin noch versorgt.«

Sie wendet sich ab und konzentriert sich auf die Wand.

Ich gehe in die Küche, um Wasser aufzusetzen. Während ich warte, betrachte ich einen Vogel, der es sich auf dem Baum vor dem Fenster gemütlich gemacht hat. Es ist eine beschauliche Nachbarschaft. Draußen ist es sonnig, aber nicht zu warm.

Als der Wasserkocher klickt, gieße ich mir einen Tee auf und nehme die dampfende Tasse mit ins Wohnzimmer. Ich lasse mich in meinen Sessel sinken und trinke den ersten Schluck.

Ich bin sicher, Pete hätte sich hier wohlgefühlt. Er mochte den friedlichen Rückzugsort, den wir uns in der Stadt geschaffen hatten, als Ausgleich zu den sonst stressigen Verpflichtungen.

Während ich meinen Tee genieße, denke ich über das Leben nach, das wir uns hier hätten aufbauen können.

Ich stelle mir vor, wie er morgens barfuß in die Küche schlendert, die Gitarre im Halbschlaf über die Schulter geworfen, weil ihm mitten in der Nacht eine neue Melodie eingefallen ist. Wie er sich auf die Arbeitsplatte setzt, und mir mit einem matten

Lächeln erzählt, dass er kaum schlafen konnte, aber dafür einen Song geschrieben hat, den er *fühlt*.

Ich sehe uns auf der Veranda eines kleinen Häuschens sitzen. Pete mit einem Bier in der Hand, die Füße auf dem Geländer, und leise Melodien summend. Meine Beine in seinem Schoß, seine Finger, die spielerisch auf meine Knöchel trommeln.

Ich stelle mir vor, wie er im Wohnzimmer sitzt, mit unserem Sohn zwischen seinen Beinen, eine kleine Gitarre in der Hand. Wie er ihm beibringt, die Saiten anzuschlagen.

Ein Leben, das es nie geben wird.

Die Trauer überwältigt mich und ich fixiere die Tasse. *Definitiv hätte er sich hier wohlgefühlt.*

Aber er ist nicht hier. *Und er wird es nie sein.*

Nach etwa dreißig Minuten höre ich kaum verständliches Gemurmel aus dem Kinderzimmer. Sean muss auf Val gestoßen sein, als er das Büro verlassen hat. Neugierig stehe ich auf und gehe langsam in ihre Richtung.

»…ich könnte später zu dir kommen?«

Ich halte inne.

Seans Stimme ist zurückhaltend. Als ich um die Ecke biege, steht er mit einer Hand lässig gegen die Wand gelehnt, den Kopf leicht geneigt Val gegenüber.

Sie steht vor ihm, die Arme locker verschränkt, den Blick auf ihn gerichtet.

Dann entdeckt sie mich und ich ärgere mich in der Sekunde darüber, dass ich sie unterbrochen habe. Ich möchte dem Glück meines Bruders nicht im Weg stehen und freue mich über jeden Moment, den er für sich genießt. In Val scheint er endlich eine Person gefunden zu haben, die ihm Leichtigkeit zurückgibt.

»Liv … hey … was sagst du dazu?«

Val macht sich los und eilt schnell zu mir. Sean dreht sich ebenfalls um und begegnet meinen hochgezogenen Augenbrauen mit einem Schulterzucken. Erst dann betrachte ich die Wand hinter ihm und damit das Kunstwerk, das Val gezaubert hat.

Mein Herz setzt einen Schlag aus, nur um im nächsten Atemzug weiterzurasen.

Es ist das Logo von *Stellar*.

Das Gleiche, das sich Pete hat tätowieren lassen. Ich schnappe nach Luft und versuche hastig blinzelnd, die aufsteigenden Tränen zu unterdrücken. Überwältigt schließe ich Val in die Arme.

»Das ist toll, Val … *wirklich* … Danke.«

Sie löst sich von mir und mustert mein Gesicht, als wollte sie sicherstellen, dass ich es ernst meine. Dann atmet sie geräuschvoll aus. »Puh, ich bin erleichtert, dass es dir gefällt. Lass mich das noch fertig machen.« Sie wendet sich wieder der Wand zu, den Pinsel schon in der Hand, während ich mit Sean ins Wohnzimmer gehe.

»Alles okay in der Firma?«

Ich setze mich in den Sessel. Mein Bruder stibitzt meinen restlichen Tee und trinkt ihn aus.

»Ja, fürs Erste.«

Er stellt die Tasse ab und fährt sich mit der Hand durchs Haar; eine Bewegung, die er erst in den letzten Monaten etabliert hat. Es ist ungewohnt. Er achtet sonst penibel darauf, dass seine Haare nicht aus der Form geraten. Fast wie bei mir, wobei ich meine Haare in der Regel zu einem strengen Zopf nach hinten binde.

»Es gibt Unstimmigkeiten bei einer potenziellen Übernahme. Das wird jetzt noch mal geprüft, ehe wir sie umsetzen.« Ich nicke. »Lieber so, als dass wir am Ende für die Fehler geradestehen müssen.« Er gibt ein zustimmendes Brummen von sich, als das Telefon klingelt.

Es ist Mom.

Zu Hause ist es bereits Abend, deswegen vermute ich, dass sie gemeinsam mit Dad anruft. »Hallo, Mom. Und ich schätze: Hallo, Dad.« Ich aktiviere den Lautsprecher und lege das Telefon auf den Tisch. Sean setzt sich zu mir und kurz darauf ertönen ihre vertrauten Stimmen.

»Kinder, wie geht es euch? Wie ist die

Wohnung?«

»Wunderbar, Mom. Du hast wirklich ein glückliches Händchen dafür.« Das weitläufige Wohnzimmer erstreckt sich vor mir. Schon beim ersten Betreten habe ich mich wohlgefühlt. »Val bemalt gerade eine Wand im Kinderzimmer. Wenn sie fertig ist, schicke ich euch ein Foto davon.«

»Das hört sich großartig an, Kleines.« Dads Tonfall klingt zufrieden. »Sean, das war eine gute Entscheidung heute.« Mein Bruder fährt sich ein weiteres Mal mit einer Hand durch die Haare.

»Danke, Dad. Das hast du schon nach dem Termin erwähnt.« Ich beiße mir auf die Lippe, um ein Glucksen zu unterdrücken. »Meine Lieben, wir kommen nächste Woche zu euch und fliegen dann mit Sean zusammen zurück.« Ich blinzle überrascht.

»Wow, Mom. Das ist eine schöne Überraschung. Ich vermisse euch.«

»Wir euch auch, Kinder. Wir bleiben für die Tage im Hotel, ihr müsst also keinen Platz schaffen.« Sean stützt die Arme auf seinen Oberschenkeln ab. »Ihr könnt auch hier schlafen, Dad. Ich bleibe die Tage wo anders.«

Überrascht sehe ich ihn an. Er formt lautlos die Worte: ›*Sie weiß nur noch nichts davon*‹ dabei deutet er Richtung Kinderzimmer, wo Val beschäftigt ist.

»Nein, mein Sohn.« Dad hört sich vergnügt an. »Wir haben das Zimmer schon reservieren lassen und freuen uns darauf, ein paar Tage für uns zu sein.« Ich starre ungläubig auf mein Handy, während Sean ein Lachen unterdrückt.

»Klingt gut, Dad. Wir freuen uns auf euch.«

»Es ist schon spät hier. Macht es gut ihr beiden - bis nächste Woche.« Wir verabschieden uns und kaum ist das Gespräch beendet, brechen Sean und ich in Gelächter aus.

Kapitel 13

Liv

Die Zeit verfliegt. Übermorgen reisen Mom und Dad an. Seit einigen Tagen verschwindet Sean abends, sobald ich zu Bett gehe; nicht heimlich, aber ohne große Erklärungen. Ich habe ihn nicht gefragt, wohin er geht. Vermutlich ist Vals Wohnung sein Ziel.

Ich lege die letzte Scheibe Toast auf den Teller, als sich Seans Zimmertür öffnet. Kurz darauf erscheint er neben mir.

»Morgen, Livy.« Er drückt mich zur Begrüßung an sich. »Hast du schon Tee aufgesetzt?«

Ich deute mit dem Messer zur Arbeitsplatte. »Ja, hinter dir steht die Kanne. Ich bin froh, wenn Mom endlich meinen geliebten englischen Tee mitbringt.«

Sean lacht, gießt sich eine Tasse ein und verzieht

nach einem Schluck das Gesicht.

»Länger würde ich das hier auch nicht mehr trinken wollen.« Er stiehlt mir den Toast, stellt die Tasse ab und lehnt sich an die Theke.

»Was sind deine Pläne für heute?«

Ich tippe mir an die Unterlippe und denke nach. »Ich hab später noch ein Meeting. Danach wollte ich einkaufen.«

»Was ist das für ein Meeting?«

Ich stelle die Butter in den Kühlschrank.

»Nichts Aufregendes. Nur ein Telefonat mit dem Team in London über die langfristigen Ziele, die wir abstecken müssen.« Er zieht eine Braue hoch.

»Heißt im Klartext: Noch mehr Arbeit für dich?«

Ich lache leise. »Du weißt, dass ich liebe, was ich tue. Aber die Wehen können jederzeit einsetzen. Ab und zu merke ich schon leichte Kontraktionen. Da kann ich keine langfristigen Aufgaben mehr übernehmen.«

Kurz schießt mir durch den Kopf, ob ich wirklich alle nötigen Dinge für die Klinik beisammenhabe, doch ich verdränge den Gedanken, als Sean sich den letzten Bissen Toast in den Mund schiebt und auf seine Uhr schaut. »Ich muss mich fertigmachen. Kannst du allein einkaufen gehen?«

Ich nicke, hebe meinen Tee und atme tief durch, während mir ein kleiner Stich in den Rücken signalisiert, wie nah der große Tag ist.

Ein flüchtiger Moment der Panik überkommt mich – *was, wenn die Fruchtblase unterwegs platzt?* – aber ich zwinge mich, ruhig zu bleiben.

»Ja, es ist alles notiert, was wir brauchen, und ich bin schnell zurück.« Er streicht mir über die Wange und verschwindet im Büro.

Das Meeting war mühsam, aber erfolgreich.

Den Großteil der Aufgaben habe ich an mein Team verteilt, die sich um die Umsetzung kümmern werden. Mit einer Mischung aus Erleichterung und Erschöpfung mache ich mich auf den Weg zum nächsten Laden. Als ich einen Einkaufswagen hole und durch die automatische Tür trete, höre ich eine Stimme hinter mir.

»Liv … hey. Hab ich doch richtig gesehen!«

Ich drehe mich um und stehe Brad gegenüber. Entweder täusche ich mich, oder mein Herz hat gerade einen Satz gemacht. »Hallo Brad, schön dich zu treffen.« Ich bemühe mich, die Nervosität zu überspielen. »Musst du deinen Kühlschrank wieder mal füllen?« Kaum sind die Worte raus, könnte ich mir gegen die Stirn schlagen.

Was sollte er sonst in einem Lebensmittelladen machen.

Brad lacht verhalten und kratzt sich am Hinterkopf. »Ja… so viel Zeit ich auch im *Flavor Lane* verbringe, brauche ich zu Hause trotzdem was zum Essen.« Er sieht mich fragend an: »Hast du was dagegen, wenn ich dich begleite?« Ich lächle.

»Nein, sehr gern.«

Wir schlendern durch die Gänge, während ich meine Liste abarbeite. Brad hingegen nimmt scheinbar wahllos Artikel aus den Regalen und wirft sie in seinen Korb. Amüsiert ziehe ich die Augenbrauen hoch. »Hast du ein System, oder ist das eine ganz eigene Einkaufstechnik?« Grinsend hebt er eine Packung Pasta. »Ja, klar. Ich nehme mit, was mich anspricht und hoffe, dass ich daraus irgendwas Essbares zaubern kann.«

»Ich beneide dich darum. Bei mir läuft es eher nach Rezept oder Plan. Sonst endet es in einem Fiasko.« Er schnappt sich eine Dose Tomaten. »Dann hast du einfach noch nicht das richtige Chaos-System ausprobiert.«

Schmunzelnd gehe ich weiter und deute auf ein Regal mit Produkten, die ich nicht kannte, bevor ich hierhergezogen bin. »Wusstest du, dass es das bei uns nicht gibt?« Stirnrunzelnd sieht er sich die Auswahl an.

»Echt jetzt? Ihr habt keine *Erdnussbutter mit Marshmallowcreme*?«

»Wir haben Geschmack.«

Ich frage nicht weiter nach, was genau eine *Marshmallowcreme* sein soll. Es hört sich nicht so an, als sollte das legal und frei verkäuflich sein, aber das behalte ich für mich.

Er lacht laut auf. »Frech. Das musst du unbedingt probieren. Ich besorge dir ein Glas.« Bevor ich ihn davon abhalten kann, legt er ein Glas Erdnussbutter in seinen Einkaufskorb.

Nachdem wir bezahlt haben, schnappt er sich wie selbstverständlich meine Tüten. »Ich trage sie dir raus. Keine Widerrede.«

Ich folge ihm zum Auto.

»Wann müsst ihr den Wagen zurückbringen?«, fragt Brad nebenbei und verstaut die Einkäufe im Kofferraum.

»Sean gibt ihn ab, wenn er nach Hause fliegt. Übermorgen holt er mit Dad mein Auto ab.«

Ich bleibe vor der Fahrertür stehen.

Nach fast zwei Wochen schaffe ich es endlich, nicht mehr auf der falschen Seite einzusteigen. Als ich mich zu Brad umdrehen will, um mich zu bedanken und zu verabschieden, ergreift er noch einmal das Wort.

»Hör zu, Liv.«

Brad tritt einen Schritt näher, die Hände in die Taschen seiner Jeans geschoben, als wäre ihm etwas unbehaglich zumute. »Es ist eigentlich nicht meine Art. Und Val ist meine beste Freundin, aber …« Er zögert und fährt sich mit der Hand durch die Haare, wie es auch Sean in letzter Zeit häufiger macht.

»Mir ist aufgefallen, dass Sean ziemlich deutlich mit ihr flirtet. Sogar wenn du danebenstehst.«

Ich blinzle verdutzt. »Ähm … ja?« Ich weiß nicht, worauf er hinauswill. Sean muss sich doch bei mir nicht die Erlaubnis für Flirts abholen.

»Machst du dir Sorgen um Val?«

Ich hoffe doch nicht.

Ein Lächeln schleicht sich auf mein Gesicht. »Ich bin mir ziemlich sicher, dass sie alt genug ist, selbst zu entscheiden, was sie will.« Brad mustert mich, als hätte er eine völlig andere Reaktion erwartet. »Heißt das … es macht dir nichts aus? Ich meine, weil du doch ein Baby bekommst und so.« Einen Moment brauche ich, um zu verstehen, was er meint. Dann kann ich nicht anders; Ich pruste ungehalten los. Brad zieht die Brauen zusammen, merklich verwirrt.

»Entschuldige.«

Ich lege eine Hand auf seinen Arm. »Sean ist mein Bruder. Aber es ist süß, dass du dir Gedanken um mich gemacht hast.«

Die Anspannung fällt sofort von ihm ab.

»O Gott. Das tut mir leid, Liv. Ich hätte ihm nicht einfach was unterstellen dürfen.« Er kratzt sich verlegen am Kinn.

»Das hätte ich mir auch denken können. Jetzt, da ich es weiß, ist eure Ähnlichkeit nicht von der Hand zu weisen.« Ich schmunzle.

»Mach dir keine Gedanken, Brad.« Ich öffne die

Fahrertür und schaue ein letztes Mal über die Schulter. »Danke für die Hilfe. Wir sehen uns.«

»Ja, ich freu mich.«

Er winkt, dreht sich um und verschwindet aus meinem Sichtfeld. Noch immer lachend mache ich mich auf den Weg nach Hause.

Zu Hause schiebt Sean seinen leeren Teller beiseite und lehnt sich zufrieden seufzend zurück.

»Endlose Calls, Verhandlungen und dann dieser Termin, der sich ohne Ende gezogen hat. Ich hätte mich auch einfach selbst präsentieren können. Das hätte denselben Effekt gehabt.«

Ich nippe an meinem Wasser. »Klingt nach einem produktiven Tag.« Er hebt die Brauen. «Produktiv? Eher zeitraubend. Aber egal.«

Sean sieht aufmerksam zu mir.

»Und du? Hast du beim Einkaufen alles bekommen?«

»Ja, und ich habe Brad getroffen. Er hat das halbe Sortiment eingepackt und nennt das eine Strategie. Dabei müsste ich doch am besten wissen, was eine Strategie ist.«

Sean lacht gelöst. »Und? Hast du dich mit dem amerikanischen Zeug angefreundet?«

»Sagen wir mal so: Ich wurde gezwungen, eine *Erdnussbutter-Marshmallowcreme* zu kaufen. Ich fürchte, ich bin einem Verbrechen gegen die Menschheit aufgesessen.«

Sean verzieht angewidert das Gesicht.

Nach einem weiteren Schluck fahre ich fort. »Er war… verwirrt. Er dachte du machst dich an Val ran, obwohl ich schwanger bin.«

Ich schmunzle, als Seans Mimik entgleist. So ähnlich muss ich ebenfalls ausgesehen haben.

Dann schüttelt er langsam den Kopf, ehe sich auch auf sein Gesicht ein belustigtes Grinsen schleicht. »Wir hätten uns direkt als Bruder und Schwester vorstellen sollen. Dann wäre ihm diese absurde Vorstellung erspart geblieben.«

»Na ja, jetzt wissen sie es.«

Wir hängen einen Moment beide unseren Gedanken nach.

»Gehst du heute wieder zu Val?« Sean sieht mich lange an, als würde er abwägen, wie viel er sagen will. »Du hast mitbekommen, dass ich abends noch weggehe?«

»Ich schlafe seit einigen Monaten unruhig. Aber sag nicht, du wolltest es verstecken?«

»Nein, nicht wirklich. Aber … es ist uns beiden klar, Val und mir, dass unser Ablaufdatum bald da ist.« Seans Blick ist auf die Tischplatte gerichtet, als würde er dort eine Antwort auf das finden, was ihn quält.

»Ich wünschte, es müsste nicht so sein.«

Er hebt den Kopf, und betrachtet mich. Die Traurigkeit in seinen Augen trifft mich härter, als ich erwartet hätte.

»Ich auch.«

Für einen Moment herrscht Stille zwischen uns, dann zwinge ich mich zu einem kleinen Lächeln. »Ich geh noch ein bisschen arbeiten. Richte Val liebe Grüße aus.« Seine Mundwinkel heben sich halbherzig. Ich berühre kurz seine Hand, dann stehe ich auf.

»Gute Nacht, Se.«

»Nacht, Livy.«

Mit einem letzten Blick auf Sean verlasse ich den Raum und gehe in mein Zimmer, wo die Arbeit wartet – und mit ihr der Versuch, meine eigenen Gedanken im Zaum zu halten. *Sean leidet, und ich weiß nicht, wie ich ihm helfen kann.*

Kapitel 14

Brad

Nach der mehr als peinlichen Unterhaltung mit Liv bringe ich meine Einkäufe nach Hause und fahre im Anschluss zum *Flavor Lane*. Floyd und Val sitzen an der Bar und sind in ein Gespräch vertieft.

»Hey.«

»Da bist du ja.« Val sieht auf, ein kaum merkliches Lächeln auf den Lippen. »Ich muss euch beide was fragen.«

»Klar, schieß los. Bin ganz Ohr.« Ich lege meine Sachen ab, ziehe einen Hocker vor und setze mich.

»Floyd hat erzählt, dass ihr morgen angeln geht?«

Ich nicke zur Bestätigung.

»Stimmt. Willst du mitkommen?«

Sie schüttelt entsetzt den Kopf.

»Nein, bloß nicht. Aber … könnt ihr Sean

einladen? Ich verbringe den Tag mit Liv und ihm würde es sicher guttun, Zeit mit Geschlechtsgenossen zu verbringen.«

Floyd runzelt skeptisch die Stirn. »Nichts für ungut, Val, aber weiß Sean überhaupt, wo bei einem Fisch vorne und hinten ist?« Ich unterdrücke ein Lachen, während Val die Augen verdreht.

»Ach, zur Not können wir ihm das auch erklären.« Ich mustere sie skeptisch. »Obwohl ich dir nicht ganz abkaufe, dass es nur darum geht, mit Liv einen freien Tag zu verbringen, stimmts?« Val zögert, greift nach einer Wasserflasche und dreht sie in den Händen.

»Ja … Na ja … Ich mag ihn wirklich. Und es ist mir einfach wichtig, dass ihr euch gut versteht. Vielleicht sogar anfreundet.«

Darum geht es also.

Jetzt bin ich fast erleichtert, dass ich Liv vorhin auf Val und Sean angesprochen habe. Ohne diese Info, dass er ihr Bruder ist, würde ich ernsthaft an Vals Loyalität zweifeln. Floyd hingegen hebt eine Braue. »Val, denkst du, das ist so eine gute Idee? Ich meine, er gehört doch zu Liv—«

Ich unterbreche ihn, bevor er sich tiefer in sein Misstrauen verstrickt. »Sie sind Geschwister.«

Beide richten ihre Aufmerksamkeit auf mich.

»Woher weißt du das?«

»Ich bin heute ordentlich ins Fettnäpfchen

getreten.«, gebe ich grummelnd zu. »Liv ist mir beim Einkaufen über den Weg gelaufen.« Val lacht mit einem Ausdruck zwischen Belustigung und Mitleid.

»Ich kann mir schon vorstellen, wie das ausgesehen hat.«

»Also?«

»Lässt du dich wirklich auf den Engländer ein, Val?«

Floyd sieht sie durchdringend an. Val schnalzt mit der Zunge, als hätte sie diese Frage erwartet. »So ist das nicht. Er reist bald ab, und das wissen wir beide. Aber trotzdem schadet es ja nicht, wenn ihr euch mit ihm gutstellt.«

»Klingt vernünftig. Ich sehe keinen Grund, warum wir ihn nicht mitnehmen, und ihm ein bisschen was außerhalb von schicken Anzügen und Büros zeigen sollten.« Ich werfe Floyd einen kurzen Blick zu und er brummt zustimmend.

»Kannst du ihm Bescheid geben? Wir treffen uns morgen um sechs bei Floyd.« Vals Gesicht hellt sich auf.

»Super, danke Jungs. Ich spreche gleich mit ihm.« Sie springt vom Stuhl und verschwindet im Büro.

Floyd sieht ihr nachdenklich hinterher.

»Mal schauen, was wir bei unserem Ausflug sonst noch aus ihm rausbekommen. Beim ersten Treffen waren die beiden nicht gerade gesprächig. Sonst hätten wir da schon erfahren, dass sie verwandt sind.« Ich zucke mit den Schultern.

»Wir sollten den Ausflug einfach genießen. Es ist wichtig für Val, und Sean scheint mir kein schlechter Kerl zu sein.«

Floyd wendet sich grummelnd ab, während ich mich strecke und in die Küche gehe.

Am nächsten Morgen stehe ich um kurz vor sechs an Floyds Haustür und werde von ihm mit einer dampfenden Tasse Kaffee in der Hand empfangen.

Pünktlich um sechs parkt Sean sein Auto in der Auffahrt. Er steigt aus und wirkt selbst um diese Uhrzeit so tadellos, wie wir ihn schon am ersten Tag kennengelernt haben. Sogar jetzt sieht er aus, als könnte er sich direkt mit Geschäftspartnern treffen. Ich kann mir vorstellen, dass ihm das nicht einmal mehr auffällt. Wir gehen auf ihn zu, um ihn mit einem Handschlag zu begrüßen.

»Danke für die Einladung.« Er zieht entschuldigend die Schultern hoch. »Aber ich sag's lieber gleich: Ich hab keine Ahnung vom Angeln.« Ich winke beschwichtigend ab. »Das macht nichts. Wir nutzen die Ausflüge meistens zum Quatschen und um die Seele baumeln zu lassen.« Ich betrachte ihn kurz abschätzend. »Ich bin sicher das bekommst du hin.«

Sean lacht und fährt sich mit der Hand über den

Kopf, was seine zurückgegelten Haare etwas durcheinanderbringt. Es ist schwer, sich vorzustellen, dass er die Tage oft spontan auf sich zukommen lässt. Dafür wirkt er zu sortiert; zu kontrolliert. Jetzt wo ich ihn in Ruhe mustere, fällt mir die große Ähnlichkeit zu Liv auf, und ich ärgere mich noch mehr über meine Annahme, er würde sie hintergehen.

Er würde alles für seine Schwester tun.

Die Straße vor uns zieht sich in einer schier endlosen Geraden dahin. Vereinzelte Baumgruppen säumen sie in verschiedenen Abständen.

Floyd sitzt konzentriert hinter dem Steuer, ein Arm aus dem Fenster hängend, die andere Hand locker auf dem Lenkrad. Ich sitze auf dem Beifahrersitz und schaue auf die vorbeiziehende Landschaft. Auf der Rückbank hat Sean den Kopf gegen die Scheibe gelehnt.

Nach einer Weile durchbreche ich die Stille.

»Das hier ist wohl das komplette Gegenteil von deinem Alltag, oder?« Er lacht hart auf und reibt sich mit zwei Fingern über die Schläfe. »Davon könnt ihr ausgehen. In London bin ich jeden Tag zwölf bis dreizehn Stunden im Büro, leite Sitzungen und telefoniere bis spät in die Nacht. Und wenn ich mal zu Hause bin, geht es weiter.«

Floyd sieht kurz in den Rückspiegel.

»Klingt scheiße.«

Seans nächstes Lachen ist kraftlos. »Man gewöhnt sich daran.« Ich drehe mich halb zu ihm um.

»Dann haben dir die letzten zwei Wochen hier sicher gutgetan?« Er atmet tief durch, als würde er erst überlegen, ob er sich eine ehrliche Antwort erlauben darf.

Schließlich nickt er. »Ja … ja, das haben sie.«

Sein Blick bleibt an der aufsteigenden Sonne hängen. »Ich glaube, ich hatte vergessen, wie sich das anfühlt.«

»Wie sich was anfühlt?«

Sean sieht zu mir. »Ein friedliches Umfeld zu haben und es genießen zu können.« Es macht mich nachdenklich, ihn so emotionslos zu erleben. Er vermittelt den Eindruck eines erfolgreichen Geschäftsmanns, doch wer weiß, was er dafür aufgeben musste?

Floyd zuckt mit den Schultern. »Dann denk mal drüber nach, ob du das nicht öfter haben willst.« Sean sagt nichts und betrachtet die Landschaft.

Im Hintergrund läuft das Autoradio und der Moderator kündigt die folgende Nummer an. »*Als nächstes ein Klassiker von Stellar - einer der meistgewünschten Songs der letzten Monate.*« Ich will etwas lauter drehen, da höre ich Sean eine Spur zu laut schnauben.

Er starrt unverwandt aus dem Fenster, das Kinn auf die Hand gestützt.

»…unbestätigten Berichten zufolge befinden sich die Bandmitglieder derzeit in Australien…« Sein Gesicht bleibt regungslos, doch die angespannten Schultern verraten mehr, als er vermutlich möchte.

»Alles okay?«

Sean blinzelt, als hätte er sich erst jetzt aus seinen Gedanken gelöst. »Entschuldige … ja. Ich hab nur schon lange kein Radio mehr gehört. Ich bin überrascht, dass sie noch darüber spekulieren.«

Ich nicke und fokussiere mich auf die Straße. »Wir haben hier mitbekommen, wie heiß die Medien bei euch auf eine Story waren. Inzwischen wird hier aber nur noch darüber berichtet, wenn es spezielle Neuigkeiten gibt.« Ich frage mich, ob er in denselben Kreisen verkehrt hat, will allerdings nicht zu neugierig wirken.

»Da könnt ihr euch glücklich schätzen.«

Schulterzuckend gebe ich ihm recht. Kaum vorzustellen, wie es ist, wenn es in den Medien tagein tagaus kein anderes Thema mehr gibt.

»Wann musst du eigentlich zurück?«

Sean stützt seufzend den Kopf an die Lehne.

»Unsere Eltern reisen morgen an. Sie bleiben vier Tage und dann fliegen wir zusammen nach London.« Er hält einen Moment inne, bevor er weiterspricht.

»Bis auf Liv.«

Seans Stimme ist zum Ende hin leiser geworden und verströmt er eine tiefe Traurigkeit. Neben mir umklammert Floyd das Lenkrad ein Stück fester. Er hat es ebenfalls bemerkt. Es ist offenbar nicht nur der Abschied, der Sean zu schaffen macht.

Da ist noch etwas anderes.

Die Stille im Wagen dehnt sich unangenehm aus, bis Floyd sie schließlich bricht. »Und … wie geht's dann weiter?«, fragt er beiläufig, die Augen weiterhin auf die Straße gerichtet. »Kommt der Vater des Babys dann nach?«

Ich versuche unauffällig, ihm einen Stoß gegen die Schulter zu verpassen, doch er weicht aus.

»Nein… nein, das wird nicht passieren.« Die Antwort kommt eine Spur zu schnell und auch die Art, wie er das sagt, lässt keinen Raum für Nachfragen. Ich sehe warnend zu Floyd, aber Sean spricht weiter.

»Wir müssen einfach abwarten, wie die Dinge dann zum Zeitpunkt der Geburt liegen.« Er reibt sich den Nacken. »Es ist schwer, Liv hier allein zu lassen. Sie ist der wichtigste Mensch für mich.«

Floyd nickt langsam.

»Verständlich, Mann. Aber sie ist hier nicht auf sich gestellt.« Sean mustert ihn, die Härte in seinem Gesicht weicht für einen Moment.

»Danke…«

»Wenn du wieder hier bist, begleitest du uns auf

eine Motorradtour.«, verkündet Floyd in der nächsten Sekunde und wechselt so das Thema. Sean lacht leise. »Nett gemeint, aber mein letztes Mal auf einem Motorrad ist ... *verdammt* ... zwölf Jahre her.«

Floyd prustet ungehalten.

»Dann wird's höchste Zeit. Ich erklär dir auch, wo oben und unten ist.« Sean hebt abwehrend die Hände.

»Das bekomme ich sicher noch hin.«

Ich drehe mich ein wenig, den Ellbogen auf die Armlehne gestützt. »Und wir sollten auch die Nummern tauschen. Dann halten wir dich auf dem Laufenden. Und du hast jemanden vor Ort, falls die Mädels mal nicht erreichbar sind.« Er zögert zunächst, dann nickt er.

»Hört sich gut an.«

Mit einem dünnen Lächeln auf den Lippen sieht er hinaus und schweigt die restliche Fahrt. Irgendetwas sorgt dafür, dass er eine schwere Last auf den Schultern trägt.

Kapitel 15

Liv

»Du siehst ein wenig erholt aus.« Ich sitze am Küchentresen, als mein Bruder von seinem Ausflug zurückkommt.

»War es gut?«

Er zieht mich in eine flüchtige Umarmung. Der Geruch von Wald und Gräsern haftet an ihm.

»Ja, war mal was anderes. Ruhig und perfekt dafür, den Kopf freizubekommen.«

Ich nicke, während er die Jacke über den Stuhl hängt. »Machen wir uns heute Abend den Auflauf?«

»Klar. Ich bereite später alles vor.«

Sean schüttelt den Kopf. »Das musst du nicht. Wir machen das zusammen.« Ich schiebe mich an ihm vorbei zur Arbeitsplatte und schalte den Wasserkocher ein.

»Schon okay. Ich habe dir vorhin ein paar Unterlagen weitergeleitet, die du noch durchgehen musst. In der Zwischenzeit kann ich das Essen vorbereiten.« Er seufzt schwer.

»Danke, ich schau's mir gleich an.«

Mit einem knappen Nicken verschwindet er im Büro. Nachdenklich sehe ich ihm nach. Ich würde ihm gerne noch etwas von seiner Last abnehmen, aber mir ist unklar, wie ich das anstellen soll.

Etwa eine Stunde später mache ich mich an die Vorbereitungen für das Abendessen. Als ich schließlich den Auflauf in den Ofen schiebe, höre ich Schritte hinter mir.

»Möchtest du was trinken?«, frage ich und drehe mich um. Sean steht im Türrahmen, die Ärmel seines Hemds hochgestülpt. »Ja, ich hol mir was. Setz dich schon mal. Kann ich dir was mitbringen?«

Ich deute auf die Karaffe vor mir. »Ich bleibe beim Wasser. Danke.« Er nickt, schnappt sich ein Bier aus dem Kühlschrank und setzt sich an den Tisch.

»Wie war dein Tag mit Val?«

Ich streiche mir eine Haarsträhne aus dem Gesicht. »Lustig. Ich bin froh, dass ich sie damals kennengelernt hab.« Kurz schweife ich in Gedanken zu Val ab, wie sie begeistert durch die Babykleidung stöbert, jedes zweite Teil hochhält und fragt, ob Baby

Bash das wohl gefallen würde.

»Ich bin auch erleichtert.« Seans Stimme holt mich zurück ins Hier und Jetzt. »Das macht es einfacher für mich.« Ich sehe ihn prüfend an. Er lächelt, aber es erreicht seine Augen nicht.

»Ich wünschte, du müsstest nicht gehen.« Er hält meiner Musterung stand und legt die Hand auf meinen Arm.

»Ich auch, Livy. Aber es muss sein.« Ich nicke schwermütig. »Ja … ich weiß.«

Einige Minuten hängen wir beide unseren Gedanken nach. Nur das leise Ticken der Küchenuhr ist zu hören, bis der Timer des Ofens schrill auf sich aufmerksam macht. Ich will mich aufsetzen, doch Sean hält mich auf.

»Ich mach schon. Bleib sitzen.«

Er erhebt sich, verschwindet in der Küche und kehrt kurz darauf mit zwei dampfenden Tellern zurück, von denen ich einen entgegennehme.

Schweigend essen wir.

Als Sean seinen letzten Bissen kaut, räuspert er sich. »Auf der Fahrt heute lief das Radio. Sie haben über die Jungs von *Stellar* geredet.«

Ich hebe misstrauisch den Blick vom Teller.

»Und? Worum ging es diesmal?«

Meine Stimme klingt kälter, als ich beabsichtigt habe. Aber nach allem, was ich mit der Presse erlebt habe, rechne ich instinktiv mit dem Schlimmsten.

Sean schiebt seinen Teller beiseite.

»Sie wollen rausgefunden haben, dass die drei in Australien sind.« Er hält kurz inne.

»Haben sie sich nochmal bei dir gemeldet?«

Ich schüttle den Kopf und trinke einen kleinen Schluck Wasser. »Nein. Aber … ich war bisher nicht bereit dafür.« Sean nickt, als hätte er diese Antwort erwartet. »Wärst du es denn jetzt?«

Ich stelle das Glas ab.

»Ich weiß es nicht, um ehrlich zu sein.«

»Tom hat mir gestern geschrieben.«

Ich halte inne, die Gabel auf halbem Weg in der Luft. *Das kommt unerwartet.*

»Was wollte er?« Ich schiebe mir den Bissen in den Mund, kaue aber langsamer als nötig. *Hätte ich mich bei ihnen melden sollen?*

»Sie würden sich gerne mit dir treffen, wollen dich aber nicht ohne Vorankündigung belästigen. Deswegen hat er mich gefragt.« Ich lege die Gabel ab und lasse mir Zeit, bevor ich antworte.

»Das ist nett von ihm. Und ich hoffe, dass sie nicht wirklich glauben, sie würden mich belästigen.« *Verständlicherweise meldet er sich bei Sean.* Er steht ihnen näher als ich. Durch ihre Freundschaft habe ich Pete kennengelernt.

»Für mich ist es okay, wenn du ihnen sagst, wo ich bin.«

Sean sieht mich an, als würde er nach einer

Bestätigung für meine Worte suchen. Scheinbar wird er fündig. »Dann mache ich das.«

»Danke, Se.« Ich zwinge mich zu einem Lächeln und schlucke gegen den Kloß in meiner Kehle an. Es ist seltsam, das zu sagen. Aber gleichzeitig spüre ich, dass ich langsam bereit bin. »Bitte verdeutliche ihnen, dass niemand sonst davon erfahren darf.«

Er nickt und weiß genau, wen ich damit meine.

Die Presse.

»Dafür sorge ich, Livy.« Beruhigend drückt er meine Hand und sofort löst sich meine Anspannung.

»Wie ist die Planung für Moms und Dads Anreise morgen?«

»Sie landen gegen Mittag. Auf dem Rückweg vom Flughafen holen wir dein neues Auto ab. Mom fährt dann mit dem Mietwagen hierher und Dad und ich kommen mit dem neuen Wagen nach.« Ein kleines Lächeln umspielt meine Lippen.

Mein erster eigener Wagen.

Ich habe mich für ein gängiges Modell entschieden. Obwohl die letzten zehn Tage friedlich waren und ich mich vermehrt nach draußen wage, gebe ich alles, um nicht aufzufallen. Doch Val hat recht: Die Medien hier beschäftigen sich mit anderen Themen. Ich muss nicht ständig Angst haben, dass mich jemand von früheren Veranstaltungen erkennt und Informationen weitergibt.

»Hört sich gut an. Ich freu mich schon.«

Schweigend esse ich fertig, bis wir gemeinsam den Tisch abräumen.

»Gehst du später zu Val?«

Sean verstaut die Teller in der Spülmaschine. »Ja. Ist das okay für dich?«

»Na klar, *Seanie*. Ich bin groß genug.« Ich betrachte sein Profil. »Sie tut dir gut …« Wieder nickt er, doch das Lächeln verschwindet merklich.

»Das stimmt. Aber du weißt, wie die Dinge stehen.«

»Und du weißt, dass Mom und Dad immer nur wollten, dass es uns gut geht.« Er erwidert die Umarmung und streicht mir sanft durch die Haare.

»Mach dir keine Sorgen, Livy.«

Ich kneife ihm in die Seite und er zuckt zusammen. »Dann gib mir keinen Grund dazu.«

Er hebt abwehrend die Hände. »Ich bleibe heute die ganze Nacht bei ihr und komme erst morgen früh wieder.« Ich wende mich ab. »Klingt gut. Und macht nichts, was ich nicht auch tun würde!«, rufe ich ihm über die Schulter zu und laufe Richtung Schlafzimmer.

»Wie gesagt: Mach dir keine Sorgen!«

Ohne eine weitere Antwort schließe ich die Tür hinter mir.

Kapitel 16

Liv

Auch in dieser Nacht habe ich unruhig geschlafen. Seit ich Pete gefunden habe, ist mein Schlaf kaum noch erholsam; eher wie eine Pause von der seelischen Erschöpfung. Ständig holt mich die Schuld ein.

Mit dem Wissen, dass ich sein Kind in mir trage, war klar, dass ich dafür sorgen muss, dass es besser wird. Aber die Erinnerung ist gnadenlos. Besonders nachts überkommt sie mich immer wieder.

Ich höre die Haustür ins Schloss fallen und blinzle zur Uhr auf dem Nachttisch.

Noch nicht mal neun Uhr.

Kurz darauf klopft es sachte an meiner Tür. »Livy, bist du schon wach?« Ich richte mich halb auf und streiche mir die Haare aus dem Gesicht.

»Komm rein.«

Die Tür öffnet sich lautlos, Sean tritt ein und setzt sich zu mir an die Bettkante. »Ich mach mich jetzt auf den Weg. Val kommt später vorbei, bevor sie ins Restaurant geht.«

Ich nicke ausgelaugt. »Hört sich gut an.«

»Sie hält für heute Abend einen ruhigen Tisch für uns im *Flavor Lane* frei«, fügt er nach kurzem Zögern hinzu. Unbehagen flammt in mir auf. Das letzte Mal, dass ich abends auswärts gegessen habe, war mit Pete. Wir waren allein, denn Pete kannte den Besitzer, der uns an seinem freien Tag empfangen hat. Sean bemerkt es sofort und streicht beruhigend meine Hand.

»Okay… Jetzt mach dich auf den Weg, damit du pünktlich bist.« Er beugt sich vor, drückt mir einen Kuss auf die Stirn und steht auf. »Wir sind in ein paar Stunden zurück.«

»Fahr vorsichtig.«

»Du weißt doch, das mache ich immer, *kleine Schwester*…« Die Tür schließt sich hinter ihm und ich lasse mich noch einmal in die Kissen fallen.

Kaum ist Sean gegangen, stehe ich auch schon angezogen in der Küche und warte darauf, dass das Wasser für den Tee kocht.

Eine Hand ruht auf meinem Bauch.

Ich bin froh, wenn es endlich so weit ist und ich Sebastian in meinen Armen halten kann. Abends lese ich ihm schon jetzt vor.

Das Klicken des Wasserkochers pausiert schließlich meinen endlosen Gedankenwirbel. Ich atme tief durch, gieße den Tee auf und setze mich ins Wohnzimmer. Unbewusst schalte ich das Radio an und rühre den Tee um. Der vertraute Klang von Petes Stimme erfüllt den Raum. *‚Forever isn't long enough, when you're the reason time stands still…‘*

Mein erster Impuls ist, den Sender zu wechseln – so, wie ich es vor ein paar Wochen getan hätte. Aber diesmal unterdrücke ich es und lausche schweigend dem Lied, das Pete kurz nach unserer Verlobung geschrieben hat.

Jede Zeile ist voller Erinnerungen und zieht mich zurück zu dem Tag vor einem Jahr.

Der Bass wummert in meinen Ohren, als ich mich gegen die kalte Wand im Backstagebereich lehne. Die Euphorie und das Adrenalin des Auftritts liegen noch in der Luft.

Ich schließe die Augen für einen Moment, genieße die Stille in meinem Kopf, bis sich eine warme Hand auf meine legt. »Hey, Sweetheart.«

Petes Stimme ist rauchig vom Singen, sein Haar zerzaust, sein Shirt klebt an seiner Haut. Seine Augen funkeln.

»Du warst großartig.«

Ich drehe meine Hand und verschränke unsere Finger.

Und dann ist es da: dieses verschmitzte, unverschämt selbstsichere Grinsen, das mich damals genauso genervt wie fasziniert hat.

»Weißt du, was ich die ganze Zeit gedacht habe, als ich da draußen stand?«

»Dass dein Gitarrensolo viel zu lang war?« Ich ziehe eine Braue hoch. Er schüttelt lachend den Kopf und tritt einen Schritt näher, bis nur noch Zentimeter zwischen uns sind.

»Dass ich nie wieder auf eine Bühne gehen will, ohne dass ich weiß, dass du meine Frau wirst.«

Mein Herzschlag setzt aus.

Er fasst in seine Hosentasche ... und zieht einen zerknitterten Papierschnipsel hervor. »Ich hab keinen Ring dabei. Du weißt, was ich davon halte. Eigentlich wollte ich das irgendwann schick machen. Mit einem Essen, einer Rede ... einem verdammten Feuerwerk. Aber dann hab dich hier stehen sehen und gedacht: Scheiß drauf.« Er entfaltet das Papier und hält es mir zusammen mit einem Stift hin. »Ich hab das Ding schon vor Monaten geschrieben. Falls du's wissen willst – Wilson hat Bier drüber geschüttet. Und Tom hat versucht, mir einzureden, dass ich mehr Romantik reinbringen soll.« Ich lese die wenigen, mit schwarzem Stift hingekritzelten Worte.

Heiratest du mich? (Ja / Ja / Ja)

Ich lache. »Du bist unmöglich.« Er hebt die Schultern, seine Augen suchen meine. Ohne jede Spur von Unsicherheit, nur mit dieser selbstverständlichen

Überzeugung, dass es so sein muss.

*»Ein **Nein** ist keine Option, Sweetheart.«*

Ich nehme den Stift, schlinge einen Arm um seinen Nacken … und kreuze alle Ja's auf dem Zettel in seiner Hand an.

»Erledigt.«

»Gut. Jetzt kannst du dich nicht mehr rausreden.« Er hebt mich hoch und wirbelt mich herum, als Wilson und Tom reinstolpern und ein lautes Was zum —?! von sich geben.

Aber mir ist das egal.

Denn Pete hält mich fest und ich bin genau da, wo ich hingehöre.

Mit geschlossenen Augen lasse ich den Moment zu und spüre ein Ziehen im Herzen. Während das Lied läuft, klingelt es an der Tür. Ich blinzle und erhebe mich schwerfällig.

Das wird wohl Val sein, so wie es Sean angekündigt hat.

Ich atme tief durch, streiche mir die Haare zurück und mache mich auf den Weg zur Tür.

Als ich sie öffne, steht mir Brad gegenüber.

Er lehnt lässig im Türrahmen, ein Arm über dem Kopf abgestützt, der Blick direkt auf mich gerichtet. Zunächst sagt er nichts, doch dann weicht der neutrale Ausdruck einer Spur von Besorgnis.

»Liv, geht's dir gut?«

Langsam stößt er sich vom Rahmen ab und kommt einen Schritt näher. Zögerlich hebt er die Hand und streicht sanft mit den Fingerspitzen über meine Wange. Erst da merke ich, dass sich Tränen ihren Weg gebahnt haben.

»Oh, ja. Na klar. Mir geht's gut.«

Verlegen mache ich einen Schritt nach hinten, löse mich aus seiner Berührung und vermisse umgehend die Nähe. Schnell räuspere ich mich.

»Was machst du hier?«

Brad lässt die Hände sinken, der besorgte Ausdruck weicht einem schiefen Grinsen. »Sean hat mir gestern Abend geschrieben. Er wollte wissen, ob ich mich mit Lampen auskenne. Irgendwas von wegen Kinderzimmer und Deckenleuchte ersetzen.«

»Ah, stimmt. Val meinte auch schon, dass du oder Floyd euch darum kümmern könntet.« Ich mache den Weg frei, um ihn hereinzulassen. »Wir wollten die aktuelle Leuchte gegen etwas Gemütlicheres austauschen. Komm rein.«

Brad betritt die Wohnung und sieht sich um.

»Ihr habt euch hier schön eingerichtet.« Ich nicke; dabei schließe ich die Tür.

»Danke. Sean und ich teilen uns zum Glück nicht nur die Gene, sondern auch den Geschmack. So konnten wir uns schnell einigen.« Sein Grinsen wird breiter. Er weiß genau, dass das ein kleiner Hieb in Bezug auf unsere letzte Begegnung ist.

»Wo finde ich das Zimmer?«

Ich deute den Flur entlang. »Erste Tür rechts.« Brad nickt und macht sich auf den Weg.

»Kann ich dir was zu trinken anbieten?«

»Nein, schon okay. Danke.« Ich bleibe kurz stehen, lausche seinen Schritten und spüre, wie sich mein Herzschlag langsam beruhigt.

Während Brad im Kinderzimmer beschäftigt ist, vibriert mein Handy auf dem Wohnzimmertisch.

Es ist eine Nachricht von Val.

Val

> Ich kann leider doch nicht kommen. Ich muss mich um einen Lieferanten kümmern, der Probleme macht.

Das erklärt, warum sie noch nicht hier ist. Eine Sekunde bin ich erleichtert, dass ich einige Minuten mit Brad allein verbringen kann. Doch den Gedanken verdränge ich sofort wieder.

Es ist unangebracht so etwas zu denken.

Ich

> Mach dir keine Gedanken. Ich hoffe, es klärt sich alles.

Val

> Das hoffe ich auch. Wir sehen uns heute Abend!

Seufzend lege ich mein Handy weg und gehe ins Kinderzimmer zu Brad. Er steht mit dem Rücken zu mir, die Ärmel hochgekrempelt und begutachtet die neue Lampe.

Ich kann nicht anders, als ihn anzustarren.

Er hat breite Schultern und seine Muskeln zeichnen sich unter dem Hemd ab.

Wie sie sich wohl unter meinen Fingern anfühlen?

Im nächsten Atemzug dreht er sich zu mir. Der Glanz in seinen Augen verrät, dass er mich bei meinem unverhohlenen Starren erwischt hat.

Hitze kriecht meinen Hals hinauf.

»Wo ist der Verteiler? Ich muss im Zimmer den Strom abschalten, damit ich die Lampe montieren kann.« Blinzelnd zwinge ich mich, bei der Sache zu bleiben.

»Ähm … klar … hier drüben.«

Ich gehe voraus, wobei mir sein Blick förmlich im Nacken brennt. Als ich die Abdeckung des Verteilers öffnen will, steht er unvermittelt dicht hinter mir.

»Ich mach das schon, Liv.«

Sein Atem streift mein Ohr, warm und ungeahnt vertraut. Ich halte reflexartig die Luft an.

Verdammt.

»Gut … dann findest du mich nebenan, wenn du was brauchst.«

Die Worte stolpern förmlich aus meinem Mund, ehe ich mich hastig zurückziehe.

Kaum im Wohnzimmer angekommen, lasse ich mich in den Sessel fallen. Ich fische nach dem Buch auf dem Beistelltisch, schlage es auf und starre auf die Buchstaben, die vor meinen Augen verschwimmen.

Was war das denn gerade?

Ich hole Luft, als würde das meinen Geist klären und versuche, mich auf den Text zu konzentrieren.

Ich weiß nicht, wie viel Zeit vergangen ist, als Brad wieder den Raum betritt.

»Fertig.«

Er streicht sich den Staub von den Händen und schlendert auf mich zu. Ich lege mein Buch beiseite und lächle ihm zu.

»Puh, danke! Das ist lieb von dir.« Ich deute auf das Sofa. »Setz dich. Möchtest du jetzt vielleicht etwas trinken?« Er schüttelt den Kopf.

»Nein, danke. Ich muss gleich los ins *Flavor Lane*.«

Ich nicke schweigend, fast enttäuscht, ohne zu wissen, warum.

»Sean holt gerade eure Eltern, richtig?«

»Ja, er ist vor einer Weile los. Heute Abend kommen wir dann zu euch zum Essen.«

Brad kratzt sich zurückhaltend am Hinterkopf.

»Jetzt machst du mich nervös. Dann muss ich mich richtig ins Zeug legen.« Ich schmunzle ihn an.

»Ach, Unsinn. Ich bin mir sicher das machst du immer.«

Er fängt meinen Blick auf und meine Finger pressen sich fester um den Roman in meinem Schoß. Keiner sagt etwas, und es scheint, als könnte er tief in mein Innerstes sehen. Meine Haut kribbelt und mein Herz schlägt einen Takt schneller.

Dann bewegt er sich. Für den Bruchteil einer Sekunde glaube ich, er verringert den Abstand zwischen uns; aber er geht zur Tür, an der er sich noch einmal zu mir umdreht.

»Ich freu mich auf deinen Besuch, Liv.«

Mein Hals ist trocken, doch ich zwinge mich zu einer Antwort.

»Ich mich auch, Brad.«

Kapitel 17

Brad

*W*ahnsinn.

Sie bringt mich einfach um den Verstand. Den Entschluss, zu Liv zu fahren, habe ich spontan gefasst. Sean erwähnte, dass entweder sie oder Val uns um Hilfe beim Montieren der Lampe bitten würden.

Ursprünglich hatte ich heute keine Zeit dafür, aber ich musste Liv wiedersehen. Es ist schwer, zu beschreiben, was sie in mir auslöst.

In ihrer Nähe fühlt sich alles … *leichter* an.

Ihre Anwesenheit reicht aus, damit mein Kopf zur Ruhe kommt. Und wenn sie lacht, kann ich nicht anders, als sie anzustarren. Ihre tränenüberzogenen Wangen waren fast nicht zu ertragen.

Wir kennen uns allerdings nicht gut genug, um

sie nach dem Grund zu fragen.

Noch nicht.

Seit dem Moment, in dem ich ihre Hand zum ersten Mal in meiner gespürt habe, ist es um mich geschehen.

Ich will sie kennenlernen.

Ich will sie zum Lachen bringen.

Ich will sie an meiner Seite haben.

Ja, mir ist bewusst, dass sie ein Kind von einem anderen Mann erwartet. Außerdem bemerke ich auch die Mauern, die sie um sich gebaut hat und gegen die ich immer wieder stoße. Trotzdem …

Etwas entgeht mir.

Ein wichtiges Detail – und ich habe das drängende Bedürfnis, herauszufinden, was es ist.

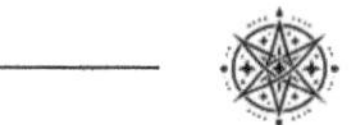

Im *Flavor Lane* angekommen steuere ich direkt das Büro an, in dem ich Val vermute. Schon im Flur höre ich ihre aufgebrachte Stimme.

»… hören Sie, der Termin muss eingehalten werden, sonst müssen wir uns nach einem anderen Partner umsehen … Ja … Danke … Ich bitte darum … Richtig, Sie erreichen mich unter dieser Nummer. Bis dann.«

Ich vermute, dass sie fertig ist und öffne die Tür.

Val sitzt am Schreibtisch, den Kopf auf die verschränkten Arme gestützt.

»Val, alles in Ordnung hier?«

Erschrocken fährt sie zusammen. »Oh, hey Brad. Ja, ich muss auf einen Rückruf warten.« Sie richtet sich auf und beginnt, die verstreuten Unterlagen vor sich zu ordnen.

»Was gibt's?«

Ich lehne mich gegen den Türrahmen.

»Ich war vorhin bei Liv.«

Sie sieht von ihren Papieren auf. »Sehr gut. Hast du dich um die Lampe gekümmert?« Perplex sehe ich sie an, woraufhin sie mit den Schultern zuckt.

»Sean hat gestern erwähnt, dass er dich darum gebeten hat.« Sie konzentriert sich erneut auf ihre Dokumente und spricht weiter. »Heute Abend kommen sie mit ihren Eltern zum Essen. Ich hab den Tisch im abgetrennten Bereich schon geblockt.«

»Ja, Liv hat sowas erwähnt.«

Val spielt in Gedanken versunken mit einer Strähne ihrer offenen Haare. »Ich hoffe, es ist okay für sie.« Ich runzle die Stirn. »Wieso sollte es das nicht sein?« Ertappt sieht sie mich an.

»Ach, nur so.«

»Val … irgendwas verheimlichst du.«

Sie winkt ab; zu schnell, zu beiläufig. »Blödsinn. Du wirst ja paranoid. Was wolltest du eigentlich? Hast du nach mir gesucht?« Ihr Themenwechsel ist alles andere als subtil. Ich könnte weiterbohren, aber lasse es.

So bin ich nicht.

Wenn ihr etwas auf der Seele brennt, wird sie sich Floyd oder mir anvertrauen.

»Ich würde gerne mehr über sie erfahren.« Ich schlendere im Büro auf und ab. »Woher sie kommt, was genau sie macht. Einfach alles.«

Abwartend beobachte ich Val.

Ihr Ausdruck wird weicher. »Naja, da solltest du sie lieber selbst fragen, oder?« Sie faltet die Hände.

»Wenn sie dir was erzählen will, dann wird sie das sicher tun …« Nach einer kurzen Pause spricht sie kaum vernehmbar weiter:

»Bei mir hat es nur drei Jahre gedauert.«

Ich starre sie entgeistert an. »Das ist ein Scherz, oder?«, presse ich gequält hervor.

Val lacht laut auf. »Nein. Aber da waren auch fünftausend Meilen Distanz zwischen uns.«

Ich schüttle ungläubig den Kopf.

»Und ich weiß es zu schätzen, dass du mit deinem Besuch hier eigentlich nur bezwecken willst, dass ich dir das *Go* gebe. Einerseits müsstest du dafür bei Sean antanzen und andererseits«, ihr Lächeln gerät leicht schief, »brauchst du das nicht. Du bist ein guter Kerl. Und sie kann so jemanden gebrauchen.« Ich senke den Blick, lasse ihre Worte sacken.

»So meinte ich das nicht. Na ja, vielleicht ein bisschen.« Nach einem Räuspern fahre ich fort. »Du hättest mir ja auch sagen können, dass ich mir keine

Hoffnungen machen soll, weil der Vater ihres Kindes auftaucht oder sowas.« Es ist nicht unmöglich, auch wenn Sean nicht den Eindruck macht, als wäre er davon begeistert. Ich bin sicher, weder Liv noch er könnten es ihm verbieten. Und in dem Fall will ich nicht zwischen den Fronten stehen.

Unbehaglich rutscht Val auf ihrem Stuhl hin und her. Die Antwort folgt prompt. »Da musst du dir keine Sorgen machen.« Ich kneife die Augen zusammen. Dennoch hat sie recht. Es steht ihr nicht zu, mir etwas über Liv zu erzählen.

»Trotzdem … danke, Val. Du hast mir den letzten Schubs gegeben, auf sie zuzugehen.« Ich mache auf dem Absatz kehrt.

»Zeig Geduld, Brad!«

Vals Stimme folgt mir in den Flur. Ich hebe die Hand, als Zeichen, dass ich sie verstanden habe.

Ihre Reaktion war … *merkwürdig*.

Zu merkwürdig, um es zu ignorieren; und ähnlich verhalten wie Seans Reaktion. Liv wird es mir erzählen, sobald sie mir vertraut. Und ich werde alles daransetzen, dass das keine drei Jahre dauert.

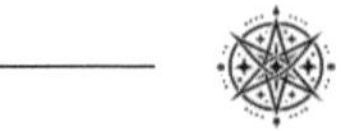

Der Abend ist schnell gekommen und wie so oft sind alle Sitzplätze belegt. Lachen vermischt sich mit den Gesprächen der Gäste.

Mein Team in der Küche leistet, wie gewohnt,

grandiose Arbeit, deshalb nutze ich die Gelegenheit, um kurz in den Gastraum zu schauen und die Atmosphäre aufzusaugen.

Floyd steht hinter der Bar und ist damit beschäftigt, die Bestellungen abzuarbeiten. Er hat alle Hände voll zu tun. Wenige Augenblicke später öffnet sich die Tür. Liv betritt das *Flavor Lane*, dicht gefolgt von Sean und einem älteren Paar.

Das müssen ihre Eltern sein.

Livs Gesichtszüge spiegeln sich in denen der Frau hinter ihr wider. Dazu die gleiche elegante Haltung und der wachsame Ausdruck. Der Mann neben ihr strahlt die gleiche natürliche Autorität aus, die Sean umgibt. Ich richte mich auf, lasse Floyd mit einem kurzen Nicken zurück und gehe auf die Gruppe zu.

Val ist nirgends zu sehen, also übernehme ich.

»Hallo zusammen. Darf ich euch an euren Tisch bringen?« Livs Miene hellt sich unvermittelt auf, als sie mich sieht.

»Hey, Brad. Danke!«

Sie macht einen Schritt zur Seite. »Darf ich dir unsere Eltern vorstellen? Das sind Isabella und Jason.« Ich nicke höflich, während Sean ergänzt:

»Mom, Dad, das ist Brad. Er führt zusammen mit Val und Floyd, das *Flavor Lane*.«

Nachdem er direkt zum Vornamen übergeht, verzichte ich auf die förmliche Anrede.

»Schön, dass wir euch heute hier begrüßen

dürfen.«

Wir schütteln uns die Hände. »Folgt mir, bitte. Ich hoffe der Flug war einigermaßen angenehm?«

Isabella streicht sich eine Haarsträhne zurück, ähnlich wie ich es schon das ein oder andere Mal bei ihrer Tochter beobachtet habe. »Ja, danke der Nachfrage. Trotzdem sind wir froh, endlich am Ziel zu sein.« Ich will gerade antworten, als Val neben mir auftaucht.

»Hallo! Schön, dass ihr da seid.« Jason schließt sie in eine feste Umarmung. »Liebes, hallo. Du hast eine wunderbare Nachbarschaft und ein gemütliches Lokal.« Val errötet kaum merklich.

»Danke, Jason. Konntet ihr euch denn schon ein bisschen umsehen?« Isabella nickt zustimmend. »Es ist wirklich ganz zauberhaft hier.«

»Das freut mich. Kann ich euch schon etwas zum Trinken bringen?«

Da ich nicht mehr benötigt werde, wende ich mich ab. »Ich lass euch ankommen. Wenn ihr was braucht, gebt einfach Bescheid.« Jason bedankt sich, während Isabella mir ein warmherziges Lächeln schenkt.

Ich drehe mich um und gehe in die Küche. Die Ähnlichkeit zu Sean und Liv ist unverkennbar. Die Art, wie sie miteinander umgehen, zeigt, dass sie ein eingespieltes Team sind.

Nicht nur im Leben, sondern auch als Familie.

Und sie haben Val in ihrer Mitte aufgenommen.

Sie sitzt gelöst zwischen ihnen, als wäre sie schon immer Teil dieser Dynamik gewesen.

Nach einer Stunde hektischen Treibens stürzt Val in die Küche.

»Brad, ich muss weg. Bei Liv haben die Wehen eingesetzt.« Ich erstarre, das Messer über dem Schneidebrett schwebend.

»Was? Jetzt?!«

Ich will sie zur Seite schieben, um zu Liv zu gelangen, doch Val legt die Hand auf meine Brust und hält mich auf.

»Ja! Jetzt. Sie sind schon unterwegs ins Krankenhaus. Ich wollte dir nur Bescheid sagen, dass ich mich auf den Weg mache.«

Mein Herz rast und meine Hände werden feucht.

»Kein Problem, Val. Floyd und ich schließen hier ab.«

Und dann muss ich so schnell wie möglich zu Liv.

»Danke. Bis später!« Sie wirbelt herum und ist dann verschwunden. Keine Minute später taucht Floyd auf. »Ich hab schon mit den Abrechnungen angefangen. Wir können heute früher schließen.« Dankbar für sein vorausschauendes Handeln atme ich auf.

»Danke, Kumpel. Ich mach hier auch alles fertig.«

Liv… Ich hoffe, es geht ihr gut.

Zügig beenden wir die restlichen Arbeiten. Eine Stunde später steht Floyd mit dem Schlüssel an der Tür, die Jacke übergeworfen. »Ich schätze, du willst ins Krankenhaus?« Ich ziehe meine eigene Jacke an und nicke. »Ja. Ich will sicherstellen, dass es allen gut geht.« Floyd schaut mich argwöhnisch an.

»Ja klar. *Allen.*« Ich werfe ihm einen warnenden Blick zu, doch er winkt nur ab. »Schon gut. Ich begleite dich.«

»Danke, Mann.« Ohne ein weiteres Wort treten wir in die kühle Nacht hinaus.

Zwanzig Minuten, nachdem wir das *Flavor Lane* abgeschlossen haben, betreten wir das Krankenhaus.

Der Geruch von Desinfektionsmittel und der Klang von unaufdringlichen Gesprächen empfangen uns. Im Wartebereich entdecke ich Jason, Sean und Val, die in eine Unterhaltung vertieft sind. Als wir auf sie zugehen, hellt sich Vals Gesicht sofort auf.

»Hey, Jungs. Ihr seid hier!«

Ich nicke und schiebe die Hände in die Taschen.

»Na klar. Wir wollen sichergehen, dass es allen gut geht.« Ich sehe zu Sean.

»Gibt's schon was Neues?«

Er schüttelt den Kopf, die Lippen zu einem Strich zusammengepresst. »Noch nicht. Mom ist bei Liv. Sie hat mich aus dem Kreißsaal geworfen.« Jason klopft ihm amüsiert auf die Schulter. »Deine Loyalität gegenüber deiner Schwester in allen Ehren, Sohn. Aber gib ihr ein bisschen Raum zum Atmen.« Sean drückt sich stöhnend die Hände auf die Augen

»Ich wollte doch nur für sie da sein.«

Floyd macht eine Handbewegung zur Sitzreihe.

»Dürfen wir hier mit euch zusammen warten?« Jason tut es ihm gleich und deutet auf die freien Plätze. »Natürlich. Es ist schön zu sehen, dass meine Kinder hier so gute Freundschaften geschlossen haben.«

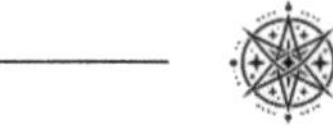

Vier Stunden später betritt Isabella mit einem strahlenden Lächeln den Warteraum.

»Sebastian und Olivia sind wohlauf und freuen sich auf euren Besuch.« Jason steht sofort auf und zieht sie in eine Umarmung. Sean braucht keine Sekunde länger und schließt beide ebenfalls in die Arme. Ich bleibe kurz an Isabellas Worten hängen.

Sebastian und Olivia.

Doch bevor der Gedanke sich festsetzt, springt Val auf. »Oh, wie schön! Herzlichen Glückwunsch - Grandma, Grandpa und Onkel!«

Es fehlt nur, dass sie anfängt, auf der Stelle zu tanzen. Sean zieht sie erleichtert an sich. Floyd und ich tauschen uns wortlos aus.

Wir sollten sie in Ruhe lassen.

»Geht ihr nur. Wir besuchen sie dann morgen.«

»Ach Blödsinn, Jungs.«

Jason winkt uns zu sich. »Ihr kommt natürlich mit uns.« Sein Ton duldet keine Widerrede. Also schließen wir uns der Gruppe an und gehen gemeinsam zu Livs Zimmer.

Es ist ein großes Einzelzimmer: Hell und freundlich, sofern das in einem Krankenhaus möglich ist. Liv liegt merklich erschöpft mit zerzausten Haaren und geröteten Wangen im Bett.

Sie ist hinreißender als je zuvor.

Im Arm hält sie ein winziges Bündel. Jason tritt als Erster ans Bett. »Hallo, meine Kleine. Wie geht's dir?« Er beugt sich zu ihr hinunter und drückt ihr einen Kuss auf den Scheitel.

Liv lächelt entkräftet, aber strahlend.

»Mir geht es gut, Daddy. Ich möchte euch Sebastian vorstellen.« Sean kommt näher, das Gesicht vor Ehrfurcht verzogen.

»Darf ich, Livy?«

Sie nickt und er nimmt das Baby behutsam auf den Arm. »Hey, Kleiner. Ich bin dein Onkel Sean. Und ich verspreche dir: Ich werde immer auf dich aufpassen.« Seine Stimme ist heiser vor Emotionen.

Floyd, Val und ich nähern uns ebenfalls.

»Hallo Liv.« Ich spreche als Erster, unschlüssig, ob wir hier hingehören. »Wir hoffen, es ist okay, dass wir uns hier mit eingeladen haben?«

Ich könnte mich in ihrem Strahlen verlieren.

»Natürlich. Ich freue mich, dass ihr da seid.« Val gesellt sich zu Sean, der Sebastian im Arm hält. Ich nutze den Moment und trete näher ans Bett. Livs Blick trifft meinen; kurz, aber intensiv. Ich drücke zärtlich ihre Hand und streiche einen Moment mit dem Daumen über ihren Handrücken. Sie erwidert den Druck und schenkt mir ein müdes Lächeln.

Als ich mich umdrehe, um einen der Stühle an der Wand aufzusuchen, fällt mir Isabella auf. Sie beobachtet uns gespannt und aufmerksam. Sie hebt kaum merklich eine Braue.

Ich senke den Kopf und setze mich hin.

»Wie geht's jetzt weiter, Dad?« Livs Stimme ist zurückhaltend und zittrig, als hätte sie nicht nur körperlich, sondern auch emotional alles gegeben.

Jason setzt sich zu ihr.

»Mach dir keine Sorgen, Kleines. Wir bleiben wie geplant und überlegen die nächsten Schritte während wir hier sind.« Ich sehe zwischen ihnen hin und her.

Die nächsten Schritte?

Sean übergibt Sebastian an Isabella, die sich daraufhin etwas entfernt und gedämpft mit ihm spricht. Er geht zu Liv und streichelt ihr mit einer Hand über den Kopf. Val wischt sich unauffällig mit dem Handrücken über das Gesicht.

»Wir müssen das nicht jetzt besprechen.«

Seans Worte sind von Zuneigung erfüllt, aber nachdrücklich. »Heute bist nur du wichtig. Und Bash.«

Floyd erhebt sich aus dem Stuhl neben mir und streckt sich leise seufzend. Ich folge seinem Beispiel.

»Wir machen uns dann mal auf den Weg.« Wir sollten der Familie Zeit für sich geben. Ich wende mich noch einmal Liv zu. »Schön, dass es dir gut geht. Herzlichen Glückwunsch, Liv.« Wieder lächelt sie mich an, doch diesmal erreicht es ihre Augen nicht.

»Danke, Brad.«

Ich wende mich an Isabella und Jason. »Es war schön, euch zu treffen.« Jason nickt wohlwollend.

»Danke, Brad. Das können wir nur zurückgeben.«

»Danke … Sean, Val … wir sehen uns.«

Kaum, dass wir den Flur betreten haben, bricht Floyd das Schweigen. »Was auch immer da los ist. Pures Glück hat heute keiner von ihnen ausgestrahlt.« Er sieht mich vielsagend an.

»Außer vielleicht Bash. Aber der ist gerade erst auf die Welt gekommen.«

»Na ja, sie reisen bald ab. Ich schätze, das drückt die Stimmung etwas.«

Zumindest hoffe ich, dass es nur das ist.

Kapitel 18

Endlich halte ich ihn in meinen Armen.

Sebastian.

Sein Atem ist warm auf meiner Haut, während er friedlich an meiner Brust schläft. Die Wehen haben mich gestern kalt erwischt. Und kaum hatten wir einen Fuß in das Krankenhaus gesetzt, platzte die Fruchtblase.

Zum Glück erst hier.

Nicht auszudenken, welchen Tumult das verursacht hätte, wenn es im *Flavor Lane* passiert wäre. Ich war ehrlich überrascht, als Brad und Floyd gestern unverhofft in meinem Zimmer standen; überrascht und froh.

Es klopft an der Tür und Mom kommt herein.

»Na, ihr beiden. Wie geht es euch heute?«

Ich streiche zärtlich über Bashs winzigen Rücken. Es ist ein viel zu kurzer Augenblick, in dem es sich anfühlt, als wäre das Leben in Ordnung.

»Gut, Mom.«

Sie nimmt ihn mir aus den Armen und ich lehne mich wieder zurück. Die Erschöpfung der letzten Stunden steckt mir noch immer in den Gliedern.

»Wo sind Sean und Dad?«

Mom wiegt Bash behutsam hin und her.

»Sie kommen in spätestens einer Stunde. Sie planen gerade die Pressekonferenz zur Übernahme.«

Ich richte mich wie vom Donner gerührt auf.

»Ist es jetzt also so weit?«

Sie nickt. »Ja, Schätzchen. Wir fliegen am Montag wie gehabt.« Ihre Stimme bleibt gefasst, aber die Sorge ist ihr anzuhören.

Ein selbst ernannter anonymer Insider hat kurz vor der Abreise meiner Eltern der Presse von der Schwangerschaft berichtet. Ich denke nicht, dass diese Information lohnend genug ist, um hierher zu gelangen. Allerdings bin ich mir sicher, dass die Wut darüber gestern die Wehen ausgelöst hat.

Und es kann nur eine von zwei Personen gewesen sein. Meine Ärztin Dr. Bridget oder Astrid die Haushälterin meiner Eltern. Mom und Dad haben einen nahestehenden Anwalt darauf angesetzt, das herauszufinden.

Letztlich ist es egal, wer es war.

Der Schaden ist angerichtet. Deshalb folgen wir jetzt dem ursprünglichen Plan. Dem Plan, der feststand, bevor ich hierhergezogen bin.

Sean wird offiziell den Posten als CEO von meinem Dad übernehmen. Die *Holding* und damit unsere Familie beziehungsweise meine Eltern sind in London hoch angesehen. Diese Neuigkeit wird sämtliche Aufmerksamkeit auf Sean lenken, und damit weg von mir.

Zumindest in der Theorie.

Sie bleiben gerade noch so lange hier, bis ich aus dem Krankenhaus entlassen werde. Am Montag findet dann die Pressekonferenz statt, die Sean und Dad vorbereiten. Tränen brennen in meinen Augen.

Ich schaffe es, sie zu unterdrücken und konzentriere mich auf Sebastian.

Für ihn muss ich stark bleiben.

Da ich mich gegen das Stillen entschieden habe, gibt Mom Bash sein Fläschchen, als Sean und Dad das Zimmer betreten. Beide wirken abgehetzt, doch sie versuchen, es mit einem Lächeln zu kaschieren. Nach außen hin mag das überzeugend sein, aber ich kenne jeden ihrer Gesichtsausdrücke besser als meine eigenen.

»Wie geht's euch heute, ihr zwei?«

Sean drückt mich kurz an sich. Dad gibt mir einen Kuss auf die Stirn, bevor sich beide zu Mom und Bash setzen.

»Gut … Mom hat mir von euren Vorbereitungen erzählt.« Sean sieht sofort auf. Er hat meinen bedrückten Tonfall bemerkt.

Natürlich. Wir sind Zwillinge.

»Es ist okay, Livy. Wirklich.«

Ich nicke, allerdings sind seine Worte bedeutungslos. Die Situation ist so verkorkst, dass ich am liebsten vor Wut schreien möchte.

Dad steht auf und streicht mir beruhigend über den Kopf, wie er es schon getan hat, als ich klein war.

»Wir sind davon überzeugt, dass du hier gut aufgehoben bist, Kleines.« Er sieht zu Bash, der zufrieden an der Flasche nuckelt. »Du hast hier wirklich gute Freunde gefunden. Sie sind bodenständig und können nichts mit unserer Welt in London anfangen. Sie werden dich bestimmt nicht an Journalisten verraten, die dich hier im Übrigen auch nicht vermuten würden.«

Ich schlucke schwer und nicke abermals.

»Das stimmt, Dad. Ich fühle mich auch wohl.« Das ist die Wahrheit. Und trotzdem fällt es mir schwer, meine ganze Familie gehen zu lassen. Mein ganzes Leben lang hatte ich sie in meiner Nähe. Es wäre gelogen, würde ich behaupten, dass ich keine Angst vor der Zukunft habe. Immerhin ist es nicht nur der Umzug in die Staaten, sondern auch das Leben mit einem Kind. Mom lächelt mich an.

Ihre Worte ziehen mich zurück ins Jetzt.

»Was auch an diesem Brad liegt, stimmt's?«

Ich stöhne leise und lasse meinen Kopf ins Kissen sinken.

»Mom … bitte nicht.«

»Ich meine ja nur. Er ist ein gutaussehender junger Mann.«

Ich öffne die Augen, starre zur Decke.

»Es ist zu früh …«

Sie legt den Kopf schief. »Liv, Schätzchen. Pete ist die letzten sechs Jahre wie ein zweiter Sohn für uns gewesen« Die Tränen, die schon den ganzen Morgen hinter meinen Lidern gebrannt haben, bahnen sich nun ihren Weg über meine Wangen.

Mom fährt ungerührt fort.

»Er hat einen Fehler gemacht, als er sich uns nicht anvertraut hat. Aber er hätte sicher nicht gewollt, dass du vergisst zu leben.«

Hektisch wische ich mir die Tränen weg.

»Das wird mir nie jemand beantworten können.«

Sie räuspert sich und übergibt Bash an Sean, der ihn schweigend entgegennimmt. Dann kommt sie zu mir, setzt sich auf die Bettkante und nimmt meine Hand.

»Lass dir so viel Zeit, wie du benötigst. Aber glaub nicht eine Sekunde lang, dass dich irgendjemand verurteilt, wenn du weitermachst.«

Ich schiebe meine Finger zwischen ihre.

Auch das wird mir fehlen, wenn sie weg sind. *Sie*

wird mir fehlen. Meine Mom.

»Ja… ich versuche es.« Einen Moment liegt die Stille schwer zwischen uns. Ich brauche Luft. Etwas Greifbares.

»Weißt du schon, wann ihr nach Hause dürft?«

Erleichtert über den Themenwechsel sehe ich zu Sean. »Vorhin war ein Arzt da. Er meinte, wir dürfen morgen das Krankenhaus verlassen.« Mom strahlt regelrecht. »Das ist gut. Dann können wir euch noch etwas beim Eingewöhnen helfen.«

»Val bleibt die nächsten Wochen bei dir. Ihre Worte waren: *Solange sie mich erträgt.*« Sean versucht Vals Tonfall nachzuahmen, versagt dabei allerdings kläglich. Lachend schüttle ich den Kopf.

»Das ist toll. Aber ich glaube, bevor ich mich zu sehr daran gewöhne, lehne ich das Angebot lieber ab.« Sean grinst breit. »Sie kann ja zumindest ein paar Tage bei dir bleiben.« Seufzend fahre ich mit der Hand über mein Gesicht.

»Ich schlafe eine Nacht darüber, okay?«

Er hebt ergeben die Hand. »Das ist deine Entscheidung.« Damit wendet er sich wieder Bash zu. Ich beobachte, wie er ihn in den Armen hält.

Vorsichtig, voller Zuneigung.

Wir waren noch nie dauerhaft so viele Flugstunden voneinander entfernt. Er war immer für mich da: Als wir Kinder waren und auch heute noch. Ich realisiere vermutlich erst jetzt, dass sie in wenigen Tagen wirklich weg sein werden.

Plötzlich kommt mir ein Gedanke.

»Möchtest du offiziell sein Pate sein, Sean?«

Der Anblick von Seans entgleitenden Gesichtszügen bringt mich zum Lachen. »Ich meine, ich hab sowieso fest damit gerechnet. Du bist mein Bruder und du warst Petes bester Freund. Dass ich dich überhaupt frage ist nur Formsache.«

Zunächst sagt er nichts.

Dann breitet sich ein überglückliches Lächeln auf seinem Gesicht aus.

»Das fände ich schön, Livy.«

Er sieht erneut zu Bash und wiegt ihn sanft hin und her. »Ich lass dich nicht im Stich, Kleiner. Versprochen«, wiederholt er seine Worte von gestern Abend. Mein Herz zieht sich vor Glück zusammen.

Ich wusste, dass es die richtige Entscheidung war.

Montag.

In einigen Minuten beginnt die Übertragung der Pressekonferenz der *Sinclair's Holding*.

Ich sitze im Wohnzimmer, Bash in seiner Babywippe neben mir. Er atmet friedlich, während ich ihn in den Schlaf wiege. Vor mir steht der aufgeklappte Laptop.

Ich kann nicht fassen, dass ich sie gleich über den Bildschirm flimmern sehe.

Dass sie nicht einfach an der Tür klopfen, um uns zu besuchen.

Der Abschied gestern war unerträglich.

Dads beruhigende Worte klingen in meinem Ohr. Moms Hände haben gezittert, obwohl sie versucht hat, stark zu bleiben. Und in Seans Augen lag etwas, das mich bis ins Mark erschüttert hat.

Es war eine Mischung aus Stolz und Schmerz, die mir den Hals zugeschnürt hat. Ich bin direkt zusammengesackt, nachdem ich die Tür hinter ihnen geschlossen habe.

Val ist über Nacht hiergeblieben. Heute Morgen haben wir beschlossen, dass sie wieder bei sich schläft. *Ich muss lernen, alleine klarzukommen.*

Sie trifft der Abschied von Sean ebenfalls. Darüber sprechen will sie nicht, aber ich bin mir sicher, dass da mehr zwischen ihnen ist, als sie sich selbst eingestehen wollen.

Ich drehe die Lautstärke des Laptops auf, als Dad und Sean den Raum betreten. Beide tragen dunkle Maßanzüge. *Sinclair's Holding* prangt groß auf der Leinwand hinter ihnen. Der Pressesprecher nimmt seinen Platz am Pult ein und hebt die Hand, um den Raum zur Ruhe zu bringen.

»Vielen Dank, dass Sie sich heute so kurzfristig die Zeit genommen haben. Wir kommen direkt zum Punkt. Jason Sinclair zieht sich nach drei Jahrzehnten an der Unternehmensspitze aus dem operativen

Geschäft zurück. Seine Position des CEO wird ab sofort von seinem Sohn und bisherigen COO, Sean Sinclair, übernommen. Mister Sinclair, das Wort gehört Ihnen.«

Sean tritt vor das Mikrofon.

Er wirkt gelassen – zumindest nach außen. Ich kenne ihn gut genug, um die Anspannung in seinen Schultern zu erkennen.

»Vielen Dank, ich bin stolz darauf, in die Fußstapfen meines Vaters treten und die Werte, für die die *Sinclair's Holding* steht, in Zukunft tragen zu dürfen. Unser Fokus wird weiterhin auf nachhaltigem Wachstum, Innovation und der Verantwortung gegenüber unseren Kunden und Mitarbeitern liegen.« Er spricht klar, selbstbewusst.

»Ich danke meinem Vater für sein Vertrauen und meiner Familie für ihre unermüdliche Unterstützung. Diese neue Aufgabe nehme ich mit Demut und Entschlossenheit an.« Der Pressesprecher nickt und ergreift wieder das Wort.

»Wir gestatten drei Fragen.«

Ein Reporter in der ersten Reihe hebt die Hand.

»Mister Sinclair, planen Sie strukturelle Veränderungen im Unternehmen?«

»Kurzfristig nicht. Stabilität und Kontinuität stehen jetzt im Vordergrund. Langfristig werden wir unsere strategischen Ziele jedoch regelmäßig evaluieren.«

Die nächste Frage kommt von einer Journalistin weiter hinten. »Mister Sinclair, es gibt Gerüchte über den Rückzug Ihrer Schwester Olivia. Können Sie uns dazu etwas sagen? Hängt das mit ihrer Schwangerschaft zusammen?«

Sean verzieht keine Miene. »Meine Schwester nimmt sich derzeit aufgrund jüngster Ereignisse eine Auszeit. Das ist eine private Entscheidung.« Ich atme erleichtert aus. Seine Antwort war sachlich und souverän. Die letzte Frage kommt von einer Journalistin in der hinteren Reihe.

»Wie stellen Sie sicher, dass der Führungswechsel keine Unsicherheit unter den Investoren auslöst?«

Sean nickt verständnisvoll. »Indem wir transparent kommunizieren und klare Ziele setzen. Mein Vater und ich haben diesen Übergang über Monate vorbereitet. Unsere Investoren können sich darauf verlassen, dass wir den eingeschlagenen Kurs konsequent fortsetzen.«

Der Pressesprecher übernimmt erneut die Wortführung und Sean macht einen Schritt zurück. »Vielen Dank. Weitere Fragen werden wir zu einem späteren Zeitpunkt beantworten.«

Das war's.

Sean ist offiziell Teil der Londoner Öffentlichkeit.

Stumm verdrücke ich ein paar Tränen. Der Moment ist früher gekommen als geplant und ich kann nicht bei ihm sein. Bash wimmert leise.

Ich nehme ihn aus der Wippe und halte ihn fest. Seine Wärme und sein Geruch beruhigen mich.

Ich schenke ihm Trost und finde ihn gleichzeitig bei ihm.

Kapitel 19

Brad

Gestern ist Livs Familie abgereist. Sean hat mich vorher noch einmal aufgesucht.

»Brad, versprich mir was.«
Fragend schaue ich ihn an.
»Sei für Liv da. Auch, wenn sie es nicht sofort zulässt.«
Ich nicke. »Natürlich.«

Nachdem ich heute Morgen mit Val gesprochen habe, wundert mich Seans Bitte nicht mehr. Sie ist am Boden zerstört, dass er weg ist, aber will nicht darüber reden.

Deswegen muss er zu mir gekommen sein.

Er wusste, dass es Val mitnimmt, wenn er zurück nach London muss, und möchte nicht, dass seine

Schwester allein ist. Also habe ich beschlossen, Liv einen Besuch abzustatten.

Ohne große Ankündigung.

Ich habe Essen vorbereitet, das ich jetzt in der Hand halte. Nach meinem Klopfen dauert es einen Moment, dann öffnet sie die Tür. Liv ist barfuß, in einer bequemen Stoffhose und einem lockeren Shirt.

Bash ruht auf ihrem Arm, eine ihrer Haarsträhnen fest in seiner kleinen Faust umklammert. Ihre Augen weiten sich.

»Brad? Mit dir habe ich nicht gerechnet.«

Ich hebe entschuldigend die freie Hand. »Sorry, dass ich unangekündigt hier stehe. Ich hab Essen mitgebracht.« Ich halte die Box hoch, als Beweis dafür, dass mein Auftauchen gerechtfertigt ist. Einen Wimpernschlag lang sieht sie mich nur an. Dann huscht ein müdes Lächeln über ihr Gesicht.

»Komm rein.«

Im Vorbeigehen drücke ich sie kurz an mich und streiche Bash über den Kopf. Liv sagt nichts, aber ich spüre, wie sie sich für den Bruchteil einer Sekunde an mich schmiegt, bevor sie ins Wohnzimmer geht und Bash vorsichtig in seine Wippe auf dem Boden setzt.

»Ich hole Teller.«

»Brauchst du Hilfe?«

»Ich mach schon, setz dich doch schon mal.« Kurz vor der Küche dreht sie sich um. »Könntest du Bash mit an den Tisch nehmen? Damit er sich nicht zurückgelassen fühlt?« Ich nicke und greife nach dem Tragegriff der Wippe. Bash schaut mich erwartungsvoll an.

Noch hat er wenig Ähnlichkeit mit Liv.

Seine blonden Locken und die blauen Augen kommen nicht von ihrer Seite. Es ist unwahrscheinlich, dass sich daran etwas ändern wird.

Ich muss unbedingt herausfinden, wer sein Vater ist.

Ein Gedanke setzt sich in mir fest: *Ich möchte diese Rolle übernehmen.*

»Ja, kleiner Mann. Wenn mein Plan aufgeht, treffen wir uns jetzt häufiger.« Ich stelle die Wippe am Tisch ab und lasse mich auf einen der Stühle sinken. Wenige Minuten später kehrt Liv mit Tellern und Besteck zurück.

»Was möchtest du trinken?«

Ich zucke mit den Schultern. »Was immer du mir anbieten kannst.« Sie stellt die Teller ab und lacht leise. »Ich bleibe meistens bei Wasser, aber ich kann dir auch ein Bier bringen.« Ich ziehe eine Augenbraue hoch, überrascht, dass sie etwas Alkoholisches zu Hause hat. Sie bemerkt es und grinst, als wüsste sie, wohin meine Gedanken gehen.

»Keine Sorge. Das ist noch von Sean.«

»Ich nehme gerne eines.«

Sie nickt und verschwindet in der Küche, während ich Bash einen Finger anbiete. Er umschließt ihn sofort mit seiner kleinen Faust. Ich kann nicht anders, als zu lächeln.

Ich glaube, wir werden uns wirklich öfter sehen.

Kurz darauf sitzt Liv am Tisch und wir haben jeweils einen gefüllten Teller mit Pasta in cremiger Tomatensoße, dazu frisches Brot, vor uns. Bash gluckst zufrieden neben uns, während wir die ersten Bissen probieren.

»Wahnsinn, das schmeckt super.«

Liv sieht mich überrascht an, als hätte sie nicht damit gerechnet.

»Ich wollte dich mit meinen Talenten beeindrucken.« Sie schmunzelt.

»Das hast du geschafft.«

Ich beobachte sie und lege die Gabel beiseite.

Das ist die Gelegenheit, es auszusprechen.

»Ich würde dich gerne besser kennenlernen, Liv.«

Ihre Hand erstarrt in der Bewegung. Sie sieht erschrocken, fast schon verunsichert, zu mir.

»Brad …«

Ich lehne mich leicht vor. »Ich mag dich. Und ich fühle mich zu dir hingezogen. Ich will dich näher kennenlernen.« Sie holt tief Luft und senkt den Blick, als müsste sie die Worte erst sortieren.

»Ich mag dich auch …«

»Das hört sich doch schon mal nach einer guten Voraussetzung an?« Verschmitzt fahre ich mir mit der Hand durch die Haare. Sie verfolgt die

Bewegung und bleibt dann an meinem Gesicht hängen. Wieder fällt mir auf, wie eindrucksvoll und ausdrucksstark ihre Augen sind.

»Machen wir einfach einen Schritt nach dem anderen«, füge ich rücksichtsvoll hinzu, bevor sie etwas sagen oder mir einen Korb geben kann. Sie zögert erst, dann nickt sie.

»Um ehrlich zu sein … das hört sich gut an.«

Erleichterung breitet sich in mir aus. Ich strecke die Hand aus, lege sie behutsam auf ihre, die entspannt auf dem Tisch liegt.

»Erzähl mir von dir. Was hattest du für ein Leben bevor dich Val hierher verschleppt hat?«

Sie räuspert sich, macht allerdings keine Anstalten, ihre Hand unter meiner herauszuziehen.

»Es war sehr schön. Unsere Eltern haben Sean und mich dazu ermutigt, das zu tun, was uns gefällt. Wir sind ihnen aber beide als unsere Vorbilder gefolgt.« Ihre Stimme zeugt von dem tiefen Respekt, den sie gegenüber ihrer Familie empfindet.

»Ich habe meinen Bachelor in Betriebswirtschaftslehre an der *London School of Economics* gemacht und meinen Master in Business und strategischem Management an der *Universität von Oxford*.« Ich blinzle verdutzt.

»Wow. Das hört sich nach viel Arbeit an.«

Liv lacht verhalten. »Das war es. Aber ich wollte nie etwas anderes machen.«

»Kann ich verstehen. So ging es mir mit dem Kochen.«

Ich streiche mit dem Daumen über ihren Handrücken. »Und seit deinem Studium kümmerst du dich um Strategien von Firmen?« Die Überraschung in ihrem Ausdruck verrät, dass sie nicht erwartet hat, dass ich mich noch an unser erstes Gespräch erinnere. »Ja, richtig. Ich hab schon während des Studiums in dem Bereich gearbeitet und bin nach meinem Abschluss voll eingestiegen.«

Ich will fragen, ob sie noch immer in dem Unternehmen arbeitet, bei dem sie Val kennengelernt hat, da macht sich Bash bemerkbar. Ein leises Schluchzen, das sich rasch zu einem empörten Protest steigert. Liv steht auf und hebt Bash vorsichtig aus seiner Halterung.

»Ich füttere ihn und bringe ihn dann ins Bett.«

Sie wiegt ihn leicht hin und her, während er ungeduldig zappelt. Abermals zögert sie.

»Bleibst du noch?«

Ich kann mir ein Schmunzeln nicht verkneifen.

Die Tatsache, dass sie mich in ihrer Nähe haben will, freut mich. »Ich bleibe gerne. Wir haben heute geschlossen.« Sie nickt, und wenn ich mich nicht täusche, wirkt es erleichtert.

»Bis gleich, Brad.«

Liv geht in die Küche, um Bashs Fläschchen vorzubereiten, und verschwindet kurz darauf in seinem Zimmer. Während ich auf sie warte, räume ich das Geschirr weg und setze mich aufs Sofa.

Ihr Laptop liegt auf dem Couchtisch. Auf dem Teppich davor sind ein paar Spielsachen verteilt. Ich sammle sie zusammen und lege sie ordentlich in den Korb neben dem Sofa.

Ich sehe mich im Raum um.

Schon beim letzten Besuch ist mir die stilvolle Einrichtung aufgefallen. Es ist hell und gemütlich. Eine große Fensterfront lässt genug Licht von draußen ein. An der Wand hängen drei Schwarz-Weiß-Fotografien von Londoner Straßenszenen. Alles wirkt harmonisch, durchdacht.

Nach dreißig Minuten kommt Liv zurück, stellt das Babyfon auf den Wohnzimmertisch und setzt sich neben mich aufs Sofa. »Willst du einen Film anschauen?«

»Klar. Mach irgendwas an.«

Sie scrollt durch die Auswahl und entscheidet sich für einen Actionstreifen. Als sie die Beine anzieht und es sich gemütlich macht, rutscht sie an mich heran. Ich sage nichts und genieße ihre Nähe.

Während des Films reden wir nicht. Kurz vor dem Abspann höre ich ihr gleichmäßiges Atmen. Ich drehe den Kopf und betrachte sie. Ihre Wimpern werfen feine Schatten auf die Wangen. Langsam lasse ich meinen Arm, der auf der Rückenlehne hinter ihr liegt, um ihre Schultern sinken. Ich ziehe sie behutsam an mich. Liv versteift sich kurz, nur um sich in der nächsten Sekunde zu entspannen und an meine Seite zu kuscheln.

Verdammt, das fühlt sich gut an.

Ich schließe die Augen, um den Moment zu genießen.

Plötzlich reißt mich ein Geräusch aus dem Schlaf. Liv regt sich neben mir, drückt sich im Halbschlaf näher an mich, bis sie realisiert, wie nah wir uns sind.

Ihre Augen fliegen auf und für einen Herzschlag bleibt sie reglos. Dann springt sie auf, als hätte sie sich verbrannt. Ich richte mich langsam auf, die Wärme ihrer Nähe noch immer auf meiner Haut spürbar.

»Oh Gott, tut mir leid.« Liv schnappt sich das Babyfon vom Tisch.

Da kam also das Geräusch her.

Ich strecke mich und stehe langsam auf. »Schon gut.«

Sie entfernt sich einen Schritt von mir. »Du möchtest jetzt sicher nach Hause.« Ich runzle die Stirn.

Von wollen kann keine Rede sein.

Doch nachdem ich die Uhrzeit sehe, weiß ich, dass sie recht hat.

»Ja, ich sollte gehen.«

An der Tür drehe ich mich zu ihr um.

»Ich komme morgen wieder. Mit Essen. Also mach keine anderen Pläne.« Überrascht weiten sich ihre Augen. Dann lächelt sie.

»Gute Nacht, Brad.«

»Nacht, Liv. Bis morgen.«

Ich schließe die Tür hinter mir und trete in die kühle Nachtluft hinaus.

Zu Hause angekommen, lasse ich mich aufs Bett fallen. Ich angle nach meinem Handy, das ich auf dem Nachttisch abgelegt habe, und will ihr schöne Träume wünschen. Bis mir auffällt, dass ich ihre Nummer nicht habe.

Das werde ich schnellstmöglich ändern.

Mit einem letzten Gedanken an ihr Lachen schlafe ich ein.

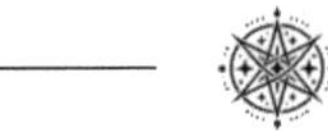

Der nächste Morgen bricht schnell an. Ich liege im Bett, starre die Decke an und merke, wie sich ein Gedanke festsetzt.

Ich will nicht bis heute Abend warten.

Ich ziehe mich an, schnappe meine Schlüssel und stehe fünfzehn Minuten später, wie gestern, vor Livs Wohnungstür. Als sie öffnet, trägt sie wie gestern Bash auf dem Arm, diesmal in gemütlicher Morgenkleidung.

»Brad? Schon wieder mit Essen hier?«

»Nein. Ich dachte, wir könnten raus. Du, Bash und ich. Was sagst du?« Sie blinzelt überrascht. »Du willst einen Ausflug machen?«

»Ja, hättest du Lust?«

Liv beißt sich auf die Unterlippe, sieht kurz zu Bash, der sie mit großen Augen ansieht, als würde er die Entscheidung befürworten.

»Okay. Gib mir zwanzig Minuten.«

Sie bittet mich darum, auf Bash zu achten, während ich warte, und legt ihn in sein Bettchen. Hinter seinem Bett erkenne ich das Logo von Vals Lieblingsband *Stellar*.

Sie muss die Gestaltung übernommen haben.

Obwohl ich es merkwürdig finde, so etwas in ein Kinderzimmer an die Wand zu malen, kann ich davon ausgehen, dass Val es ihr nicht aufgezwungen hat.

Möglicherweise ist sie ein ebenso großer Fan.

Eine halbe Stunde später sitzen wir im Auto. Ich habe einen Picknickkorb im Kofferraum verstaut. Es ist nichts Aufwendiges, nur ein paar Sandwiches, Obst und Kekse, die ich zu Hause eingepackt habe.

»Wo fahren wir eigentlich hin?«, fragt Liv und schnallt sich an. Ich halte den Blick fest auf die Straße gerichtet.

»Lass dich überraschen.«

Nach einer kurzen Fahrt landen wir an einem kleinen Park außerhalb der Stadt. Ein schmaler Pfad führt an dem See entlang, der darin angelegt ist.

Wir schlendern langsam über den Weg, während Bash im Kinderwagen vor sich hin brabbelt. Livs Hand streift wiederholt meine, bis ich sie umfasse und nicht mehr loslasse.

»Fühlst du dich langsam ein bisschen angekommen?«, frage ich sie auf dem Weg zu einer Bank in der Sonne. Sie schiebt sich nickend ihre Sonnenbrille in die Haare und lässt sich neben mir nieder. »Ja … es wird jeden Tag ein bisschen besser. Aber ehrlich gesagt …« Sie betrachtet mich von der Seite aus. »Ich kann mich nicht erinnern, wann ich mich das letzte Mal so … normal gefühlt habe.«

»Dann sollten wir genau das öfter machen.« Sie legt den Kopf kurz an meine Schulter. »Gute Idee.«

Ich grinse gelassen.

»Ich hab manchmal welche.«

Auf dem Rückweg reden wir nicht viel. Ich will den leichten Moment nicht zerstören. Als wir ihre Wohnung erreichen, will ich es festhalten, aber der Alltag holt uns leise ein. Ich helfe ihr, Bash aus dem Kinderwagen zu heben und in seine Wippe zu setzen. Während sie ihm die Jacke auszieht, lehne ich mich gegen den Türrahmen.

»Soll ich eigentlich zum Abendessen bleiben?«

Liv dreht sich noch einmal zu mir um.

»Wenn du es noch ein paar Stunden länger mit uns aushältst, gerne.«

Wenn du wüsstest, kleine Liv.

Ginge es nach mir, würde ich gar nicht mehr gehen. »Ich bleibe und koche für uns.«

Während sie sich um Bash kümmert, durchsuche ich die Schränke und den Kühlschrank. Aus den gefundenen Lebensmitteln bereite ich Essen zu und decke den Tisch. Es fühlt sich … *unkompliziert* an.

Wie eine Familie.

Nach dem Essen räumen wir gemeinsam den Tisch ab, bevor Liv Bash ins Bett bringt. Als sie zurück ins Wohnzimmer kommt, sieht sie mich an, als wüsste sie nicht, was sie sagen soll. Ich schiebe die Hände in die Taschen.

»Ich mach mich mal auf den Weg.«

»Danke für heute, Brad. Das hat gutgetan.« Ich trete näher, zögere einen Moment. Dann beuge ich mich vor und hauche ihr einen Kuss auf die Wange.

Es ist gerade genug, um ihr zu zeigen, was ich fühle, ohne sie zu bedrängen.

»Gute Nacht, Liv.«

»Nacht, Brad.«

Wie gestern ziehe ich die Tür hinter mir zu.

Ich glaube, wir machen Fortschritte.

Kapitel 20

Liv

In den folgenden Wochen entwickelt sich eine Routine. Brad verbringt seine freien Tage fast immer mit Bash und mir. Wir gehen spazieren, kochen zusammen, sitzen abends auf dem Sofa und reden; oder schweigen gemeinsam. Es ist mühelos; nicht wie etwas, das geplant oder erzwungen ist.

Einfach … *richtig.*

Seit einigen Tagen komme ich abends auch häufiger ins *Flavor Lane* und verbringe dort einige Stunden, bevor ich mich mit Bash auf den Heimweg mache. Val hat in ihrem Büro eine Ecke freigeräumt. Dort liegt jetzt eine weiche Krabbeldecke, ein kleiner Korb mit Spielzeug und ein faltbares Reisebett.

Wenn sie im Büro ist und ein Auge auf Bash wirft, setze ich mich oft zu Floyd an die Bar und er erzählt

198

mir Anekdoten der letzten Jahre.

Sobald es die Zeit erlaubt, schaut Brad vorne vorbei und ergänzt Floyds Erzählungen. Sie drängen mich nicht dazu etwas von mir zu erzählen und ich bin nicht unglücklich darüber.

Es könnte alles komplizierter machen.

Val hat sich nach Seans Abreise merklich zurückgezogen. Aber ich habe das Gefühl, dass es allmählich leichter für sie wird. Mit meinen Eltern telefoniere ich einmal die Woche. Mit Sean leider kaum noch. Seine neue Position fordert ihn vollkommen. Bei unseren seltenen Gesprächen ist er oft ausgelaugt und angespannt.

Wir haben ausgemacht, dass ich nach und nach wieder mit der Arbeit beginne, sobald ich Zeit dafür finde. Es ist mir wichtig, dass Sean sich auf mich verlassen kann. Doch die Distanz macht sich bemerkbar.

Nicht nur die Geografische.

Auch die, die sich unbemerkt zwischen uns gedrängt hat, während uns das Leben in unterschiedliche Richtungen zieht.

Ich versuche, nicht darüber nachzudenken.

Ab und zu verfolge ich die Medien zu Hause. Es scheint, als wäre der Plan der Ablenkung tatsächlich aufgegangen. Mein Name taucht nur noch selten auf, und wenn, dann in nebensächlichen Erwähnungen.

Stattdessen stürzen sie sich jetzt auf Sean und die

Schlagzeilen bereiten mir große Sorgen.

‚Sinclair-Erbe auf Abwegen? Partybilder sorgen für Gesprächsstoff‘

‚Vom Vorstandstisch auf die Tanzfläche. Sean Sinclair feiert bis in die Morgenstunden‘

‚Glamour, Girls und Geheimnisse : Wie wild lebt Sean Sinclair wirklich?‘

Jedes Mal, wenn ich ihn darauf anspreche, blockt er ab. *'Klatschpresse, Liv. Mach dir keine Gedanken.'* Doch seine Stimme klingt mit jedem Mal abgekämpfter.

Nicht nur erschöpft, sondern ausgebrannt.

Ich kenne Sean besser als jeder andere. Und der Mann, der mir in unseren gelegentlichen Videotelefonaten entgegensieht, ist nicht mein Bruder. Jedes Mal, wenn der Bildschirm schwarz wird, bleibt das ungute Gefühl, dass ich ihn zurücklasse.

Was ist mit dir los, Se?

Ich kann den Gedanken nicht abschütteln, dass mein Bruder ungebremst auf einen Abgrund zurast und niemand schafft es, ihn rechtzeitig aufzuhalten.

Es ist Sonntag.

Ich sitze auf dem Sofa und wähle Seans Nummer, weil ich dringend mit ihm sprechen muss. Jeden Tag, den ich mit Brad verbringe, spüre ich es deutlicher.

Ich verliebe mich.

Die Erkenntnis hat mich heute Morgen mit voller Wucht getroffen. Ich lag im Bett, Bash an meiner Seite, das Sonnenlicht schien durchs Fenster und mein erster Gedanke war Brad.

Sein Lächeln. Seine Geduld. Die Art, wie er Bash hält; als wäre es das Selbstverständlichste auf der Welt.

Mit der Klarheit kam der nächste Schlag: Das schlechte Gewissen überrollte mich. Seit Petes Tod sind elf Monate vergangen. Bald jährt sich der Tag, der mein Leben zerrissen hat, zum ersten Mal. Und ich hasse mich dafür, dass mein Körper und Geist sich danach sehnen, weiterzumachen.

Ich schüttle den Kopf, als könnte ich die Gedanken so vertreiben und drücke auf *Anrufen*.

Bitte geh ran, Se. Ich brauche dich jetzt.

Der Freiton klingt in meinen Ohren und zieht sich in die Länge. Gerade als ich auflegen will, knackt es in der Leitung.

»Hmpf … Liv? Hey, Livy!«

Seans Stimme klingt belegt. *Bitte nicht.*

Schon beim letzten Mal war er angetrunken.

»Sean … hast du Zeit?« Er stößt ein kurzes Lachen aus. »Für dich? Immer. Was ist los, Schwesterherz?« Ich zögere. Aber ich kann nicht länger warten. »Es geht um … Brad.« Schweigen.

»Mom hatte recht, oder?«

»Sean, bitte.«

Er seufzt schwer. »Okay. Erzähl.« Ich drücke die Finger gegen meine Schläfen. »Ich glaub, ich verliebe mich in ihn. Und … ich hasse mich dafür.«

»Wofür?«

»Fürs Weitermachen. Fürs Glücklichsein. Pete ist noch nicht mal ein Jahr tot. Wie kann ich…?« Meine Stimme versagt. Sean schweigt und ein Moment vergeht. Dann höre ich das Klirren von Glas auf Holz.

»Liv.«

Seine Stimme ist unvermittelt ernster, klarer, als hätte er sich zusammengerissen. »Du spürst es, wenn du so weit bist. Und wenn du's spürst, dann bist du's auch. Punkt.« Ich beiße mir auf die Unterlippe.

»Es fühlt sich einfach falsch … und gleichzeitig so verdammt richtig an.« Sean lacht abermals; diesmal leiser.

»Willkommen zurück im Leben.«

Ich will ihm antworten, doch im Hintergrund höre ich Stimmen, lautes Gelächter und Musik.

»Scheiße. Ich muss los. Meeting – oder was auch immer.«

Meeting?

Ich schlucke den Kloß in meinem Hals hinunter.

»Se, wir müssen reden. Wirklich reden. Ich mache mir Sorgen um dich.«

»Nicht jetzt, okay? Ich liebe dich.«

Bevor ich etwas erwidern kann, ist die Leitung tot. Ich starre auf den Bildschirm. *Dieser Sean ist nicht mein Bruder.* Ich lasse das Handy sinken und ziehe Bash, der in seiner Babywippe schläft, ein Stück näher zu mir. Mein Herz rast. Er wirkt immer abwesender und ständig abgelenkt. Dass er jetzt wenigstens fünf Minuten Zeit für mich hatte, grenzt an ein Wunder.

Irgendetwas geht vor sich.

Am liebsten würde ich ins nächste Flugzeug steigen und ihn zur Vernunft bringen.

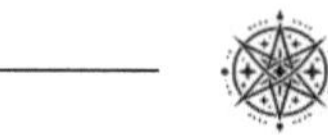

Am Abend hat sich Brad angekündigt.

Er kommt, sobald sie das *Flavor Lane* geschlossen haben. Ich freue mich auf ihn, doch gleichzeitig ist mir bewusst, dass ich endlich ehrlich zu ihm sein muss. Brad hat mir mehr als einmal gezeigt, dass er Aufrichtigkeit über alles stellt.

Und ich?

Ich habe ihn nie direkt belogen, aber ich habe Details verschwiegen. Als er sich neulich erkundigt hat, ob Val mir die Wandbemalung in Bashs Kinderzimmer aufgezwungen hat, musste ich lachen. *»Glaub mir, das hat sie nicht. Das Logo ist eine schöne Deko.«* Brad hat gelächelt und nichts weiter dazu gesagt. Aber es gab diesen kurzen Moment, in dem er überlegt hat, ob er weiterfragen soll.

Ein anderes Mal wollte er wissen, ob meine Familie bald zu Besuch kommt. Ich habe es heruntergespielt. »*Sean ist befördert worden, und Mom und Dad haben andere Verpflichtungen. Sie wären gerne hier, aber es geht nicht.*« Technisch gesehen, war das nicht gelogen. Aber es war auch nicht die ganze Wahrheit. Während ich mich fertigmache, ärgere ich mich über mich selbst. Ich kenne Brad inzwischen gut genug. Genauso wie Floyd. Und sie sind Vals beste Freunde.

Sie vertraut ihnen seit Jahren, warum sollte ich es dann nicht? Ich lege Bash behutsam in sein Bett. Er sieht Pete so unheimlich ähnlich. Die gleichen hellen Haare, die feinen Gesichtszüge, die blauen Augen. Es ist ein Wunder, dass Brad mich bisher nicht danach gefragt hat. Mehr als einmal habe ich bemerkt, dass ihm etwas auf der Zunge liegt und ich bin beinahe sicher, dass es diese Frage ist.

Val hat erwähnt, dass er sie kurz nach meinem Umzug hierher, gefragt hat, ob Bashs Vater irgendwann folgen wird. Ich kann nicht ewig darauf hoffen, dass die Menschen, die mir nahestehen, nicht danach fragen.

Ich schulde ihm die Wahrheit.

Bevor ich mich in meinen Gedanken verliere, klopft es. Ich reibe mir über die Stirn, um den Nebel zu vertreiben, und öffne die Tür mit Schwung. Brad steht davor, den Mund leicht geöffnet, als hätte ich ihn beim Gähnen unterbrochen.

»Hey, nicht so stürmisch.« Bevor er weiterreden kann, stürze ich mich in seine Arme.

»Ich hab dich vermisst.«

Er lacht leise und zieht mich fester an sich. »Ich dich auch, Baby.« Seine Hand gleitet sanft über meinen Rücken. Die Anspannung, die sich nach dem Telefonat mit Sean gebildet hat, löst sich auf. Brad führt mich zum Sofa und lässt sich mit mir darauf sinken. Ich lehne den Kopf gegen seine Brust und höre den gleichmäßigen Rhythmus seines Herzschlags.

»Hattest du einen schönen Tag?«, murmelt er dumpf in mein Haar hinein.

Ich zucke mit den Schultern.

»Wie man es nimmt. Ich hab mit Sean gesprochen.« Mein Kopf sackt ab, als könnte ich mich so vor der Wahrheit verstecken. Brad hebt mein Kinn mit zwei Fingern an, damit ich ihn ansehe.

»Ist alles in Ordnung?«

Ich schüttle leicht den Kopf. »Ich weiß es nicht. Er ist so weit weg, und ich vermisse ihn.«

»Das verstehe ich. Meine Familie wohnt am anderen Ende des Landes.« Ich weiß, dass er es aufrichtig meint. Dass er sich bemüht, meine Sorge nachzuvollziehen.

Doch ich sage nichts.

»Ihr seht euch bald wieder.« Brad streicht mir

zärtlich über die Wange. Die Berührung ist tröstlich.

Die Stimmung ändert sich mit einem Mal.

Er hält inne, seine Hand noch immer an meinem Gesicht, während seine Augen zu meinen Lippen wandern. Mein Atem stockt. In seinen Iriden liegt das gleiche Verlangen, das in mir schwelt.

Langsam beugt er sich zu mir vor.

»Ich werde dich jetzt küssen, Liv.« Seine Stimme ist heiser, ruhig, fast wie eine Bitte. Er wartet und drängt mich nicht, sondern gibt mir Zeit. Ich zögere ein weiteres Mal. Für den Bruchteil einer Sekunde denke ich an alles, was war; ehe ich tief einatme.

Ich will es.

Ich nicke sehnsüchtig. *Ja.*

Seine Lippen senken sich auf meine und mein Herz setzt für einen Schlag aus. Der Rest der Welt verschwimmt, verblasst in der Wärme seiner Nähe.

Ich ziehe ihn näher heran und vertiefe den Kuss; klammere mich an den Moment, als wäre er mein Anker. Doch dann erscheint Petes Gesicht vor meinen geschlossenen Augen. Ich versteife mich. Brad spürt es sofort und löst sich von mir.

Sein warmer Atem streift meine Haut.

»Tut mir leid.« In seiner rauen Stimme liegen unzählige nicht ausgesprochene Emotionen.

»Nein … nicht. Mir tut es leid.« Für eine Sekunde flackert Schmerz in seinen Augen. Ich bereue meine Worte sofort. »Nicht der Kuss.«

Ich hebe die Hand an seine Wange.

»Ich würde das gerne wiederholen.« Seine Züge entspannen sich und ein Lächeln stiehlt sich auf seine Lippen. »Ich auch, Baby. Aber ich hab dir versprochen, in deinem Tempo.« Ich nicke langsam. Dann ziehe ich sein Gesicht näher zu mir. Unsere Nasenspitzen berühren sich, und mein Blick verliert sich in seinem. »Das Tempo ist genau richtig.«

Ohne weiter nachzudenken, lege ich meine Lippen erneut auf seine. Diesmal ist es leichter. *Wie ein Schritt nach vorn.* Als wir uns voneinander lösen, legt er seine Stirn an meine.

»Bleibst du heute Nacht hier?«

Er sieht mich an, prüfend und gleichzeitig zärtlich. »Wenn du das willst, bleibe ich gerne.«

»Das möchte ich. Aber … ich bin noch nicht bereit für mehr.«

Brad hebt die Hand und streicht mir eine Haarsträhne aus dem Gesicht. »Mach dir keine Gedanken. Ich freu mich, einfach in deiner Nähe sein zu können.« Glück breitet sich in mir aus. Ich kuschle mich an ihn, schmiege mich an seine Brust. Seine Arme schließen sich sicher um mich. Und in dieser stillen Vertrautheit breitet sich so etwas wie Frieden in mir aus.

Ich muss es ihm sagen.
Morgen.

Kapitel 21

Brad

Warum mache ich das hier immer noch allein?

Mit einem Ruck hebe ich eine der Kisten an, die soeben geliefert wurden. »Dir scheint heute ja die Sonne aus dem Arsch, Kumpel.« Floyds Stimme dröhnt von der Bar herüber, wo er akribisch die Flaschen sortiert. Ich strecke ihm den Mittelfinger entgegen, während ich an ihm vorbeilaufe.

»Ich hab auch jeden Grund dazu.«

»Erzähl mir nicht, dass das was mit einer bestimmten schwarzhaarigen Britin zu tun hat.« Ich umfasse das Gemüse fester und verschwinde in der Küche.

Möglicherweise.

Dort angekommen stelle ich es auf den Edelstahltresen und bemerke das Dauergrinsen das nicht verschwinden will. Auf dem Rückweg kommt Liv auf mich zu. Mein Lächeln wird noch breiter. Sie schlingt die Arme um meinen Nacken und ohne zu zögern, küsse ich sie.

»Wo ist Bash?«, frage ich, als wir uns voneinander lösen.

»Ich hab ihn zu Val gebracht. Sie ist im Büro beschäftigt.« Val hat sich in den letzten Wochen angewöhnt, ihre Arbeit zurückgezogen in ihrem Büro zu erledigen. Früher hätten wir an einem Tag wie diesem gemeinsam im leeren Gastraum gesessen.

»Ich helfe dir mit deiner Arbeit.«

Ich schüttle den Kopf und streiche eine Strähne hinter ihr Ohr. »Du musst mir nicht helfen, Baby.« Sie verdreht die Augen und verpasst mir den typischen *Liv-Blick*, der keine Widerrede duldet.

»Ich will aber. So bist du schneller fertig und wir können den Tag zusammen verbringen.« Ich ziehe sie für einen weiteren Kuss an mich. »Dagegen kann ich nicht mal etwas sagen. Aber nimm nur die leichten Sachen.« Sie löst sich von mir und platziert ihre Hand auf meine Brust.

»Dann lass uns loslegen.«

Gemeinsam gehen wir nach vorne. Unterdessen lege ich einen Arm um ihre Schulter, ziehe sie an mich und drücke ihr einen Kuss an die Schläfe.

Ich muss sie einfach berühren.

Seit gestern ist unser ohnehin vertrautes Miteinander noch intensiver geworden. Ich weiß, dass sie viele Päckchen mit sich herumträgt.

Aber ich habe mich in sie verliebt.

Und heute Abend werde ich ihr das sagen. Gerade als ich sie noch näher an mich ziehe und den Moment genießen will, ertönt eine fremde Stimme von draußen.

»Wir haben von Sean Sinclair diese Adresse bekommen. Er meint, wenn Liv nicht zu Hause ist, dann ist sie hier?«

Ich bleibe wie angewurzelt stehen.

»Liv … Äh. Ja.«, höre ich Floyd antworten. »Sie ist hinten und kommt bestimmt gleich wieder.«

Neben mir versteift sich Liv.

Sean *Sinclair*?

Ich werfe meiner Freundin einen flüchtigen Blick zu, als wir durch die Tür treten. Ihre Gesichtszüge sind angespannt, als wüsste sie bereits, wer uns hier erwartet. Gegenüber von Floyd stehen drei Männer.

Ich erkenne sie sofort.

Ihre Gesichter waren in den letzten Monaten wiederholt in den Medien. Tom und Kyle Kingston und Wilson Daniels.

Stellar.

Ohne ihren Frontmann. Ohne *Pete Stone*, der sich vor elf Monaten das Leben genommen hat … und dabei seine *Verlobte*, Olivia Sinclair, zurückgelassen hat.

Shit.

Liv löst sich aus meinem Arm, als Tom sie bemerkt. Für einen Wimpernschlag scheint keiner von beiden zu wissen, wer sich zuerst bewegen soll. Ich sehe zwischen ihnen hin und her.

»Liv, hey.« Toms Stimme ist zurückhaltend. »Sean meinte vor einer ganzen Weile, dass es okay für dich wäre, wenn wir dich besuchen.« Liv schlägt eine Hand vor den Mund und Tränen schießen ihr in die Augen.

»Ja … ja. Stimmt. Er hat mich gefragt.«

Ohne weiteres Zögern macht sie einen Schritt nach vorne und schließt sie nacheinander in die Arme. Tom hält sie einen Moment länger fest, Kyle flüstert ihr etwas zu, das nur für ihre Ohren bestimmt ist. Und Wilson blinzelt auffällig oft, während er ihr sanft über den Rücken streicht.

Endlich begreift auch Floyd, wen er vor sich hat.

»Ihr seid doch die Jungs von Stellar, oder?« Tom feixt. »Schuldig. Aber bitte behaltet es für euch. Wir wollen Liv keinen Stress machen.« Sein Blick wandert zu mir, prüfend und doch offen.

»Du musst Brad sein?«

Überrascht ergreife ich seine Hand.

»Mhm… ja. Brad Jackson.« Tom nickt.

»Sean hat uns ein bisschen darüber aufgeklärt, auf wen wir hier alles treffen werden.«

Sean.

Ich weiß nicht, ob ich ihm danken oder erwürgen will. Bevor ich weiter darüber nachdenken kann, stößt Val zu uns. Bash auf dem Arm, die Wickeltasche über der Schulter. Sie bleibt wie angewurzelt stehen, als sie die drei Männer sieht.

»Oh du meine Güte.«

Liv – nein, *Olivia* – sieht flehend zu mir. Wie eine unausgesprochene Bitte, dass wir später darüber sprechen.

Olivia Sinclair.

»Val«, sagt Liv schließlich mit zittriger Stimme, »das sind Tom, Kyle und Wilson. Jungs das ist Val, meine Freundin.« Die Drei reichen ihr nacheinander die Hand, immer wieder zwischen ihr und Bash hin- und herschauend. Liv nimmt ihn von Val ab und wendet sich an die Band.

Ihr Rücken ist aufrecht, das Kinn leicht erhoben.

»Und das hier …«, sie streicht Bash liebevoll über den Rücken, »das ist Sebastian Pete Sinclair … mein Sohn.«

Großer Gott.

Floyd, der gemerkt hat, dass ich nicht imstande bin, mich vernünftig zu verhalten, packt mich am Arm und zieht mich ein Stück zur Seite.

»Atmen, Kumpel. Wusstest du davon?«, fragt er eindringlich, ohne unsere Gäste aus den Augen zu lassen.

Ich schüttle den Kopf.

»Ist er sein …?«

Toms Frage kommt zögerlich, als wüsste er die Antwort schon und müsste sich nur versichern. Ich beobachte Liv. In ihrem Gesichtsausdruck brennt so etwas wie stumme Entschlossenheit auf. Ihre Schultern bleiben zwar gerade, aber ihre Hand ballt sich leicht zur Faust, als müsste sie sich an dem Gedanken festhalten.

»Ja.«

Ein einziges Wort, das keinen Raum für Zweifel lässt. Val huscht zu Floyd und mir an die Bar.

»Ihr seht aus, als hättet ihr einen Schlag in die Magengrube bekommen«, murmelt sie.

Ich kann nur nicken.

Liv wendet sich uns zu, Bash auf der Hüfte. »Ich fahre mit den Dreien zu mir.« Ihre Stimme ist gefasst; dann richtet sie sich an mich. »Können wir später telefonieren?« Wieder nicke ich und verschränke die Arme vor der Brust.

»Klar.«

Sie hält meinen Blick einen Moment fest bevor sie auf dem Absatz kehrtmacht. Mit der Band im Schlepptau und Bash auf dem Arm verlässt sie das *Flavor Lane*.

Floyd schnaubt leise. »Ich weiß nicht, ob ich ein Bier oder einen verdammten Schnaps brauche.«

Ich sage nichts, denn ich weiß nicht einmal, was

ich selbst brauche.

»Val, wusstest du es?«

Floyds Frage reißt mich aus meinen Gedanken. Ich wende mich von der Tür ab, durch die Liv soeben verschwunden ist, und sehe zu meiner besten Freundin. Val steht da und tritt fahrig von einem Fuß auf den anderen. Sie vermeidet es, uns anzuschauen.

»Nicht sehr lange«, gibt sie schließlich zu.

»Was heißt, nicht sehr lange?«

Sie beißt sich auf die Lippe. »Erst seitdem ich letztes Jahr die drei Wochen bei ihr verbracht hab.«

Letztes Jahr.

Floyd reißt die Arme hoch. »Großer Gott, Val. Du hättest es mal erwähnen können, dass hier die berühmte, untergetauchte *Olivia Sinclair* mit Pete Stones *Sohn* lebt.« Er ist aufgebracht.

Es reicht nicht an das heran, was ich empfinde.

Misstrauen.

Enttäuschung.

Wut.

»Ihr müsst sie auch mal verstehen.« Vals Stimme durchbricht die Spannung. Sie macht einen Schritt auf uns zu, ihren Zeigefinger erhoben. »Das war die reinste Hetzkampagne gegen Liv. Und das schon ohne dass ihre Schwangerschaft bekannt war. Ich hab ihr geholfen, und sie musste sich auf meine Verschwiegenheit verlassen.« Floyd öffnet den Mund, bereit, zu kontern. Doch bevor er ein Wort herausbringt, hebe ich die Hand.

»Du kannst nichts dafür.«

Es wirkt ruhiger, als erwartet, angesichts des Sturms, der in mir tobt. »Du warst nur loyal, deiner Freundin gegenüber.« Val blinzelt, Floyd schüttelt den Kopf und rauft sich durch die Haare. Ich sage nichts weiter dazu, denn in mir brodelt es.

»Wir haben doch mal darüber gesprochen, ein oder zwei Wochen Pause zu machen.« Floyd und Val nicken gleichzeitig.

»Lass uns das jetzt machen.«

Floyd runzelt die Stirn. »Bist du dir sicher?« Ich schiebe die Hände in die Taschen und nicke entschlossen. »Absolut sicher. Ich muss raus.«

Und ich brauche Abstand.

Val zögert einen Moment, dann holt sie ihr Handy hervor. »Okay ich storniere alle Reservierungen und verbreite die Info.« Ohne ein weiteres Wort verschwindet sie im Büro. Ich bleibe mit Floyd zurück, der an der Theke lehnt und mich mustert.

»Hast du Lust auf eine Tour?«

Ich brauche keine Sekunde Bedenkzeit. »Darauf kannst du wetten.«

Liv ist Olivia.

Ich bin schon damals im Krankenhaus, als Bash auf die Welt gekommen ist, an dem Namen hängen geblieben. Durch die Aufregung habe ich mir nichts weiter dabei gedacht.

Sean und Olivia Sinclair.

Die Erben des Sinclair-Imperiums.

Es ergibt alles Sinn: die Reaktionen, die zum Teil ausweichenden Antworten.

Pete Stone ist Bashs Vater.

Der berühmte Rockstar, dessen Tod monatelang die Schlagzeilen beherrschte; Sebastians Vater, bei dem ich mir keine Sorgen machen müsste, dass er auftaucht.

Natürlich wird er das nicht.

Er ist tot, gottverdammt. Ich verlasse das *Flavor Lane* und mache mich auf den Weg nach Hause.

Warum hat sie nichts gesagt?

Der Gedanke kreist in meinem Kopf, während ich mir den Helm aufsetze, und auf die Straße fahre. Kurz vor meiner Wohnung schneidet ein Truck die Kurve. Ich reiße den Lenker herum, das Adrenalin schießt mir durch die Adern.

Konzentrier dich, Brad.

Ich atme schwer, der Herzschlag hämmert in meinen Ohren.

Ich muss hier raus.

Ein paar Tage Abstand gewinnen und den Kopf frei kriegen.

Kapitel 22

Liv

Wieso hab ich nur so lange gewartet?

Ich mache mir Vorwürfe. Nicht weil Petes Kindheitsfreunde und Bandkollegen hier aufgetaucht sind. Sondern weil ich es so lange vor mir hergeschoben habe, Brad davon zu erzählen.

Tom sitzt auf dem Beifahrersitz, Bash auf der Rückbank, sicher festgeschnallt. Kyle und Wilson folgen in ihrem Mietwagen. Tom beäugt mich während der Fahrt immer wieder von der Seite.

»Schöne Gegend hier. Hast du lange gebraucht, um dich einzugewöhnen?« Ich schüttle den Kopf, die Augen fest auf die Straße gerichtet.

»Ehrlich gesagt … es ging schneller, als ich dachte.«

Zu Hause angekommen steige ich aus, hebe Bash

aus seinem Sitz und gehe auf die Wohnungstür zu.

»Kommt rein.«

Ich schließe die Tür mit zitternden Fingern auf und lasse sie hinein. Kyle bleibt als letzter vor mir stehen, die Hände tief in den Taschen vergraben. »Sorry, Liv. Wir hätten nicht einfach so auftauchen dürfen.«

Er sieht zerknirscht zu Boden.

Wilson tritt unbehaglich von einem Fuß auf den anderen. »Wir waren letzte Woche bei Sean. Er meinte, du würdest dich über eine Überraschung freuen.«

Oh Sean.

Mein Bruder hat die besten Absichten und das schlechteste Timing. Ich atme tief durch und lächle dann.

»Ich freue mich, dass ihr hier seid. Wirklich.«

Im Wohnzimmer setze ich Bash in seine Babywippe. Er gähnt herzhaft und vergräbt sein Gesicht in der bunten Decke. »Ich hole uns etwas zu trinken.« Tom lässt sich auf dem Sofa nieder. Unvermittelt bewegt er vorsichtig die Wippe, während Bash zufrieden gluckst.

»Mach dir keine Umstände.«

In der Küche nehme ich mir einen Moment. Ich lasse meinen Kopf erschöpft gegen den kühlen Holzschrank sinken.

Ich muss mit Brad sprechen.

218

Er war verletzt und ich verstehe, warum. Hinter mir höre ich Schritte näherkommen. Ich öffne die Augen, richte mich auf und entdecke Wilson in der Tür.

»Lass mich dir helfen.« Seine Stimme ist leise.

Ich räuspere mich und deute auf das Tablett mit den Gläsern, das ich vorbereitet habe. »Kannst du das nehmen?« Er hebt, ohne zu zögern, das Tablett hoch und beobachtet mich prüfend.

»Alles okay?«

Ich zwinge ein weiteres Mal ein Lächeln auf meine Lippen. »Ja. Ich bin nur überfordert. Es ist unerwartet.«

»Wir hätten dich nicht so überfallen sollen. Wir haben nicht weiter nachgedacht.«

Das schlechte Gewissen ist ihm anzusehen.

Ich winke ab und nehme zwei Wasserflaschen aus dem Kühlschrank. Wilson balanciert das Tablett mit den Gläsern, und ich folge ihm ins Wohnzimmer. Bash gluckst zufrieden, während Tom seine kleinen Finger hält. Ich stelle die Flaschen auf den Couchtisch, nehme mir ein Glas und lasse mich auf das Sofa sinken. »Es ist lange her«, murmle ich, mehr zu mir selbst als zu ihnen.

Wilson setzt sich neben mich. »Das ist es. Wie geht's dir, Liv?«

Ich zucke mit den Schultern, trinke einen Schluck Wasser. »Es wird jeden Tag besser. Und euch?« Kyle lehnt sich zurück, die Arme locker auf der Sofalehne ausgebreitet. »Wir waren die letzten Monate in Australien. Haben uns mit Fröschen rumgeschlagen, die dich bei einer Berührung umbringen könnten.«

Ich erschaudere und ziehe angewidert die Schultern hoch. »Wie habt ihr es dort ausgehalten? Man muss ja vor jedem Tier Angst haben.« Tom lacht leise.

»Ach, es hat ganz gutgetan. Wir haben uns ein Haus auf dem Land gemietet. Fernab von allem.« Ich mustere sie neugierig. Die Sonnenbräune ist noch nicht verblasst.

»Und was hat euch dazu gebracht wiederzukommen?«

Kyle nippt an seinem Glas. »Es war an der Zeit.« Tom, der mit Bash spielt, hebt den Kopf und lächelt. »Wir konnten dir nicht ewig aus dem Weg gehen, Liv. Das hast du nicht verdient.« Er mustert Bash prüfend und doch liebevoll. »Er sieht ihm wirklich ähnlich.« Mein Herz stolpert.

»Das tut er.«

Tränen brennen in meinen Augen und Wilson zieht mich sachte an sich. »Es tut mir so leid, dass ich nichts tun konnte.«

»Liv, hör auf.«

Seine Stimme dringt ruhig an mein Ohr. »Du trägst keine Verantwortung dafür. Hörst du?«

Ich ziehe mich zurück, wische mir mit dem

Handrücken über die Wangen. »Wie könnt ihr das so sagen? Ich habe mit ihm gelebt. Ihn jeden Tag gesehen, mit ihm gesprochen. Ich hätte etwas merken müssen.«

Kyle presst die Lippen aufeinander und schüttelt den Kopf.

»Es war seine Entscheidung, Liv. Beziehungsweise … es war nicht mal eine Entscheidung. Irgendwann hat diese dunkle Seite einfach überhand genommen. Er hatte Depressionen – schon seit seiner Jugend. Keiner von uns konnte was tun.«

Depressionen.

Ich starre ihn an. »Was? Er hat mir nie davon erzählt.« Wilson sackt etwas in sich zusammen. »Er wollte nicht, dass du es weißt. Du warst der einzige Hoffnungsschimmer, den er hatte. Mehr als einmal hat er gesagt, dass du sein Leben lebenswert machst. Wir haben es nicht ernstgenommen …«

Ein Stich durchzieht mein Herz.

Tom erhebt sich, nur um sich kurz darauf vor mir hinzuknien. »Uns tut es leid, dass wir uns so lange zurückgezogen haben. Wir hätten es dir direkt sagen sollen; dich nicht mit allem allein lassen dürfen.«

Das kann er doch nicht ernst meinen.

»Nein … bitte. Das hätte nichts gebracht. Ich konnte die ersten Wochen nach … nach *diesem* Tag niemanden außer Sean ertragen.« Einen Moment herrscht eine schwere Stille zwischen uns.

»Wir haben dir was mitgebracht.«

Überrascht hebe ich die Braue. »Das ist nicht nötig, Tom.«

»Doch, ist es.« Tom greift in seine Jackentasche, zieht einen kleinen USB-Stick hervor und hält ihn mir hin. Ich ziehe die Stirn kraus und nehme ihn zögernd entgegen. »Pete ist an dem Tag länger im Studio geblieben. Wir haben eigentlich schon mittags Schluss gemacht, weil ich einen Arzttermin hatte.« Mein Blick wandert von dem Stick zu Toms Gesicht. Er sieht mich entschuldigend an. »Er hat diese Aufnahme an dem Tag gemacht, Liv. Wir haben die letzten Wochen damit verbracht, sie fertigzustellen.«

Meine Finger schließen sich fester um den Stick.

So klein, fast schon unscheinbar, und doch wiegt er schwer in meiner Hand. Mein Herzschlag dröhnt mir in den Ohren.

»Sein Abschied?«, hauche ich, kaum hörbar.

Tom fährt sich mit einer Hand durch die Haare. »Wir haben den Stick kurz vor unserer Abreise entdeckt. Entschuldige, dass es so lange gedauert hat. Wir waren… durcheinander. Fertig. Wir wussten nicht, wie wir damit umgehen sollten.«

Meine Kehle wird enger. »Danke, Jungs. Es bedeutet mir viel, dass ihr jetzt hier seid.« Kyle drückt sachte meine Hand. »Es ist deine Entscheidung, was du damit machst.«

»Okay … wie lange bleibt ihr?«

»Wir wollten in den nächsten Wochen eine Art Roadtrip machen. Also, aktuell haben wir keine Verpflichtungen.«

»Bleibt doch zum Essen und über Nacht hier.«

Kyle blinzelt überrascht. »Bist du dir sicher? Wir können uns auch im Hotel einquartieren.« Ich zucke mit den Schultern. »Na ja ich habe nur ein Gästezimmer und das Sofa. Kuschelig wird's da schon. Wenn ihr das Hotel bevorzugt, verstehe ich das.« Tom prustet belustigt.

»Kuschelig sind wir gewohnt. Auf Tour war es oft enger. Außerdem … hier sehen uns keine neugierigen Augen.« Ich atme auf.

»Super. Dann bestellen wir uns heute Abend Pizza und ihr erzählt mir von Australien.«

Wilson grinst breit.

»Klingt perfekt.«

»Ich zeig euch kurz die Wohnung, damit ihr wisst, wo ihr was findet.« Wir stehen auf. Den USB-Stick halte ich noch immer fest in der Hand. Später, wenn Bash schläft, werde ich mich damit auseinandersetzen. Ich will mich zu ihm beugen, um ihn hochzunehmen, da stoppt mich Tom.

Er deutet zögernd auf Bash. »Darf ich ihn nehmen?«

»Natürlich, Tom. Du musst doch nicht fragen.« Er nimmt ihn auf den Arm. Die Ehrfurcht in seiner

Miene ist unverkennbar. Ich gehe voraus. »Hier links ist das Bad.« Ich deute auf die halb geöffnete Tür. »Direkt daneben ist das Büro und Gästezimmer. Rechts die erste Tür ist Bashs Zimmer.«

Ich öffne sie und die Jungs betrachten den Raum, der vor ihnen liegt. »Wow, wer hat das Logo gezeichnet? Das sieht großartig aus.« Wilson stößt einen bewundernden Pfiff aus. »Du kannst es nicht gewesen sein – bei deinem künstlerischen Talent.« Empört boxe ich ihm gegen die Schulter. »Frechheit. Das war Val.« Nach kurzem Zögern füge ich hinzu: »Ich würde sie gerne fragen, ob sie heute Abend zum Essen kommen will. Nur wenn ihr nichts dagegen habt?« Tom schaukelt Bash in seinen Armen.

»Du sprichst von Seans Val, richtig?«

Ich runzle die Stirn. »Hat er euch das so gesagt?«

Er zuckt mit den Schultern, als wäre es nicht der Rede wert. »Er hat uns letzte Woche von ihr erzählt. Und … äh … so, wie er dabei geklungen hat, hat er uns jedes Interesse an ihr untersagt.« Ich schließe seufzend die Tür wieder hinter uns.

»Ich mach mir Sorgen um ihn.«

Wilsons Miene wird ernst. »Er ist wirklich gestresst. Hatte nur eine Stunde Zeit für uns, als wir bei ihm vorbeigeschaut haben.« Da ich mich jetzt nicht auch noch mit meinen Sorgen um Sean befassen will deute ich, ohne darauf einzugehen, auf die Tür am Ende des Flurs. »Das ist mein Zimmer. Das ist für euch tabu.« Kyle salutiert amüsiert.

»Verstanden, Ma'am.«

Gemeinsam gehen wir zurück ins Wohnzimmer. »Entspannt euch erst mal ein bisschen. Ich versuche, Val zu erreichen und sie für heute Abend einzuladen.« Ich strecke die Arme aus, bereit, Bash von Tom zu übernehmen. Er macht keine Anstalten, ihn mir zu geben, und sieht mich flehend an. »Wenn es okay ist, würden wir auf ihn aufpassen, während du telefonierst?« Ich lasse meine Arme sinken und blinzle ihn überrascht an. »Ja … okay. Gerne, wenn es euch nicht stört.«

Tom schüttelt den Kopf. »Tut es nicht. Im Gegenteil.«

»Dann bis gleich.«

Ich schnappe mir mein Handy, gehe ins Schlafzimmer und schließe die Tür hinter mir. Im Laufen scrolle ich zu Vals Kontakt und tippe auf Anrufen. Es klingelt kaum zweimal, ehe sie abhebt.

»Liv …« Ich lasse sie nicht ausreden.

»Ich wusste nicht, dass sie kommen. Ich wollte Brad heute Abend alles erzählen.« Die Worte sprudeln aus mir heraus. »Wie hoch ist die Wahrscheinlichkeit, dass ich ihn erreiche, wenn ich es jetzt versuche?« Am anderen Ende der Leitung herrscht einen Moment lang Stille. Dann höre ich ein tiefes Seufzen.

»Das war etwas viel auf einmal für ihn. Wir

schließen das *Flavor Lane* die nächsten zwei Wochen—.« Ein Ruck geht durch mich.

»Was? Warum? Was ist passiert?«

Ich kann mich nicht daran erinnern, dass Val jemals erwähnt hätte, dass sie das *Flavor Lane* länger als einen Tag geschlossen haben.

»Er und Floyd fahren mit ihren Bikes raus. Brad will den Kopf freibekommen.« Ich nicke mechanisch, obwohl sie es nicht sehen kann.

»Das musste wohl so kommen.«

Ich lasse mich aufs Bett sinken.

»Gib ihm etwas Zeit.« Vals Stimme ist vorsichtig. »Schreib ihm einfach eine kurze Nachricht. Lass ihn wissen, dass du bereit bist, wenn er reden will.« Ich schniefe wenig damenhaft und wische mir mit dem Handrücken über die Augen.

Bevor ich etwas sagen kann, spricht Val weiter. »Und jetzt muss ich einfach mein Fanherz raushängen lassen. Oh mein Gott, *Stellar* stand heute in *meinem* Lokal!«

Ein kurzes, aufgeregtes Quietschen folgt.

»Bist du gerade auf ein Meerschweinchen getreten?« Ich kann mir die Frage nicht verkneifen. Val lacht laut auf. »Sehr witzig, Liv. Ich bin nicht jeden Tag von Rockstars umgeben!« Ihre Aufregung springt mir fast durch das Handy entgegen. »Wie lange bleiben sie?«

»Ich weiß nicht. Ein paar Tage vielleicht. Ich

wollte dich für heute Abend zum Essen einladen. Wir bestellen Pizza.«

Ein sehnsüchtiges Seufzen dringt durch das Telefon. »Du weißt wirklich, wie du mich glücklich machen kannst, Liv. Wie könnte ich diese Einladung ausschlagen.«

»Kommst du dann zwischen fünf und sechs?«

»Auf jeden Fall! Bis später.«

Ich lege auf, das Lächeln immer noch auf den Lippen. Aus dem Wohnzimmer dringen leise Stimmen und vereinzelt Lachen zu mir herüber. Es ist schön, Petes Freunde hier zu haben.

Meine Hand wandert wie von selbst zur Hosentasche, in die ich den Stick geschoben habe.

Später.

Ich drehe mich auf den Bauch und öffne den Chat mit Brad.

Ich

> Ich wollte dir heute Abend alles erzählen. Es war nie meine Absicht, dich zu hintergehen. Ich verstehe, dass du jetzt etwas Abstand brauchst. Bitte pass auf dich auf und komm bald zurück!

Bevor ich es mir anders überlegen kann, drücke ich auf *Senden*. Ich starre auf den Bildschirm, als könnte ich damit eine Antwort erzwingen.

Doch es bleibt bei den grauen Häkchen, die mir signalisieren, dass die Nachricht zugestellt wurde.

Pünktlich um fünf stand Val vor der Tür.

Sie konnte kaum länger warten. Nachdem sie mir mit den Getränken geholfen hat, sitzen wir gemeinsam im Wohnzimmer.

Wilson grinst Val breit an, die ihm gegenübersitzt. »Also, ganz ehrlich: Das Logo in Bashs Zimmer sieht aus, als hättest du das professionell gelernt. Wenn dir die Gastro irgendwann zu viel wird, solltest du ernsthaft über eine Karriere als Künstlerin nachdenken.«

Val winkt ab und eine zarte Röte schießt in ihre Wangen. »Ach was, das war doch nur so aus dem Bauch heraus.«

»Genau das macht's ja so gut«, mischt sich Tom ein. »Es sieht nicht so aus, als wär's am Reißbrett entstanden, sondern, als hätte es eine Geschichte.« Val grinst schief. »Dann passt es ja perfekt zu Bash.«

Sie betrachtet meinen Sohn, der schläfrig auf meinem Schoß liegt. Die Gespräche und das Lachen scheinen ihn nicht zu stören.

»Apropos Geschichte«, fährt Val fort und deutet mit dem Kinn auf Tom. »Ich muss euch was gestehen.«

»Das klingt gefährlich«, meint Kyle und stützt die Ellbogen auf seinen Oberschenkeln ab.

»Ich bin mit eurer Musik durchs Studium gekommen«, erklärt Val mit einem entschuldigenden Lächeln. »*Broken Roads* war *mein* Soundtrack während der Prüfungsphase. Wenn ich den Song heute höre, krieg ich immer noch Gänsehaut.«

Tom schnaubt belustigt, steht auf und verschwindet nach draußen. Kurze Zeit später kommt er mit seiner Gitarre zurück. »Dann wird's Zeit für eine kleine Einlage.« Wilson schüttelt grinsend den Kopf. »Tom braucht immer nur die kleinste Ausrede, um seine Gitarre zu holen.«

»Wir sind eben Musiker«, wirft Kyle ein. »Wofür sollten wir uns entschuldigen?«

Ich lasse Bashs warmes Gewicht auf meiner Brust ruhen und Tom spielt die ersten Akkorde. Val sitzt da, als könnte sie nicht fassen, dass einer ihrer Lieblingssongs live und nur für sie gespielt wird.

Es tut gut, sie so zu sehen – unbeschwert, mit leuchtenden Augen und ohne die Verletzlichkeit, die ich in den letzten Wochen so oft bei ihr bemerkt habe.

Sie versucht es nach außen hin zu überspielen, aber ich weiß, dass sie die Presseberichte aus England verfolgt.

Ich wünschte, ich könnte sie davor bewahren.

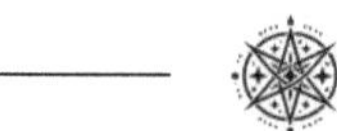

Einige Stunden später liege ich im Bett, den Laptop vor mir aufgeklappt. Zwischen meinen Fingern drehe ich den USB-Stick. Fünf Minuten starre ich auf den Bildschirm. Ich habe Herzklopfen und das Ziehen breitet sich in meiner Brust aus, bevor ich endlich den Stick in den Anschluss schiebe. Der Ordner öffnet sich automatisch. Ein einzelner Dateiname leuchtet auf.

Für Liv.

Es ist, als würde sich mein Hals zuschnüren. Ich schlucke gegen den Kloß an, der sich gebildet hat, und klicke darauf. Petes Stimme ertönt rauchig, erschöpft, aber so vertraut, als stünde er neben mir und flüstert mir ins Ohr: »*Sweetheart* … ich weiß nicht, wann du das hier hören wirst. Vielleicht morgen … Vielleicht nie …« Er macht eine Pause und ich höre das Zittern, als er einatmet.

Ein tiefer Schluchzer entkommt mir.

»Es tut mir leid … so leid. Ich wollte … so viel besser sein … für dich … für *uns*. Aber ich …«

Sein Atem stockt und ich kann hören, wie er um Worte ringt.

»Ich bin so müde, *Sweetheart* … Ich will dir noch … so viel sagen, aber … ich konnte mit Musik schon immer besser umgehen als mit Worten, deshalb: Bitte hör zu.«

Ein leises Kratzen ertönt, als er die Gitarre aufnimmt. Ein tiefer Atemzug folgt, dann setzen die ersten Akkorde ein. Ich presse die Hand an meinen Mund, klammere mich an die Melodie, die sich wie Balsam für meine Seele und gleichzeitig wie ein Messerstich ins Herz anfühlt. Tränen bahnen sich ihren Weg meine Wangen hinab und mein Körper bebt.

 Lied hier Anhören:
https://youtu.be/2-ZVIN__sJE

I tried to fight the darkness,
But it pulled me down too deep.
I wore a smile for you, love,
While I forgot how to sleep.

The weight I hid behind my words,
The cracks I never showed,
Were drowning me in silence—
A pain you'll never know.

But love, you were the brightest light,
The only calm in my endless night.
I held on for as long as I could...
But the storm inside was stronger than I ever
understood.

So forgive me for falling,
For breaking my vow.
I never meant to leave you,
But I'm leaving you now.

Don't carry my shadow,
Don't hold onto the pain—
Let my memory soften,

Like footprints in the rain.

I wrote this song in whispers,
Each word a parting tear.
To tell you, love, you're stronger
Than the ache I left you here.

There's life beyond this heartbreak,
A dawn behind the grey.
Please find it, please chase it,
Let love light your way.

You gave me warmth, you gave me peace,
But love alone could not bring me release.
This isn't your burden to bear—
It's time to breathe, to heal, to dare.

So forgive me for falling,
For breaking my vow.
I never meant to leave you,
But I'm leaving you now.

Don't carry my shadow,
Don't hold onto the pain—
Let my memory soften,
Like footprints in the rain.

If I could rewrite the ending,
I'd stay, I'd fight.
But some battles, my love,
Aren't won by the light.

So forgive me for falling,
For breaking my vow.
I never meant to leave you,
But I'm leaving you now.

Don't carry my shadow,
Don't hold onto the pain—
Let my memory soften,
Like footprints in the rain.

Live for both of us now...
Be brave... love again... somehow.

Ich spiele das Lied immer und immer wieder ab, bis mich seine Stimme nicht mehr zerreißt. Mit jeder Wiederholung begreife ich ein Stück mehr – über ihn, über mich … über *uns*.

Kapitel 23

Brad

Highway 101, irgendwo in Südkalifornien.

Der Fahrtwind schlägt mir ins Gesicht, während ich die Maschine unter mir spüre. Meile um Meile liegt hinter uns und die Städte fließen an uns vorbei. Floyd fährt neben mir, die Sonnenbrille auf der Nase. Er grinst mir zu, hebt kurz die Hand, als wir an einem alten Pick-up vorbeiziehen.

»Ganz vergessen, wie gut sich das anfühlt, oder?«

Die Geräuschkulisse verschluckt seine Stimme beinahe, dennoch verstehe ich jedes Wort.

»Ja, Kumpel. Genau das hab ich gebraucht.«

Doch egal, wie weit ich fahre, meine Gedanken fliegen immer zurück zu Liv. Ich schalte einen Gang runter, als wir eine Kurve nehmen. Dahinter steht ein silberner SUV mit geöffneter Motorhaube.

Eine Frau läuft davor auf und ab, das Handy am Ohr. Ein Kind beobachtet uns vom Rücksitz aus aufmerksam. Floyd verlangsamt sofort.

»Lass uns halten.«

Wir rollen neben dem Wagen aus. Die Frau senkt das Telefon, deutlich erleichtert. »Oh, Gott sei Dank. Ich versuche seit Ewigkeiten den Pannendienst zu erreichen. Hier draußen ist kaum Empfang.« Floyd schwingt sich vom Bike und wirft einen Blick in den Motorraum.

»Sieht aus, als wäre er überhitzt.«

Ich schließe zu meinem Freund auf, der sich an die Arbeit macht. Das Kind, ein Junge vielleicht vier oder fünf, klopft von innen an die Scheibe. »Mamaaa, sind die von der Polizei?«

Ich muss grinsen. »Nein, kleiner Mann.«

Er drückt lachend sein Gesicht gegen die Scheibe. Seine Mutter schaut nachsichtig zu ihm und konzentriert sich wieder auf Floyd. Er richtet sich auf und klopft sich die Hände ab. »Alles halb so schlimm. Der Kühlerschlauch ist locker. Du hattest Glück, dass er nicht geplatzt ist.«

Ich sehe die Frau an. »Wir haben Wasser dabei. Wenn du nichts dagegen hast, flicken wir es provisorisch. Dann kommst du auf jeden Fall bis in die nächste Werkstatt für einen Check.«

Sie atmet hörbar erleichtert aus.

»Das wäre großartig. Ich war schon kurz davor,

einfach loszulaufen.«

Floyd lächelt sie schief an. »Bei der Hitze? Keine gute Idee.«

»Ich bin übrigens Claire. Das ist mein Sohn Miles.«

»Freut mich, Claire.« Ich nicke ihr zu. »Wir sind Floyd und Brad. Wohin seid ihr unterwegs? Dein Kennzeichen sagt du kommst aus Texas.« Sie sieht zögernd zur Seite. »Ach, ich mach eine kleine Tour mit Miles. Wir sind auf dem Weg nach Norden.«

Floyds Kopf ruckt hoch. »Falls ihr bis nach Oregon kommt, könnt ihr gern bei uns vorbeischauen.«

»Oh … ähm. Ja … warum eigentlich nicht.« Claire blinzelt überrascht.

»Hier.« Floyd drückt ihr seine Handynummer in die Hand – wie auch immer er sie so schnell aufgeschrieben hat.

»Meld dich einfach.«

»Danke. Das werde ich.« Sie nimmt den Zettel und lächelt reserviert. Es dauert keine zehn Minuten, bis der Motor läuft.

»So, fertig. Sollte bis zur nächsten Stadt halten.«

Claire legt eine Hand auf ihre Brust. »Ich weiß nicht, wie ich euch danken soll.« Ich winke ab.

»Schon gut. Man hilft, wo man kann.«

Miles winkt uns aus dem Fenster, als sie losfahren.

»Wo zum Teufel hattest du deine Nummer so schnell her?« Ich lache lauf auf und steige auf meine Maschine. Floyd hebt die Schultern. »War zufällig in meiner Tasche.« Mit hochgezogenen Brauen warte ich, bis er ebenfalls startklar ist und wir uns auf den Weg machen.

Die Sonne steht tief am Horizont und glänzt auf der glatten Wasseroberfläche.

Es ist der perfekte Ort zum Nachdenken. Floyd sitzt neben mir am Steg, die Angel in der Halterung, während er das restliche Bier in seiner Flasche schwenkt. »Hätte nicht gedacht, dass es so guttut, eine Auszeit einzulegen.« Ich prüfe die Angelschnur.

»Vielleicht werden wir einfach alt, Kumpel.«

Er lacht auf.

»Alt? Kann sein. Müde? Auf jeden Fall.« Seine Worte hängen einen Moment zwischen uns.

»Vier Jahre *Flavor Lane*. Fast jeden Abend …«

Floyd zieht seine Angel kurz an, als hätte er einen Biss, doch die Schnur bleibt locker. »Es war 'ne geile Zeit, Brad. Aber wenn wir so weitermachen …« Er lässt den Satz unvollendet, aber es ist deutlich, was er sagen will. »… *brennen wir irgendwann aus.*«

Ich lehne mich zurück, und richte meine Aufmerksamkeit auf den stillen See, der sich vor uns erstreckt.

»Wir brauchen Hilfe. Jemand, der den Laden schmeißt, wenn wir mal rauswollen.« Floyd zieht die Brauen hoch. »Hast du jemanden im Sinn?«

Ich schüttle den Kopf.

»Nein. Aber wir können nicht ewig alles selbst machen. Val hat genug auf dem Tisch. Wenn wir das Ding langfristig am Laufen halten wollen, ohne dabei draufzugehen, brauchen wir eine rechte Hand. Mein Reich ist die Küche, deins die Bar. Wir sind keine Manager. Und Val allein kann nicht alles stemmen.«

Er nimmt einen Schluck aus der Flasche und mustert mich über den Rand hinweg.

»Weißt du, was das Schlimmste ist? Ich liebe das *Flavor Lane*. Aber manchmal fühl ich mich, als würde ich nur noch funktionieren.« Ich nicke bedrückt.

»Genau das.«

»Also gut. Wir stellen jemanden ein. Jemanden, der den Überblick behält. Der die Schichten und das Personal plant. Jemanden, der dafür sorgt, dass wir auch mal zwei Tage am Stück frei haben. Dann kann sich Val auf ihre Buchhaltung konzentrieren.«

»Klingt, als hättest du gerade die Stellenanzeige geschrieben. *Flavor Lane sucht fähige Seele, die zwei müde Typen und eine Verrückte davor bewahrt, durchzudrehen.*«

Wir stoßen an und das Klirren verhallt über dem See.

»Das musst du hören, Mann.«

Floyd kommt mit schnellen Schritten auf mich zu, das Handy in der Hand. Ich sitze auf dem abgenutzten Ledersofa in der Hütte, die wir gemietet haben, die Füße auf dem Couchtisch. Ich vermisse Liv von Tag zu Tag mehr. Seit sie mir diese Nachricht geschickt hat, habe ich mein Handy ausgeschaltet.

Ich kann ihre Beweggründe mittlerweile nachvollziehen. Ich verstehe, warum sie geschwiegen hat, aber die Enttäuschung sitzt tief. Ich habe versucht ihr über mehrere Wochen zu vermitteln, dass sie mir vertrauen kann.

Gebracht hat es nichts.

Floyd reißt mich aus meinen Gedanken, indem er mir sein Handy direkt unter die Nase hält.

»Alter, hörst du?«

Ich blinzle und er dreht die Lautstärke hoch. Die Stimme eines Radiomoderators dringt durch den kleinen Lautsprecher. Scheinbar konnte er sich nicht für eine Playlist entscheiden und hat daher das Radio angemacht.

»... *jetzt haben wir ganz besondere Neuigkeiten von Stellar für euch.*« Mein Rücken versteift sich und ich sitze mit einem Ruck aufrecht.

»*In wenigen Wochen jährt sich der Tod von Pete Stone zum ersten Mal – ein Verlust, der in der Musikszene eine große Lücke hinterlassen hat.«* Floyds Blick trifft meinen.

»Willst du, dass ich ausmache?«, fragt er leise.

Ich schüttle den Kopf. »Ich muss das hören.«

»Erstmals hat sich die Band nun öffentlich geäußert. In einem bewegenden Statement sprechen sie über das vergangene Jahr, die Trauer und die Herausforderungen, denen sie sich stellen mussten.« Mein Herz schlägt schneller. *»Doch das ist nicht alles: Heute veröffentlichen sie ihren neusten – und vermutlich letzten – Song, der aus Petes Feder stammt. Eine Warnung vorweg: Es ist seine wohl persönlichste Nummer.«* Ich muss mich an der Lehne festhalten, um nicht sofort aufzuspringen und mich auf den Weg zu Liv zu machen. *»Die Band möchte damit ein starkes Zeichen setzen und das Bewusstsein für Depressionen schärfen. Sämtliche Einnahmen werden an Hilfsorganisationen gespendet, die Betroffene unterstützen. Der Song wurde mit ausdrücklicher Zustimmung von Stones ehemaliger Verlobter, Olivia Sinclair, veröffentlicht – wie viele Lieder zuvor hat Pete auch dieses für sie geschrieben. Lasst uns gemeinsam reinhören.«* Die Saiten einer Gitarre werden angeschlagen und Petes Stimme setzt ein.

Rau.

Erschöpft.

Gebrochen.

Ich schließe die Augen und lasse den Kopf sinken.

Das Lied endet mit einem letzten, kaum vernehmlichen Akkord.

»Scheiße«, murmelt Floyd schließlich. Ich nicke langsam.

Scheiße trifft es ganz gut.

Die Stimme des Moderators klingt jetzt ernster als zuvor. »*... ein Song, der nicht nur Petes Geschichte erzählt, sondern die vieler Menschen, die im Stillen kämpfen. Wenn du oder jemand, den du kennst, Hilfe braucht – zögere nicht, und hole dir Unterstützung.*«

»Es ist furchtbar ...« Floyd stellt die Lautstärke leiser. »Nicht das Lied. Das ist wunderschön. Aber jetzt, da ich Liv kennengelernt habe ...« Er schüttelt den Kopf. »Es ist schrecklich zu wissen, mit was sie klarkommen musste. Und dann war sie auch noch schwanger.« Er verstummt, den Blick auf den Boden gerichtet. »Du hast recht. Ich wusste das alles nicht. Ich glaube, Val auch nicht wirklich. Sie hat erwähnt, dass sie letztes Jahr, als sie bei Liv war, überhaupt erst erfahren hat, wer sie wirklich ist.«

Ich runzle die Stirn, während die Erkenntnis langsam auch in die letzten Hirnwindungen durchsickert. »Und das war sieben Monate nach Petes Tod.« Floyd streicht sich mit der Hand über das Gesicht. »Hast du dir schon überlegt, wann du nach Hause willst?«

Ich schweige. Er schaut neugierig zu mir.

»Ich liebe Sie, Mann.« Die Worte sind raus, bevor ich sie zurückhalten kann, aber es ist die Wahrheit. Floyd nickt nur, als hätte er genau das längst gewusst. »Das ist mehr als offensichtlich. Und so wie ich das sehe, empfindet sie genauso für dich.«

»Woher willst du das wissen?«

»Sie hat verdammt viel durchgemacht im letzten Jahr. Aber seit sie hier ist und ihr Zeit miteinander verbringt, wirkt sie, als würde sie endlich wieder atmen können. Du hast ihr geholfen, Brad. Vielleicht mehr, als du selbst begreifst.«

Hab ich das?

Ich erinnere mich an ihr Lächeln, wenn sie Bash im Arm hielt. An die Abende auf dem Sofa, wenn wir einfach nur schweigend dagesessen haben und einen stumpfen Actionstreifen nach dem nächsten geschaut haben. An den Moment, als wir uns das erste Mal geküsst haben.

»Scheiße.« Ich springe auf. »Ich sollte mich bei ihr melden. Nein … ich sollte zurückfahren.«

Floyd grinst, als ob er genau auf diesen Moment gewartet hätte. »Packen wir zusammen. Ich glaube, es ist an der Zeit.« Er streckt sich und greift nach seiner Jacke. Ich hebe mein Handy auf, das ich auf dem Couchtisch abgelegt habe.

Zeit, den Flugmodus zu beenden – in jeder Hinsicht.

Kapitel 24

Liv

Ich stehe mit Tom, Kyle und Wilson an ihrem Auto und wippe Bash auf dem Arm. Sie verstauen ihre letzte Tasche und drehen sich zu mir.

»Also gut … wir sind dann mal weg.«

Tom zieht mich in eine feste Umarmung.

»Und ihr fahrt wirklich quer durchs ganze Land?«, frage ich skeptisch. Er lacht und streicht Bash zum Abschied über den Kopf. »Ja! Einmal den Kopf freipusten, bevor wir uns in das Chaos stürzen.«

Kyle lehnt sich gegen die Autotür.

»Noch mal durchatmen, bevor wir zurück nach London müssen. « Ich nicke knapp, drücke ihn und zum Schluss Wilson. »Passt auf euch auf, okay? Und ihr wisst ja jetzt, wo ihr mich findet.«

»Gilt andersrum genauso, Liv.«

Tom zwinkert, bevor er sich hinter das Steuer setzt. Ich winke ihnen hinterher, Bash auf meinem Arm, bis das Auto verschwindet. Die Tür fällt hinter mir ins Schloss und zum ersten Mal seit Wochen ist das Haus leer. Brad hat sich immer noch nicht gemeldet. Val meint, es ginge ihnen gut.

Gib ihm Zeit, Liv.

Ihre Worte waren nett gemeint, aber Zeit ist das Letzte, was ich will. Ich habe schon genug Zeit damit verbracht zu warten.

Am Morgen, nachdem sie hier angekommen sind, habe ich Tom den Stick zurückgegeben. Ich habe ihn ihm, mit den Worten *veröffentliche es*, in die Hand gedrückt. Tom hat mich vorsichtig gefragt, ob ich sicher bin; dass ich es nicht tun müsste.

Doch ich habe genickt.

Pete stand in der Öffentlichkeit. Er hatte Fans auf der ganzen Welt. Auch sie verdienen diese Art von Abschied.

Ich habe lange mit ihnen über Pete gesprochen. Über unser Leben. Über das, was das Lied bedeutet. Nicht nur für mich, sondern für all die Menschen, die seine Musik geliebt haben. Im Anschluss haben sie ihren Manager kontaktiert.

Seitdem fällt es mir von Tag zu Tag leichter, loszulassen. Der Song hat dafür gesorgt, dass ich ihn nicht in Schmerz und Schuld festhalte.

244

Ich kann ihn endlich loslassen. Ich will mich endlich darauf konzentrieren, weiterzumachen. Egal, ob sich Brad dafür entscheidet, mir zu verzeihen oder nicht.

Ich liebe ihn.

Und ich merke immer deutlicher, dass meine Zukunft nicht mehr in London ist. Sie ist hier, an diesem Ort, an dem ich wieder zu mir gefunden habe; an dem Bash zur Welt gekommen ist und an welchem er aufwachsen wird. Ich fahre ihm sanft über das weiche Haar, während er an meiner Schulter schläft. Hier bin ich Liv.

Mutter.

Freundin.

Einfach *ich*.

Doch bevor ich mich darauf fokussieren kann, wer ich zukünftig sein will, muss ich noch einmal zurück. Sean ist in einer Abwärtsspirale gefangen, die er selbst nicht mehr aufhalten kann. Ich konnte mich immer auf ihn verlassen – und jetzt ist es an der Zeit, dass er sich auch auf mich verlassen kann.

Es klopft hektisch an der Tür.

Ich ziehe fragend die Brauen zusammen, schiebe Bashs Decke zurecht und stehe auf. Als ich sie öffne, steht Val davor – mit tränenüberströmtem Gesicht und bebenden Schultern.

»Val! Was ist los? Ist was passiert? Ist was mit Brad?«

Sie schüttelt hastig den Kopf, schniefend, unfähig, sofort zu sprechen. Ich ziehe sie in die Wohnung und schließe sie in die Arme. »Ich… ich hab gerade den Song gehört.« Ihre Stimme versagt. »Es tut mir so leid, Liv!«

Ich streiche ihr tröstend über den Rücken. »Was tut dir leid?«

Sie klammert sich fester. »Dass ich nicht für dich da war. Ich hätte sofort zu dir kommen müssen. An dem Tag, als wir telefoniert haben. Ich hab bemerkt, dass etwas nicht stimmt.« Ich löse mich behutsam von ihr und umfasse ihre Schultern.

»Val sieh mich an.«

Sie hebt den Kopf. »Du wusstest damals nicht mal, wer meine Familie ist. Wer ich überhaupt bin. Du hast dir keine Vorwürfe zu machen.« Sie nickt zögernd und das Zittern wird langsam weniger.

»Ich mache mir so wahnsinnige Sorgen um Sean.«
Daher kommt also ihre Reaktion.

Ich atme tief ein. »Ich auch, Val. Ich erreiche ihn kaum noch. Deswegen werde ich in ein paar Tagen nach London fliegen.« Ihre Augen weiten sich entsetzt.

»Was? Kommst du wieder?«

Ich lächle beruhigend. »Ja, hier ist meine neue Heimat. Aber ich vermisse meine Familie. «

Sean bedeutet mir alles.

Er kann es nicht sagen, aber er braucht Unterstützung.

Val wischt sich hastig über die Wangen, verärgert die Stirn in Falten gelegt. »Ich würde so gern mitkommen, aber ich kann nicht.«

Sie knetet aufgebracht die Finger.

Ich umfasse ihre Hand und halte sie fest. »Ich verspreche dir, ich tue alles in meiner Macht Stehende, um zu ihm durchzudringen.« In diesem Moment meldet sich Bash mit einem empörten Aufschrei. »Und ich bin sicher, Bash hilft mir dabei«, stelle ich lachend fest.

Endlich entspannt sich auch Val und dreht sich zu ihm. »Er ist wirklich das süßeste Baby, das ich je gesehen habe.« Ich folge ihrem Blick, mein Herz ein wenig leichter als vor ein paar Minuten.

»Stimmt…«

Ich drücke noch einmal sanft Vals Schultern.

»Ich werde ihn zur Vernunft bringen. Versprochen!«

Ergeben lässt sie ihren Kopf sinken. »Danke, Liv.«

Ich stehe am Flughafen, darauf wartend, einsteigen zu dürfen. Val hat angeboten, mich zu fahren, aber ich habe abgelehnt.

Ich wollte flexibel bleiben, da es nicht möglich ist, vorherzusagen, wann ich zurückkomme.

Als die First Class zum Boarding aufgerufen wird, erhebe ich mich mit Bash auf dem Arm. Ich ziehe die Träger der Wickeltasche zurecht, küsse Bash zärtlich auf die Stirn und steuere mit ihm auf den Schalter zu. Die Mitarbeiterin lächelt mich freundlich an.

»Guten Tag, Miss Sinclair. Im Namen der gesamten Crew begrüßen wir sie herzlich und wünschen Ihnen einen angenehmen Aufenthalt an Board.«

Höflich nicke ich ihr zu, als sie mir meine Dokumente gibt. »Danke.«

Bash blinzelt die Frau verschlafen an. Ein leises Glucksen entfährt ihm, als wir durch die Schranke treten.

Ich kehre zurück in die Stadt, die ich hinter mir lassen wollte. Aber nicht als dieselbe Frau, die sie verlassen hat.

Diesmal bin ich nicht auf der Flucht.

Kapitel 25

Brad

»VAL ...?!«

Meine Stimme hallt durch das Treppenhaus, während ich die letzten Stufen überspringe und an ihre Tür hämmere.

Bitte, sei zu Hause.

Ich schlage erneut gegen das Holz, meine Handflächen brennen von dem verkrampften Griff am Motorradlenker. Endlich fliegt die Tür auf und Val steht da. In ihren Augen blitzt Ärger auf. »Was veranstaltest du hier für einen Lärm?!« Ich starre sie an, ringe nach Luft.

»Sie sind weg!«

Es hat drei Tage gedauert, bis wir wieder zurück waren. Ich bin auf direktem Weg zu Liv, doch ich stand vor verschlossenen Türen und auch von ihrem

Auto gab es keine Spur. Val spannt die Schultern an und tritt einen Schritt nach hinten, als ich mich ohne Einladung an ihr vorbeidränge.

»Was meinst du?«, fragt sie, während sie die Tür hinter mir zuschlägt. Ich raufe mir die Haare, spüre den Adrenalinschub, der meinen Körper überschwemmt.

»Liv und Bash … Sie sind weg.«

Sie nickt. »Ja. Der Flug ging gestern.«

Gestern.

Alles in mir zieht sich zusammen. Wortlos reiße ich die Tür auf und stürme die Treppen hinunter.

Sie ist weg.

Die einzige Frau, für die ich jemals ernsthafte Gefühle entwickelt habe, hat mich verlassen, bevor es überhaupt richtig anfangen konnte. Ich dachte, es wäre noch Zeit. Aber das Leben hat nicht gewartet und ich war zu spät. Sie und Bash haben sich so schnell in mein Herz geschlichen, dass ich nie die Chance hatte, mich davor zu schützen.

Nicht, dass ich es verhindern wollte.

Aber jetzt ist es, als hätte jemand den Boden unter meinen Füßen weggezogen. Ich habe sie verpasst.

Ich trete auf die Straße. Val ruft mir etwas hinterher, doch ich höre es kaum. *Weg.*

Ich ziehe das Handy aus meiner Tasche und öffne den Chat mit Liv. Sie hat mir keinen Abschied hinterlassen.

Kapitel 26

Liv

Zu Hause.

Zum ersten Mal seit fast einem Jahr betrete ich das Penthouse, das ich mit Pete bewohnt habe.

Die Tür schwingt auf und für den Bruchteil einer Sekunde bleibt die Zeit stehen.

Es riecht anders.

Ich gehe hinein, Bash schlafend in meinen Armen. Bevor ich mich auf den Weg gemacht habe, habe ich den Concierge gebeten, ein Kinderreisebett für Sebastian zu organisieren. Er hat mich nach oben begleitet und das Bett im Gästezimmer aufgebaut. Bash regt sich kurz, als ich ihn behutsam hineinlege.

Seine kleinen Finger zucken, dann entspannt er sich wieder. Ich bleibe einen Moment stehen, streichle ihm sanft über die Wange und schließe anschließend leise die Tür hinter mir.

Ich bin wieder hier.

Meine Eltern und Sean wissen nicht, dass ich angereist bin. Zuerst wollte ich ankommen. Sie hätten mich mit Sicherheit davon abgehalten, ins Penthouse zu gehen; hätten darauf bestanden, dass ich bei ihnen bleibe. Aber ich bin bereit dazu. Und jetzt, wo ich hier bin, weiß ich, dass mich mein Gefühl nicht getrügt hat.

Ich ziehe die Jacke aus, lege sie über die Sofalehne und lasse den Blick durch den Raum schweifen. Die Stille ist nicht bedrohlich, nur ungewohnt. Später, sobald ich bei Sean vorbeigeschaut habe, will ich versuchen, Brad zu erreichen.

Ich muss seine Stimme hören; muss ihm sagen, dass er sich keine Sorgen machen muss; dass ich zurückkomme.

Mit leisen Schritten laufe ich durch die Wohnung, lasse die Finger über die Möbel gleiten.

Die große Couch im Wohnzimmer auf der wir uns um das letzte Eis aus dem Becher gestritten haben.

Die zerkratzte Arbeitsplatte in der Küche, an der sich Pete mehr als einmal geschnitten hat, weil er nicht aufpassen konnte, wenn er redete.

Die Gitarre neben dem Bücherregal, die nicht mehr bewegt wurde, mit der er oft vor dem großen Fenster saß und auf die Straße unter uns sah.

Nicht selten haben wir abends zusammen die

Lichter der Stadt betrachtet.

Ich versinke in meinen Gedanken und lasse sie kommen und gehen. Es ist leichter, als ich erwartet habe. An jedem Stück und in jeder Ecke hängen Erinnerungen, die ich nicht missen möchte.

Vor der Schlafzimmertür bleibe ich stehen.

Mein Herz schlägt schneller, als ich die Hand zur Türklinke hebe. Ich schließe kurz die Augen, atme tief durch und drücke die Klinke nach unten. Die Tür öffnet sich lautlos. Der Raum liegt leer vor mir.

Kein Geruch hängt in der Luft.

Keine Kleidung liegt auf dem Sessel.

Ich betrete den Raum, die Schritte vom weichen Teppich gedämpft, und lasse mich auf die Bettkante sinken. Die Matratze gibt leicht nach. Mit einer Hand fahre ich über die Decke. Ich blinzle die aufkommenden Tränen weg, ziehe mein Handy aus der Tasche und wähle die Nummer von Mom.

Nach dem dritten Klingeln hebt sie ab.

»Liv? Schätzchen!« Mom klingt überrascht, aber ihre Stimme ist herzlich wie immer.

»Hallo Mom. Wie geht's dir? Bist du beschäftigt?«

»Nein, ich habe kurz Zeit für dich. Dein Dad und ich wollten uns gleich auf den Weg ins Museum machen. Er konnte sich heute endlich von seiner Arbeit loseisen. Wie geht es Bash?«

»Das hört sich gut an. Bash schläft gerade. Seid ihr heute Abend zu Hause?«

»Heute leider nicht, Liebes. Wir sind auf der *Hope for Tomorrow*-Gala. Oh, das erinnert mich daran – ich muss Sean anrufen und fragen, ob er uns begleitet oder separat fährt.«

Die Gala findet jedes Jahr statt, um medizinische Forschungsprojekte zu unterstützen. Bisher sind meine Eltern alleine hingegangen. Scheinbar muss sich Sean nun auch offiziell diesen Verpflichtungen stellen.

Ich fasse einen Entschluss.

»Das kann ich für dich übernehmen, Mom. Ich wollte ihn so oder so anrufen. Ist er heute tagsüber zu Hause?« Es ist Samstag, theoretisch ist er nicht im Büro, auch wenn er sicherlich vor dem Laptop sitzt und Mails beantwortet. »Hm … Ja, eigentlich müsste er zu Hause sein. Jedenfalls hat er nichts anderes erwähnt.«

»Okay. Ich halte euch nicht länger auf. Richte Dad von mir Grüße aus – und viel Spaß im Museum.«

»Mache ich, Schätzchen. Gib Bash einen Kuss von uns. Pass auf dich auf.« Sie beendet das Gespräch und ich wähle die Nummer vom Concierge.

»Miss Sinclair, wie kann ich Ihnen helfen?«

Er klingt höflich und geschäftig.

»Mister Clapton, könnten Sie mir bitte für heute Nachmittag und Abend ein Kindermädchen organisieren? Ich muss noch einmal weg.«

»Natürlich, Miss Sinclair. Ich melde mich, sobald

ich jemanden gefunden habe.«

»Danke, Mister Clapton.« Ich lege auf, erhebe mich und trete ans Fenster.

Es wird Zeit.

Zeit, dass ich mich nicht mehr verstecke.

Zwei Stunden später vibriert mein Handy und zeigt eine Benachrichtigung vom Sicherheitssystem. Ich öffne die App, aktiviere die Kamera und sehe eine junge Frau vor der Tür stehen.

Mister Clapton hat sie angekündigt. Er erwähnte ihre ausgezeichneten Referenzen, und nachdem ich sie kurz durchgeblättert habe, bat ich ihn, sie für heute anzufragen. Ich öffne die Tür und bitte sie herein.

»Sie müssen Leslie sein. Danke, dass Sie es so kurzfristig einrichten konnten.«

Sie lächelt herzlich, ihr blondes Haar ist zu einem ordentlichen Zopf geflochten. »Danke. Es ist mir eine Freude, Miss Sinclair.« Ich trete einen Schritt zur Seite, um sie hereinzulassen.

»Bitte, nennen Sie mich Olivia.«

Zur Bestätigung nickt sie und sieht sich aufmerksam um. Ich zeige ihr kurz die Wohnung und erkläre ihr, wo sie Windeln, Snacks und die Notfallnummern findet. Bash liegt zwischenzeitlich im Wohnzimmer auf seiner Krabbeldecke, beschäftigt damit, sein Stofftier zu inspizieren.

»Das ist Sebastian. Er ist unkompliziert, solange er nicht hungrig ist.« Leslie lacht und kniet sich sofort zu ihm.

»Hallo, kleiner Mann. Wir werden uns gut verstehen, oder?« Bash blinzelt sie an, bevor er ihr das Stofftier hinhält.

Gutes Zeichen.

Ich drücke Bash einen Kuss auf die Stirn und greife nach meiner Tasche. »Ich mache mich dann auf den Weg. Sie erreichen mich jederzeit auf dem Handy, falls etwas ist.«

Leslie erhebt sich ebenfalls, das Stofftier in der Hand.

»Keine Sorge, Olivia. Genießen Sie den Rest des Tages. Bash und ich kommen bestens zurecht.«

Ich nicke. »Danke, Leslie.«

Der Chauffeur setzt mich vor Seans Apartment ab. Ich bleibe einen Augenblick sitzen, atme tief durch und straffe entschlossen die Schultern.

Ich hoffe, er ist zu Hause.

Der Portier im Eingangsbereich nickt mir freundlich zu. Ich grüße ihn und rufe den Lift. Dank meiner dauerhaften Zugangsberechtigung muss ich mich nicht anmelden. Ich scanne die Karte, betrete den Aufzug und drücke den Knopf zu Seans Etage.

Als sich die Türen öffnen, gehe ich den Flur entlang. Ich hebe die Hand und betätige die Klingel.

Stille.

Nach einer gefühlten Minute drücke ich abermals. Diesmal höre ich etwas. Ein dumpfes Poltern, als ob jemand stolpert. Oder gegen ein Möbelstück stößt. Ich runzle die Stirn, dann öffnet sich die Tür.

»Liv …?«

Seans Stimme ist belegt. Von seinem sonst so gepflegten Äußeren ist nichts übrig. Sein Haar, das normalerweise perfekt sitzt, steht in alle Richtungen ab. Das dunkle Hemd, das er trägt, ist zerknittert, als hätte er darin geschlafen. Er blinzelt mich an.

»Se, lässt du mich rein?«

Mit einer Hand streicht er sich durch die Haare, als könnte er dadurch so etwas wie Schadensbegrenzung betreiben, und wirft einen nervösen Blick über die Schulter.

»Ähm … ja. Klar. Komm rein.«

Er macht einen Schritt zurück und ich schiebe mich an ihm vorbei. Der Geruch trifft mich als Erstes.

Nicht penetrant, aber … abgestanden.

Das Chaos lässt mich nach Luft schnappen.

Über den Couchtisch sind leere Kaffeetassen und zerknüllte Papiere verstreut. Auf dem Boden liegt eine halb leere Whiskeyflasche. Über der Lehne des Sessels liegt ein Jackett, die Kissen auf dem Sofa sind zerknautscht, als hätte Sean die Nacht dort verbracht.

Ich starre ungläubig auf das Durcheinander.

»Gott, Sean. Wann war Miss Ellen zum letzten Mal hier?« Sie ist Seans Haushälterin. Eine resolute Frau Mitte fünfzig, die seit Jahren dafür sorgt, dass seine Wohnung aussieht wie aus einem Interior-Magazin. Er geht am Tisch vorbei, ignoriert das Klirren, als sein Fuß gegen die Flasche stößt und lässt sich schwer auf das Sofa fallen.

»Ich hab sie gefeuert.«

»Du … Was?«

Sean reibt sich mit zwei Fingern die Nasenwurzel, als würde er versuchen, einen bohrenden Kopfschmerz zu vertreiben. »Ich hab sie gefeuert!«

Ich schüttle den Kopf, ziehe meine Jacke aus und werfe sie über einen Stuhl. »Warum hast du sie gefeuert? Hat sie dir gesagt, dass es hier müffelt?« Ich lasse mich neben ihn fallen, die Augen weiterhin auf das Chaos gerichtet. Meine Tasche stelle ich zögernd zu meinen Füßen ab.

»Nein. Es hat mich gestört, dass jemand in meinen vier Wänden rumschnüffelt.« Er reibt sich fahrig über das Gesicht. Seine Hand stockt mitten in der Bewegung. Seine Augen klären sich und werden scharf, als er mich endlich richtig ansieht.

»Solltest du nicht in Oregon sein?«

Ich zucke mit den Schultern, bemühe mich um ein Lächeln. »Ich hab dich vermisst. Da bin ich mit Bash in die nächste Maschine gestiegen und heute Morgen hier angekommen.«

Er blinzelt, als müsste er die Information erst sortieren. Dann scannt er suchend den Raum ab.

»Wo ist mein Patensohn?«

»Mister Clapton hat ein Kindermädchen organisiert. Leslie. Sie hat sehr gute Referenzen. Sie ist vor dreißig Minuten angekommen. Ich hab mich im Anschluss auf den Weg zu dir gemacht.« Sean nickt langsam und fährt sich erneut durch das zerzauste Haar.

»Wissen Mom und Dad, dass du hier bist?«

»Nein, ich hab kurz mit Mom telefoniert. Sie sind auf dem Weg ins Museum. Dad hat sich wohl widerwillig loseisen können.« Sie hätten ihren Ausflug abgebrochen und ich hätte jetzt nicht die Möglichkeit, mit Sean hier zu sitzen.

Ohne Vorwarnung zieht er mich in eine Umarmung, die mir die Luft aus der Lunge presst.

»Du bist hier, Livy …«

Ich spüre seine Wärme und das leichte Zittern in seinem Griff. Ich streiche ihm beruhigend durch die Haare, wie er es früher bei mir getan hat.

»Ja. Ich bin hier.«

Wir sitzen einige Minuten schweigend da, halten uns gegenseitig fest. Als er sich von mir löst, nimmt er mein Gesicht zwischen seine Hände.

»Kommst du heute Abend mit mir zur Gala?«

Seine Stimme versagt am Ende des Satzes.

»Die Presse wird da sein, aber ich kann nicht mehr, Livy. Ich schaffe das nicht allein.«

Mein Herz zieht sich schmerzhaft zusammen.

Wie lange hat er das schon mit sich herumgetragen, ohne etwas zu sagen?

Ich nicke. »Ja, Se. Ich lasse mir später ein Kleid hierherbringen. Ich bin an deiner Seite.« Ein Hauch von Erleichterung flackert in seinen Augen auf, bevor er mich abermals fest an sich zieht.

»Danke, Livy.«

»Komm.« Ich rücke etwas von ihm ab und lächle ihn aufmunternd an. »Lass uns hier ein bisschen Ordnung schaffen, bevor wir uns vorbereiten müssen.« Er lacht bitter auf.

»Ich versage, Liv…«

»Nein, tust du nicht. Ich bin jetzt da. Ich lasse nicht zu, dass du fällst.« Er nickt nur, und ich bin sicher, dass er das nicht zur Bestätigung macht.

»Okay, lass uns etwas für Ordnung sorgen. Dann kannst du morgen gefahrlos mit Bash herkommen.«

»Ruf vorher noch Mom an, dass du heute Abend nicht mit ihnen fährst. Aber erwähne noch nicht, dass ich da bin.«

»Mache ich.«

Sean hat schon sein Handy in der Hand und wählt die Nummer.

»Du kannst dir nicht vorstellen, wie froh ich bin, dich hierzuhaben«, fügt er nach einer Sekunde hinzu.

Kurz vor siebzehn Uhr ist die Wohnung so weit aufgeräumt, wie es in der geringen Zeit möglich war.

Der Geruch von Reinigungsmittel hängt in der Luft, während ich im Gästezimmer stehe und das letzte bisschen Make-up auftrage.

Es klopft an der Tür.

»Unser Fahrer ist da.«

Ich drehe den Kopf und sehe Sean im Türrahmen stehen. Er ist frisch geduscht und hat sich rasiert. Zum ersten Mal seit Langem sieht er wieder mehr wie der Sean aus, den ich kenne. Nur die dunklen Ringe unter seinen Augen verraten, wie dünn das Eis ist, auf dem er sich bewegt.

Rasch lege ich den Lippenstift beiseite. »Ist gut. Ich bin so weit.« Sean mustert mich und er lächelt schwach.

»Du siehst toll aus!«

Ich greife nach meiner Clutch und trete auf ihn zu.

»Danke, Se. Das kann ich nur zurückgeben.« Ich trage ein tiefblaues, schulterfreies Kleid, das leicht über den Boden streicht. Die Farbe passt perfekt zu Seans Anzug, den er mit einem dunklen Hemd kombiniert hat. Er öffnet die Wohnungstür und hält mir galant den Arm hin.

»Letzte Chance für einen Rückzug, Livy.«

Kopfschüttelnd hake ich mich unter. »Nein. Die Zeiten sind vorbei.« Ich drücke seine Hand und er nickt mir zu. Die Limousine wartet vor dem Gebäude. Sean öffnet die Tür, hilft mir auf den Rücksitz und gleitet dann neben mich. Der Wagen rollt an, während London an den getönten Scheiben vorbeizieht.

Als wir den Veranstaltungsort erreichen, halte ich den Atem an. Lichterketten funkeln entlang der Auffahrt. Sean steigt zuerst aus. Ich nehme seine ausgestreckte Hand, und lasse mich aus dem Wagen ziehen.

»Bereit?«, murmelt er leise, während wir Seite an Seite stehen.

»Mehr als je zuvor.«

Kaum setzen wir einen Fuß auf den roten Teppich, bricht das Blitzlichtgewitter los. Zuerst höre ich nur leises Raunen, bis sich durch die Menge der Fotografen die Information verbreitet, dass ich hier bin.

Einatmen. Lächeln. Nicht blinzeln.

Ich halte mich an Seans Arm fest, unterdessen wir langsam die Stufen hinaufsteigen. Gemeinsam stellen wir uns der Presse.

»Miss Sinclair! Mister Sinclair! Darf ich kurz —?«

»Olivia, seit wann sind Sie wieder in London?«

»Bleiben Sie diesmal oder ist das nur ein kurzer Besuch?«

Sean verlangsamt den Schritt, wir bleiben vor der Pressewand stehen. Sein Griff um meine Hand wird fester. Ich setze mein bestes Geschäftslächeln auf, gerade genug, um professionell zu wirken – nicht zu freundlich, nicht zu distanziert.

»Ich bin erst vor Kurzem zurückgekommen.« Ich schaue kurz zu Sean. »Wie lange ich bleibe, wird sich zeigen. Heute bin ich hier, um den guten Zweck zu unterstützen.« Das Mikrofon vor mir wird von einer anderen Hand weitergeschoben.

»Sean, es gab kürzlich einige Schlagzeilen zu Ihrem Lebensstil – Partys, lange Nächte. Können Sie dazu etwas sagen?«

Sean lächelt ebenso geschäftig, wie ich.

»Ich denke, heute Abend sollten wir nicht über Schlagzeilen sprechen.« Er deutet auf das Banner hinter uns, das das Logo der *Hope for Tomorrow*-Gala zeigt. »Wir sind hier, um etwas wirklich Wichtiges zu unterstützen: die medizinische Forschung, die Leben rettet. Das ist es, was zählt.«

Zustimmend nicke ich und lächle ihn an.

Es ist schön, hier gemeinsam mit ihm zu stehen. Ein anderer Reporter beugt sich vor.

»Olivia, ist Ihre Anwesenheit ein Zeichen dafür, dass Sie ihre Position an der Seite ihres Bruders in der *Sinclair's Holding* einnehmen?«

»Ich bin hier, weil mir diese Projekte am Herzen liegen. Jede Familie kann durch eine medizinische Diagnose vor unvorstellbare Herausforderungen gestellt werden. Wenn wir heute Abend dazu beitragen können, auch nur eine dieser Herausforderungen zu erleichtern, dann ist das alles, was zählt.« Für einen Moment herrscht Stille, dann blitzen erneut Kameras auf.

Sean nickt den Reportern zu.

»Können wir?«, wispert er in meine Richtung und ich stimme zu. Ohne eine weitere Frage abzuwarten, drehen wir uns um und gehen weiter. Die Rufe hinter uns werden leiser, als wir die Sicherheit des Gebäudes erreichen.

In der festlich geschmückten Empfangshalle stehen Mom und Dad. Sie sind beide herausgeputzt; Mom in einem smaragdgrünen Kleid, das ihre Haltung noch aufrechter wirken lässt, Dad in einem perfekt sitzenden dunklen Anzug.

Als sie uns sehen, weiten sich Moms Augen.

»Olivia?!« Bevor ich etwas sagen kann, eilt sie auf mich zu, die Arme ausgebreitet. »Du bist hier!«

Ich werde in eine innige Umarmung gezogen. »Wieso hast du uns nichts gesagt, Kleines?«, fragt Dad, der hinter ihr auftaucht und mich ebenfalls an sich drückt.

»Ich wollte euch überraschen, Dad.«

Er schüttelt lachend den Kopf. »Das ist dir

gelungen, Liv. Und wie.« Sean steht einen Schritt hinter mir, die Hände locker in den Taschen seines Anzugs. Mom nimmt mein Gesicht zwischen ihre Hände und mustert mich prüfend.

»Du siehst wunderschön aus. Geht es dir gut, Schatz?«

Ich nicke gelöst. »Ja, Mom. Besser, als ich gedacht hätte.« Sie lächelt und in ihrer Miene liegt Erleichterung. Dad deutet auf den Saal hinter ihnen, in dem Kellner mit Champagnergläsern verschwinden und sich die ersten Gäste an den edel gedeckten Tischen niederlassen.

»Kommt.«

Er legt eine Hand auf Seans Schulter und zieht ihn sanft mit sich. »Unser Tisch ist ganz vorne. Lasst uns einen ruhigen Moment genießen, bevor der ganze Trubel losgeht.« Ich hake mich bei Mom unter und folge Sean, der neben Dad läuft.

Der Abend schreitet voran.

Ich sitze zwischen Sean und Mom, während der Gastgeber die Bühne betritt. Mein Herz rast und ich spüre Seans prüfenden Blick auf mir.

Ich habe ihm von meinem Plan erzählt.

Der Gastgeber lächelt in die Menge, hebt die Hand, um die Aufmerksamkeit auf sich zu lenken. »Meine Damen und Herren, bevor wir zum nächsten

Programmpunkt übergehen, möchte jemand ein paar Worte sagen. Jemand, der aus eigener Erfahrung weiß, wie wichtig die Projekte sind, die wir heute Abend unterstützen.« Er deutet zu unserem Tisch. »Miss Olivia Sinclair, die Bühne gehört Ihnen.« Die Gespräche verstummen, während ich mich erhebe. Sean drückt meine Hand, bevor ich sie ihm entziehe.

Durchatmen, Liv. Du hast die Kontrolle.

Ich gehe die wenigen Stufen zur Bühne hinauf, nehme das Mikrofon entgegen und atme tief durch.

»Guten Abend.«

Ich betrachte die Gäste der Gala.

Familien. Geschäftsleute.

Menschen, die hier sind, um zu *helfen*. Ich bleibe an Mom und Dad hängen. Ihr zustimmendes Lächeln gibt mir Kraft. »Ich habe mich heute Abend bewusst dafür entschieden, hier zu sprechen. Nicht als Gast. Nicht als Name in einer Spendenliste. Sondern als Schwester. Als Freundin. Als jemand, der gelernt hat, wie zerbrechlich das Leben sein kann. Und wie viel Hoffnung entsteht, wenn wir nicht wegschauen.«

Ich mache eine kurze Pause, um meine Gedanken zu sortieren. »Forschung klingt abstrakt. Zahlen. Studien. Budgets. Aber für die Betroffenen ist sie alles andere als abstrakt. Sie bedeutet Zeit. Zeit, die man mit den Menschen verbringen kann, die man liebt.« Mein Blick sucht den von Sean.

Er sitzt versteinert da, den Kiefer angespannt. Ich schlucke, aber zwinge mich, weiterzusprechen.

»Ich habe jemanden verloren, der mir alles bedeutet hat. Jemanden, der vielleicht noch hier wäre, wenn es mehr Wissen, mehr Forschung, mehr Unterstützung gegeben hätte. Und ich habe gesehen, wie Menschen unter dem Druck zusammenbrechen. Weil mentale Gesundheit immer noch nicht die Priorität hat, die sie verdient.« Das brennen hinter meinen Lidern wird größer. Ich räuspere mich und mahne mich, ruhig zu bleiben.

»Depressionen stehen niemandem auf der Stirn geschrieben. Sie verstecken sich hinter Lächeln, hinter erfolgreichen Karrieren, hinter Menschen, die wir für unerschütterlich halten.«

Ich versuche, in so viele Gesichter wie möglich zu sehen und nicht nur die Menschen, sondern ihre Seelen zu erreichen.

»Deshalb bin ich hier. Nicht, um über Verluste zu sprechen. Sondern über Chancen. Jede Spende, die wir heute Abend sammeln, ist mehr als eine Zahl. Sie ist eine Chance, auf einen weiteren Geburtstag, ein weiteres Lachen, einen weiteren Moment, der zählt.« Ich atme tief durch. »Lassen wir nicht zu, dass wir erst dann handeln, wenn es zu spät ist.« Ich lächle dezent, obwohl mir Tränen hinter den Lidern brennen.

»Danke, dass Sie hier sind. Und danke, dass Sie helfen, diese Chancen zu ermöglichen.« Applaus brandet auf. Ich verneige mich in tiefer Dankbarkeit und übergebe das Mikrofon wieder an den Gastgeber. Sean steht bereits, als ich die Stufen der Bühne hinuntersteige. Er sagt nichts und nimmt mich geradewegs in den Arm.

Kapitel 27

Brad

Familie Sinclair wieder vereint: bewegende Rede von Olivia Sinclair berührt Gala-Gäste

London – wer gestern Abend die jährliche *Hope for Tomorrow-Gala* im Royal Lancaster Hotel besuchte, erwartete eine exklusive Wohltätigkeitsveranstaltung. Doch was die Gäste erlebten, war mehr als das. Es war ein Moment der Ehrlichkeit, der Hoffnung und des Aufbruchs.

Im Mittelpunkt: Olivia Sinclair, die sich bisher nie in der Öffentlichkeit präsentierte. An der Seite ihres Zwillingsbruders Sean Sinclair, der vor Kurzem die Führung der *Sinclair's Holding* übernommen hat, erschien sie auf dem roten Teppich – strahlend, gefasst und mit einer Entschlossenheit, die weit über ihr äußeres Auftreten hinausging.

Ein Auftritt, der sprachlos macht

Doch es war nicht der gemeinsame Gang über den roten Teppich, der die Schlagzeilen bestimmt. Es war das, was später im Ballsaal geschah. Als der Abend bereits in vollem Gange war, bat der Gastgeber Olivia Sinclair auf die Bühne. Was folgte, war keine routinierte Spendenansprache, sondern eine ungefilterte, persönliche Rede, die den Saal verstummen ließ.

»Ich stehe heute hier, nicht als Name auf einer Gästeliste, sondern als Freundin. Als Schwester. Als jemand, der gelernt hat, wie zerbrechlich das Leben sein kann. Und wie viel Hoffnung entsteht, wenn wir nicht wegschauen.«

Sinclair sprach über die Bedeutung medizinischer Forschung – nicht in abstrakten Zahlen, sondern in greifbaren Augenblicken: *»Forschung schenkt Zeit. Zeit für ein weiteres Lachen. Einen weiteren Geburtstag. Einen Tag mehr, den man nicht in der Vergangenheit suchen muss.«* Sie sprach nicht nur über körperliche Gesundheit, sondern betonte auch, wie dringend es sei, die mentale Gesundheit in den Fokus zu rücken.

Ein Weckruf an die Gesellschaft

»Betroffene tragen die Diagnose nicht auf der Stirn. Sie verstecken sich hinter Lächeln, hinter erfolgreichen Karrieren, hinter Menschen, die wir für unerschütterlich halten.« Ohne Namen zu nennen, war die Botschaft klar: Sie trat nicht nur als Fürsprecherin auf. Sondern als jemand, der geliebt, gelitten und verloren hat. Am Ende ihrer Rede stand der gesamte Saal und applaudierte minutenlang.

Lobeshymnen und Rückhalt

Die Reaktionen ließen nicht lange auf sich warten. Sir Richard Mason, Vorsitzender der Hope vor Tomorrow-Stiftung, äußerte sich begeistert: »Olivia Sinclair hat uns allen vor Augen geführt, warum wir hier sind. Ihre Worte waren nicht nur bewegend. Sie waren ein Weckruf.«

In den sozialen Medien überschlugen sich die Kommentare.

»Wenn jemand weiß, wie wichtig mentale Gesundheit ist, dann Olivia Sinclair. Was für eine starke Frau.« schreibt beispielsweise ein Nutzer. Ein anderer stellt fest. »Nicht das Statement, das wir erwartet haben, sondern eines, das wir gebraucht haben.«

Was bedeutet das für die Zukunft?

Während die Gala selbst eine Rekordsumme für Forschungsprojekte sammelte – 6,8 Millionen Pfund – bleibt die Frage: Bedeutet dieser Auftritt, dass Olivia Sinclair endgültig ihre Position an der Spitze des Unternehmens neben ihrem Bruder einnimmt? Auf die Frage nach ihren Plänen sagte sie lediglich: »Ich bin nicht hier, um Schlagzeilen zu machen. Ich bin hier, weil es Zeit ist, Verantwortung zu übernehmen. In welcher Form, wird sich zeigen.«

Eines steht fest: Der Name Sinclair bedeutet nicht mehr nur wirtschaftlicher Erfolg. Er steht für einen Wandel. Und Olivia Sinclair führt ihn an.

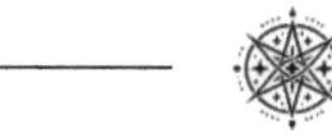

*A*uch auf Bildern ist Liv die schönste Frau, die ich je gesehen habe.

Ich vermisse sie.

Mit jedem Tag ein Stück mehr.

Sie hat mir nicht mehr geschrieben und ich habe es ebenfalls nicht über mich gebracht. Mehr als einmal schwebte mein Finger über ihrem Kontakt. Aber was soll ich sagen?

Komm nach Hause?

Ich kann nicht ohne dich?

Am liebsten würde ich jetzt in den nächsten Flieger steigen, bei ihr klingeln, und sie und Bash eigenhändig abholen. Aber wir öffnen das *Flavor Lane* in ein paar Tagen wieder. Der Alltag holt uns ein, ob wir wollen oder nicht. Und selbst wenn…

Was, wenn sie gar nicht zurückkommen will?

London ist ihre Heimat. Ihre Familie lebt dort. Davon bin ich kein Teil.

Wenn sie wollte, wäre sie hiergeblieben.

Im Bett liegend lese ich den Artikel auf meinem Handy. Ich scrolle noch einmal durch und betrachte die Bilder. Liv, wie sie strahlend auf der Bühne steht. Ein anderes zeigt sie neben Sean, wie sie sich auf dem roten Teppich den Pressevertretern stellt. Es macht mich stolz, wie selbstbewusst sie auftritt und wie viel sie damit bewirken kann.

Als ich das nächste Bild aufrufe, erscheint eine Benachrichtigung auf dem Display.

Liv ruft an.

Ich setze mich hastig auf, das Handy rutscht mir fast aus den Fingern. Im letzten Moment greife ich danach und drücke auf Annehmen.

»Liv …«

»Brad. Du bist wieder erreichbar.« Sie klingt erleichtert, doch da schwingt auch ein Vorwurf mit, der mir einen Stich versetzt. Ich kann es ihr nicht verübeln. Ich wäre am Zug gewesen, ihr wenigstens zu schreiben, nachdem ich mein Handy angeschaltet hatte. Ich drücke das Handy fester ans Ohr. »Ich hätte mich schon lange bei dir melden müssen, Liv. Es tut mir leid.«

»Nein … sag das nicht. Du hast Abstand gebraucht, und das kann ich verstehen.«

Abstand hatte ich.

Aber er hat mir nur eines klar gemacht: Ich will sie zurück. »Es tut so gut deine Stimme zu hören.«

»Gleichfalls.«

Wir verfallen in Schweigen. Ich räuspere mich.

»Ich hab gerade über deinen Auftritt gelesen. Du hast toll ausgesehen.«

»Danke …« Sie hält inne. »Es war an der Zeit.«

Ich nicke, obwohl sie es nicht sehen kann.

Zeit, den Elefanten im Raum anzusprechen.

»Bleibst du dort?« Kurz herrscht Stille, bevor ich höre, wie sie tief Luft holt.

»Nein.«

Ihre Stimme ist nüchtern. »Meine Zeit in London ist befristet. Ich will, dass Bash in Oregon aufwächst.«

Ich blinzle und versuche ihre Worte zu verarbeiten. Das ist nicht das, worauf ich mich vorbereitet habe.

»Meinst du das ernst?«

»Ja …« Etwas schwingt in ihrer Stimme mit. »Ich bin hierhergekommen, um Sean zu unterstützen und gleichzeitig eine Lösung zu finden. Und …«, wieder holt sie tief Luft, » ich würde mich freuen, wenn du an meiner Seite bist. Wenn ich zurückkomme.« Mein Herz rast.

»Du ahnst gar nicht, wie viel mir deine Worte bedeuten, Baby.«

»Ich meine es so, Brad.«

Mein Griff um das Handy wird fester. »Wann kommst du wieder?«

»Ich kann es noch nicht sagen. Sean geht es schlecht. Er braucht mich.«

Ich presse die Lippen zusammen. »Okay. Ich warte so lange, wie es sein muss.« Im Hintergrund höre ich Bashs Schrei.

»Ich glaube dein Typ wird verlangt.«

»Scheint so. Ich melde mich bald wieder, Brad.«

»Gib Bash einen Kuss von mir.«

»Mache ich. Bis bald.« Der Anruf endet und ich starre auf den schwarzen Bildschirm.

Sie kommt zurück.

Und sie will, dass ich Teil ihres Lebens bin.

Ich lasse das Handy sinken, da legt sich in mir ein Schalter um. Ich schwinge die Beine aus dem Bett, reiße den Kleiderschrank auf, schnappe mir die erstbeste Jeans und ein frisches Shirt. Während ich in meine Boots schlüpfe, tippe ich eine Nachricht an Floyd.

Ich

Komm zu Val! Wir müssen ihr von unserem Gespräch erzählen.

Ich warte nicht auf eine Antwort, stecke das Handy in die Tasche und verlasse meine Wohnung. Es wird Zeit, das weitere Vorgehen zu planen.

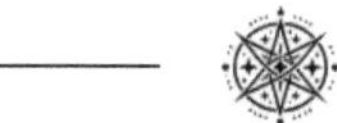

Ich halte die Cola-Flasche locker in der Hand. Floyd sitzt neben mir, die Beine ausgestreckt, während er gedankenverloren mit seinem Schlüsselbund spielt. Wir warten auf Val. Sie kommt aus der Küche, zwei weitere Flaschen Cola in der Hand.

»Ihr seht aus, als würdet ihr gleich verkünden, dass wir das *Flavor Lane* abreißen.«

Sie lässt sich in den Sessel sinken und reicht Floyd eine Flasche.

»Nicht ganz.« Ich sehe kurz zu Floyd, der kaum merklich nickt. »Aber es geht um das *Flavor Lane*.« Sie zieht die Augenbrauen hoch und setzt die Flasche ab.

»Okay. Das klingt offiziell. Was ist los?«

Ich beuge mich vor, die Ellbogen auf den Knien. »Wir machen das jetzt fast vier Jahre. Wir lieben den Laden – keine Frage. Aber wir arbeiten uns kaputt. Jeder von uns jongliert drei Jobs gleichzeitig. Ich weiß nicht, wie's dir geht, aber ich hab langsam das Gefühl, dass ich nicht mehr abschalten kann.« Floyd fixiert die Flasche in seiner Hand. »Ich hab neulich die Kasse abgeschlossen und am nächsten Morgen konnte ich mich nicht mehr daran erinnern, es getan zu haben. Wir laufen auf Reserve, Val.« Sie blinzelt, sagt nichts, nippt nur an ihrer Cola. Ich lasse ihr einen Moment, dann komme ich zum Punkt. »Floyd und ich haben darüber gesprochen. Was, wenn wir jemanden einstellen? Einen Manager fürs Operative. Jemand, der sich um den ganzen Kram kümmert, der uns den letzten Nerv raubt. Dienstpläne, Bestellungen – sowas eben.«

Ich erwarte Widerstand, doch stattdessen lehnt sich Val langsam zurück und betrachtet uns misstrauisch.

»Ihr meint das ernst?«

»Verdammt ernst.«

Sie schüttelt ungläubig den Kopf. »Gott, ich hab so lange darüber nachgedacht. Aber ich hab's nie angesprochen. Ich dachte, ihr haltet mich für faul. Oder ihr denkt, dass ich alles aufgeben will.«

Ich lache trocken auf. »Faul? Val, du bist der verdammte Motor dieses Ladens. Ohne dich wären wir längst untergegangen.« Sie sieht von mir zu Floyd. »Und ihr seid euch sicher? Ein Manager? Das *Flavor Lane* ist unser Baby. Jemand Externes…«

»Wir müssen es ja nicht aus der Hand geben. Wir bleiben die Chefs. Aber wenn wir so weitermachen, fahren wir das Ding irgendwann gegen die Wand. Ich hab keinen Bock, diesen Laden zu hassen, nur weil wir zu stolz sind, Hilfe anzunehmen.« Floyd zuckt mit den Schultern.

Val schweigt und ich entspanne mich etwas. »Wenn du Nein sagst, lassen wir's. Aber sei ehrlich, Val. Willst du das hier wirklich noch zehn Jahre so weitermachen?« Sie seufzt, schließt kurz die Augen, dann lächelt sie matt.

»Ihr seid Idioten.«

»Das wissen wir.«

»Wir hätten das schon vor einem Jahr machen sollen.«

Ich hebe meine Flasche an. «Heißt, du bist dabei?« Val nickt. »Ja. Aber wenn wir jemanden einstellen, machen wir's richtig. Klare Aufgaben. Kein halber Kram.« Floyd hebt seine Flasche ebenfalls.

»Auf klare Köpfe. Und auf freie Tage, an denen wir nicht Bestellungen checken müssen.«

Wir stoßen an und zum ersten Mal seit Langem fühlt sich die Zukunft des *Flavor Lane* nicht wie eine Last an.

Jetzt muss nur Liv jeden Abend in meinen Armen liegen, dann ist das Leben perfekt.

Kapitel 28

Liv

»**S**ean? Bist du da?«

Ich betrete Seans private Räume im Büro der *Sinclair's Holding*. Die letzten drei Monate waren ein ständiges Auf und Ab. Ich bin wieder voll in die Arbeit eingestiegen. Tagsüber jongliere ich Meetings, Strategien und Pläne. Bash ist währenddessen entweder bei meiner Mom oder Leslie passt auf ihn auf. Abends telefoniere ich mit Brad. Jedes Mal, wenn ich ihn vertröste, sagt er dasselbe. *»Nimm dir die Zeit, die du brauchst, Baby. Ich bin hier.«*

Seine Geduld ist endlos, aber ich kann ihn nicht ewig warten lassen. Mom und Dad wissen, dass ich langfristig zurück nach Oregon will. *Natürlich wissen sie auch, dass Brad ein Grund dafür ist.*

Im angrenzenden Badezimmer höre ich ein

Geräusch, das ich nicht zuordnen kann.

»Sean?«

Langsam gehe ich auf die Tür zu. Sie steht einen Spalt offen und ich stoße sie auf. Sean wirbelt herum. Seine Nasenflügel beben und an der linken Seite klebt ein feiner Rest weißen Pulvers.

»Liv!? Kannst du nicht anklopfen?«

Er wischt sich hastig über das Gesicht, als könnte er es damit ungeschehen machen.

Zu spät.

Mein Blick schnellt zum Waschbecken.

Verdammt, Sean …

»Was soll das, Sean?«, frage ich schneidend. Er macht einen Schritt auf mich zu, die Hände abwehrend erhoben. »Es ist nichts. Okay? Eine einmalige Sache. Also tu mir den Gefallen und … verschwinde einfach.« Ich stemme die Hände in die Hüfte und meine Angst vermischt sich mit Wut.

»Das werde ich sicher nicht!«

Er starrt mich an, der Kiefer angespannt, die Augen glasig.

»Ich hab das im Griff.«

Ich lache bitter auf. »Ach ja? So sieht es nicht aus. Schau dich doch mal an! Das hier? Das bist nicht du.« Er dreht sich weg, stützt sich auf das Waschbecken, die Fingerknöchel verfärben sich weiß vor Anspannung.

»Lass mich einfach in Ruhe, Liv.«

Ich trete näher und lege eine Hand auf seine Schulter. »Nein. Das hab ich schon einmal getan. Und damals hab ich nicht gemerkt, wie du zerbrochen bist. Das passiert nicht nochmal.« Er hebt den Kopf, und ich sehe sein Spiegelbild.

Er sieht fertig aus.

Die Schatten unter seinen Augen sind inzwischen so tief, dass ich mich frage, ob sie irgendwann wieder verschwinden.

»Lass mich dir helfen, Sean. Bitte.«

Sein Gesichtsausdruck verfinstert sich.

»Helfen lassen?« Er lacht abermals bitter auf und dreht sich zu mir um. »Von dir? Die plötzlich hier auftaucht, als wäre sie nie weggewesen? Tu nicht so, als hättest du den Überblick, Liv. Du hast keine Ahnung, was hier abgeht.« Ich blinzle, als hätte er mir ins Gesicht geschlagen.

»Das meinst du nicht ernst.«

Er macht einen Schritt auf mich zu, die Hände zu Fäusten geballt. »Doch. Ernst genug, um dir zu sagen, dass ich dein Mitleid nicht brauche. Kümmer' dich um dein neues *perfektes* Leben und lass mich in Ruhe.« Ich mache einen Schritt zurück, die Hände erhoben.

»Weißt du was, Sean? Das ist die Angst, die aus dir spricht. Ich beziehe jetzt Mom und Dad ein. Das hätte ich schon vor Monaten tun sollen!«

Ich warte keine Antwort ab.

In meinem Büro schnappe ich mir die Handtasche und rufe den Aufzug. Hinter mir höre ich schnelle Schritte.

»Bitte … Livy. Es ist alles in Ordnung.«

Ich drehe mich um und stehe Sean gegenüber. Seans Gesicht drückt Hilflosigkeit aus. »Se. Du musst dir helfen lassen. Komm mit mir zu Mom und Dad. Wir finden eine Lösung. Gemeinsam.«

Er schüttelt den Kopf, fährt sich wiederholt mit der Hand durchs Haar, bis es in alle Richtungen steht. »Gib mir einen Monat, Liv. Nur *einen*. Ich bekomm das hin.«

Ich will ihm glauben.

Als ich ihn erneut ansehe und das stumme Flehen erkenne, nicke ich. »Gut, dann machen wir es so«, antworte ich wispernd. Er nickt hastig, als hätte er selbst nicht mit meinem Einlenken gerechnet. Im nächsten Atemzug zieht er mich in eine Umarmung. Früher hätte ich sie ohne zu zögern erwidert, doch diesmal ist es falsch.

Ein Knoten bildet sich in meiner Brust.

»Danke, Livy. Ich lass dich nicht hängen. Versprochen.«

Ich halte mich an seinen Worten fest, als könnten sie die Zweifel ersticken.

Ich will ihm so unbedingt glauben.

Zwei Wochen später bereue ich es, Sean diese Zeit eingeräumt zu haben. Es ist drei Uhr morgens, als mein Handy klingelt.

Unbekannte Nummer.

Ich blinzle gegen die Helligkeit des Displays an und hebe ab. »Sinclair?«

»Livy ... du muss' mich abholn.« Seans verwaschenes Brummeln klingt durch den Lautsprecher. Ich bin mit einem Schlag hellwach.

»Sean? Was ist los? Wo bist du?«

Er kichert unkontrolliert. »Mach dir keine Sorgn, das war'n Missverständnis. Bin bei der Polizei. Kanns' du mich hier rausholn?«

Ich setze mich auf. »Welche Dienststelle?« Er nuschelt eine Adresse. Ich schwinge die Beine aus dem Bett und reibe mir mit zwei Fingern über die Nasenwurzel. »Ich bin bald bei dir.«

Ich lege auf, werfe das Handy aufs Bett und ziehe mich hastig an. Nebenan schläft Bash tief und fest. Ich bleibe einen Moment an seinem Bettchen stehen.

Wie konnte es so weit kommen, Se?

Vorsichtig hebe ich Bash hoch und lege ihn in den Tragesitz. Glücklicherweise rührt er sich nicht. Während ich den Gurt festziehe, tippe ich mit einer Hand eine Nachricht an den Fahrdienst. Ich greife nach der Jacke, dem Kindersitz und meinem Handy.

Als das Auto vorfährt, trete ich mit Bash nach draußen.

Der Fahrer hält vor der Polizeidienststelle, die mir Sean genannt hat.

»Bitte warten Sie hier.«

Die kühle Nachtluft schlägt mir entgegen, als ich aussteige. Bash schläft immer noch, das kleine Gesicht halb unter der Decke verborgen.

Wie oft habe ich Sean gesagt, dass es so nicht weitergeht?

Ich schiebe den Gedanken beiseite und gehe in das Gebäude. Am Empfang sitzt eine Beamtin mit straff zurückgebundenem Haar, die mich ausgelaugt ansieht.

»Kann ich Ihnen helfen?«

»Ich bin hier, um meinen Bruder abzuholen. Sean Sinclair.«

Sie prüft die Akte auf dem Monitor und deutet daraufhin auf die Sitzreihe neben der Tür.

»Setzen Sie sich. Jemand kommt gleich zu Ihnen.«

Wenige Minuten später öffnet sich eine Tür im Flur. Ein Beamter kommt auf mich zu.

»Sind Sie Olivia Sinclair?«

Ich nicke und richte mich auf. »Ihr Bruder ist hinten. Bevor ich ihn gehen lasse, müssen wir uns unterhalten.« Mein Magen zieht sich zusammen.

»Worum geht es?«

Der Beamte deutet auf die kleine Besprechungsecke am Rand des Wartebereichs. Ich folge ihm, den Tragegriff des Kindersitzes fest in der Hand. Er setzt sich, legt eine Akte vor sich ab und sieht mich ernst an. »Ihr Bruder wurde heute Nacht festgehalten, nachdem er in einer Bar handgreiflich geworden ist. Laut Zeugen hat er einen Mann geschubst, der daraufhin gestürzt ist. Er besteht auf eine Anzeige.« Ich schlucke schwer.

»Eine Anzeige? Ist … ist der Mann verletzt?«

Der Polizist nickt. »Prellungen und eine Platzwunde. Nichts Lebensbedrohliches, aber das reicht für eine Anzeige wegen Körperverletzung.«

»Was bedeutet das konkret?«

Er faltet die Hände. »Ihr Bruder braucht einen Anwalt. Der Geschädigte kann die Anzeige noch zurückziehen, wenn eine außergerichtliche Einigung erzielt wird …« Ich presse die Lippen aufeinander.

»Ich sage Ihnen das, weil Mister Sinclairs Zustand heute Nacht nicht zulässt, dass er die Information aufnimmt.«

Das hier ist nicht nur ein Weckruf – es ist der Absturz, den ich so dringend verhindern wollte.

»Darf ich ihn mit nach Hause nehmen?«

Der Beamte nickt und steht auf.

»Ich bringe ihn raus.«

Ich warte am Tresen, während der Beamte durch eine weitere Tür verschwindet. Nur Augenblicke später taucht Sean auf. Er taumelt leicht, die Haare sind zerzaust und seine Kleidung zerknittert. Sein Blick ist leer.

»Livy …«

Ich lege eine Hand auf seinen Arm.

»Lass uns nach Hause fahren.«

Ich schiebe Sean durch die Glastür der Wache hinaus. Er stolpert, fängt sich mit einer Hand am Türrahmen ab und blinzelt träge. »Livy, sei nicht sauer. Alles halb so wild.«

Halb so wild?

Ich konzentriere mich auf Bash, der in seinem Tragesitz schläft. Er bekommt nichts davon mit, was sich hier abspielt.

Wie lange noch, bis ‚*halb so wild*‘ zu ‚*zu spät*‘ wird?

Ich ziehe Sean weiter, seine Schritte sind schwer und schwankend.

»Komm einfach, Sean.«

Er wehrt sich nicht, grummelt nur unverständliches Zeug, während ich die Wagentür öffne und ihn auf den Rücksitz bugsiere. Als ich Bash vorsichtig daneben platziere und selbst einsteige, hebt der Fahrer den Kopf und sieht uns durch den Rückspiegel an.

»Wohin, Miss Sinclair?«

Ich streiche Bash eine Haarsträhne von der Stirn und atme tief durch.

»Zum Sinclair-Anwesen, bitte.«

Der Wagen setzt sich in Bewegung. Sean lehnt den Kopf gegen die Scheibe, die Augen halb geschlossen.

»Mom und Dad werden *ausrasten* …«, murmelt er.

Ich starre aus dem Fenster. »Vielleicht. Aber wenigstens sind sie da.«

»Du meinst, um mich zu retten?«

»Nein, Sean. Um dich daran zu erinnern, wer du bist. Und dass du nicht allein bist.«

Die restliche Fahrt verfällt er in schläfriges Schweigen.

Das Tor zum Anwesen öffnet sich lautlos, als der Wagen in die Auffahrt rollt. Sean nuschelt abermals etwas Unverständliches, als ich versuche, ihn wachzurütteln. »Wir sind da, Se. Wach auf.«

Er blinzelt, murmelt etwas von ‚*zu viel Drama*‘ und versinkt weiter im Sitz. Das Auto hält direkt vor der Tür. Ich nehme Bash, während der Fahrer Sean heraus hievt. In der Tür erscheint Dad – im Morgenmantel, das Gesicht angespannt. »Was ist passiert?« Ich gehe auf ihn zu. »Er hat in einer Bar eine Schlägerei angefangen. Die Polizei sagt, es gibt eine Anzeige. Er braucht einen Anwalt.« Dad fasst sich an die Stirn, als müsste er sich einen Moment sammeln.

»Bringen wir ihn erst mal ins Bett.«

Fünfzehn Minuten später liegt Sean auf dem Gästebett im Erdgeschoss. Ich stehe im Flur und Dad schließt leise die Tür.

»Das geht so nicht mehr weiter, Olivia.«

Seine Stimme ist ruhig. Ich nicke erschöpft. »Ich weiß. Ich hätte ihn nicht allein lassen dürfen.« Mom taucht hinter ihm auf, den Morgenmantel eng um sich gezogen. »Mach dir keine Vorwürfe, Schätzchen. Das ist nicht deine Aufgabe. Sean hat versucht, die Welt auf seinen Schultern zu tragen. Nach Petes Tod, deinem Rückzug … er hat alles kompensiert und keine Hilfe angenommen.«

Ich lehne mich mit dem Rücken an die Wand.

»Er wird das nicht alleine schaffen. Wir müssen was tun.« Dad reibt sich über das Gesicht. »Er hat in den letzten Monaten immer weiter abgebaut. Das Unternehmen, der öffentliche Druck, dein Wegzug … Das war zu viel für ihn.« Er atmet tief durch. »Es ist Zeit, das Ganze umzustrukturieren. Wir haben Zweigstellen auf der ganzen Welt. Warum nicht einen Standort an der Westküste aufbauen. Portland. Seattle. Irgendwo, wo wir das Geschäft schlanker halten können.«

Ich blinzle überrascht. »Du meinst, den Hauptsitz verlegen?« Er schüttelt den Kopf.

»Nicht ganz. Aber wir stoßen Bereiche ab, die nicht mehr rentabel sind und konzentrieren uns auf das, was wir wirklich gut können. Wir brauchen kein

Imperium, Liv. Wir brauchen Stabilität.«

Mom tritt vor und legt eine Hand auf meinen Arm. »Und Sean braucht einen Neustart. Nicht hier. Nicht in London, wo jeder Schritt verfolgt wird.« Meine Kehle zieht sich zusammen.

»Sean braucht Hilfe, Olivia. Und wir können sie ihm geben.«

Ich betrachte Bash, der im Tragesitz leise schnauft. Ich kann nicht länger zusehen, wie Sean sich selbst zerstört.

»Gut. Wir schaffen ihn in eine Entzugsklinik. Aber vorher sprechen wir mit ihm darüber.«

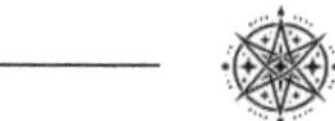

Der Morgen graut, während wir zu dritt am Esstisch sitzen. Mom hat Bash auf dem Schoß und gibt ihm sein Fläschchen. Wir warten darauf, dass Sean aufwacht. Es ist fast sieben, als schwere Schritte ertönen. Mom sieht sofort auf.

»Er kommt.«

Die Tür schwingt auf und Sean bleibt im Türrahmen stehen. Er ist verkatert, aber wach.

»Soll ich raten?«

Er verschränkt die Arme vor der Brust. »Intervention am frühen Morgen?« Ich schweige und Dad ergreift das Wort.

»Setz dich, Sean.«

Er zögert, doch schließlich zieht er einen Stuhl

heraus und lässt sich darauf fallen. Dad faltet die Hände auf dem Tisch.

»Es reicht, Sohn.«

Sean schnaubt, schaut zu Bash, der leise vor sich hinbrabbelt.

»Ich hab's im Griff.«

Mom entkommt ein ungläubiges Schnauben. »Wenn das hier dein im-Griff-haben ist, dann bricht dieser Griff dir gerade das Genick.«

»Wir haben eine Klinik gefunden, Se. Diskret. Und weit weg von hier.« Sein Blick schnellt zu mir.

»London? Keine Chance.« Ich schüttle den Kopf.

»Oregon.«

Er blinzelt. »Oregon?«

»Ja. In der Nähe von Portland. Ich gehe mit Bash zurück und du kommst mit mir.« Sean fährt sich mit hastigen Bewegungen die Haare. »Ihr wollt mich ans andere Ende der Welt schicken?«

Dad lehnt sich an. »Nein. Wir wollen dir dein Leben zurückgeben, Sean.«

Seans harte Fassade bröckelt.

»Wie lange muss ich in der Klinik bleiben?« Ich schlucke. »Mindestens drei Monate. Danach schauen wir weiter.«

Lange Sekunden verstreichen, in denen ich mich frage, ob es ein Fehler ist sich einzumischen; Ob ich nicht übertrieben reagiert habe.

Doch dann nickt er zögernd. »Oregon also.«

Er reibt sich übers Gesicht, die Erschöpfung tief in den Zügen. »Okay. Ich mach's. Aber nur, wenn ich danach bei Liv bleiben kann.«

Ich umfasse seine Finger.

»Immer, Se. Immer.«

Ich fange seinen Blick auf. »Wir bauen dort eine Zweigstelle der Firma auf und tragen zukünftig gemeinsam die Verantwortung. Kein London mehr. Oder zumindest nur in bestimmten Abständen.« Er drückt fest meine Hand, nur um mich kurz darauf in seine Arme zu ziehen. Leise höre ich ihn flüstern.

»Danke, Livy.«

Kapitel 29

Der Motor des Wagens brummt leise.

Bash schläft im Kindersitz auf der Rückbank, die kleine Hand um einen Stoffhasen geschlossen, den er von Mom zum Abschied bekommen hat.

Sean starrt aus dem Fenster.

»Wie fühlst du dich?«, frage ich sanft. Er zuckt mit den Schultern. »Wie jemand, der sein Leben an der Garderobe abgibt und hofft, dass es beim Rausgehen noch da ist.«

Seine Worte versetzen mir einen Stich.

»Es wird da sein, Se. Und besser als zuvor.«

»Besser? Glaubst du das wirklich, Livy?« Seine Stimme ist voller Zweifel.

»Ja. Ich glaube daran. Das hier ist dein Neustart.«

Sean schließt die Augen und lehnt den Kopf gegen die Stütze.

»Ein Neustart …«

Ich will etwas sagen, doch da taucht das Schild am Straßenrand auf.

Pine Creek Recovery Center – 2 Meilen.

»Da wären wir.«

Am Eingang der Klinik werden wir schon erwartet. Die Frau lächelt, als wir aussteigen und Sean seinen Koffer aus dem Kofferraum hebt.

»Mister Sinclair? Willkommen. Ich bin Carol.«

Sean nickt nur, während ich Bash aus dem Sitz hebe. »Ich begleite dich rein, Se.«

Er dreht sich zu mir, die Schultern angespannt.

»Und dann?«

Ich ziehe ihn zu mir und er schließt die Arme um Bash und mich. »Dann machst du das hier für dich. Nicht für mich. Nicht für Mom oder Dad. Nur für dich.« Seine Umarmung wird fester.

»Wirst du vorbeikommen? Mit Sebastian?«

»So oft ich kann. Versprochen. Diesmal bin ich an der Reihe eine Lösung zu finden.«

Bash streckt die Arme nach ihm aus, als würde er erkennen, dass etwas anders ist. Sean nimmt ihn, hält ihn fest und drückt einen Kuss auf seinen Kopf. »Pass auf deine Mom auf, Kleiner.« Bash gluckst und ich blinzle die Tränen weg.

»Es ist nur für ein paar Wochen, Se.«

Er nickt und gibt mir Bash zurück in meine Arme.

»Dann bis bald.«

Ich drücke ihm einen Kuss auf die Wange.

Carol, die sich diskret im Hintergrund gehalten hat, tritt vor. »Bereit, Mister Sinclair?«

Sean sieht mich ein letztes Mal an. »Ja.«

Ich bleibe, bis sich die Tür hinter ihm schließt.

Ich bin zurück.

Erschöpft, aber glücklich lenke ich den Wagen in die Parklücke vor dem *Flavor Lane*. Es ist später Nachmittag und ich vermute Brad, Val und Floyd hier. Ich schalte den Motor ab, lasse die Stirn ans Lenkrad sinken und atme tief durch, bevor ich mich zur Rückbank umdrehe.

»Wir haben es geschafft, Bash.«

Ich steige aus, öffne die Tür auf seiner Seite und hebe ihn heraus. Mit einem Arm halte ich ihn fest, mit der anderen Hand greife ich nach meiner Tasche. Ich trete auf die Tür zu.

Als Erstes entdecke ich Floyd. Er sitzt an einem der Tische das Handy in der einen Hand, einen Notizblock in der anderen. Gegenüber von ihm sitzt eine Frau, die ich nicht kenne. Sie hat dunkelblondes Haar, das ordentlich zum Zopf gebunden ist, ein Stift zwischen den Fingern.

Floyd schaut auf, die Stirn gerunzelt, dann hellt sich sein Gesicht auf.

»Liv. Du bist wieder da!«

Er springt auf, kommt mit schnellen Schritten auf mich zu und schließt mich mitsamt Bash in eine Umarmung.

»Du hast uns gefehlt.«

Ich lache, während Bash ungeduldig zappelt. Floyd löst sich von mir, legt eine Hand auf den Rücken und deutet zur Frau am Tisch. »Komm, ich stell dir jemanden vor.« Wir gehen hinüber. Die Unbekannte steht auf, streicht den Rock glatt und lächelt offen.

»Liv, das ist Claire. Unsere neue Restaurantmanagerin.«

Ich blinzle überrascht. »Restaurantmanagerin?«

Floyd grinst. »Lange Geschichte. Aber kurz gesagt: Wir haben seit letzter Woche endlich Unterstützung. Claire konnte sich nicht lange gegen meine Überredungskünste wehren.«

Sie streckt mir die Hand entgegen. »Schön, dich kennenzulernen, Liv. Ich hab schon viel von dir gehört.« Ich umfasse ihre Hand. »Hoffentlich nur Gutes.« Claire nickt lachend, dann fällt ihre Aufmerksamkeit auf Bash, der sich in meinem Arm aufrichtet.

»Und wer ist der kleine Engel?«

Ich schiebe ihn etwas höher. »Das ist mein Sohn,

Sebastian. Aber alle nennen ihn Bash.« Claire beugt sich leicht vor und hält ihm den kleinen Finger hin. »Hallo Bash. Mein Sohn Miles wird sich freuen, dich kennenzulernen.« Ohne zu zögern, packt er den Finger, brabbelt zufrieden und strahlt sie an.

Von hinten dringt Vals vertraute Stimme zu uns.

»Da seid ihr ja wieder!«

Ich drehe mich um und sehe sie mit einem breiten Lächeln auf mich zusteuern. Ehe ich etwas sagen kann, finde ich mich in ihren Armen wieder. Ich lache leise.

»Das sind wir.«

Val löst sich von mir und sieht mich an. »Hat sich alles geklärt?« Ich schüttle kaum merklich den Kopf.

»Wir sprechen später darüber, okay?« Sie hakt nicht sofort nach, und dafür bin ich ihr dankbar.

»Kann ich Bash kurz bei dir lassen?«

»Ja aber klar. Brad ist in der Küche und sitzt über neuen Menüs.« Ich reiche ihr Bash und wische die Hände an meiner Jeans ab.

»Dann geh ich kurz zu ihm.«

Floyd zwinkert mir zu. »Lasst euch Zeit. Bash ist hier gut aufgehoben.«

Voller Vorfreude drehe ich mich um und halte kurz vor der Küchentür inne. Ich spüre meinen Herzschlag förmlich in den Ohren. Mit einem letzten Atemzug stoße ich die Tür auf.

Brad sieht genauso aus wie an dem Tag, an dem

ich ihn zuletzt gesehen habe. Schwarzes Hemd, die Ärmel hochgekrempelt dazu abgenutzte Jeans und seine Boots. Er lehnt an der Theke, den Kopf in eine Hand gestützt, während er etwas auf ein Blatt Papier kritzelt. Das Geräusch der Tür lässt ihn den Kopf heben.

Für den Bruchteil einer Sekunde ist er wie erstarrt.

Dann lässt er den Stift auf die Theke fallen. Er ist bei mir, bevor ich überhaupt Luft holen kann. Mit seine Händen umfasst er mein Gesicht.

»Bist du zu Hause?«

Ich nicke, Tränen brennen in meinen Augen.

»Für immer.«

Er zieht mich an sich, seine Arme fest um mich gelegt, als wollte er sicherstellen, dass ich wirklich hier bin. Dann legen sich seine Lippen auf meine.

Es ist ein Kuss, der nach all den unausgesprochenen Worten schmeckt; nach den Momenten, die uns zu diesem geführt haben. Ein Kuss, der sagt: endlich. Ich schlinge meine Arme um seinen Nacken, ziehe ihn näher, während seine Hände über meine Taille wandern, mich festhalten, als wäre das hier der einzige Ort, an dem wir beide existieren.

Als seine Zunge sanft um Einlass bittet, gebe ich mich ihm hin, verliere mich in der Vertrautheit, die sich trotzdem wie etwas Neues anfühlt. Dann hebt er mich plötzlich hoch, greift sicher unter meine

Oberschenkel und ich lache gegen seine Lippen. Er grinst in den Kuss, sein Atem warm auf meiner Haut. Schwer atmend lösen wir uns voneinander, er legt seine Stirn an meine, während sich unser beider Herzschlag beruhigt. In seinem Blick liegt all das, was Worte nicht ausdrücken können.

»Ich liebe dich, Brad.«

Die Worte tragen das Gewicht der letzten Monate.

»Ich wollte es dir schon so lange sagen, aber —« Er legt einen Finger auf meine Lippen.

»Sshh …« Er streicht mir über die Wange, als könnte er noch immer nicht fassen, dass ich vor ihm stehe.

»Ich liebe dich auch, Liv. Das ist alles, was zählt.« Ein weiteres Mal küsst er mich; sanfter, tiefer, als wolle er die letzten Zweifel wegwischen. Ich atme tief durch, lasse mich von ihm halten, lasse alles los, was war, und halte fest, was jetzt ist.

Jetzt und hier weiß ich, dass ich angekommen bin.

Epilog

Brad

Zwei Jahre später

Ich spüle den letzten Teller ab, das Geschirrtuch über die Schulter geworfen. Bash wird morgen drei. Es kommt mir so vor, als hätte ich ihn gerade das erste Mal im Arm gehalten. Und jetzt? Jetzt rennt er durchs Haus, lacht so laut, dass es die Nachbarn, wenn wir direkte Nachbarn hätten, sicher jedes Mal mitbekommen würden, und plappert ununterbrochen. Meist über Motorräder, Gitarren oder Onkel Floyds coole Bar.

Ich stelle ein Glas zum Trocknen auf das Abtropfgestell.

Drei Jahre.

Und jeder einzelne Tag hat mein Leben besser gemacht.

Von oben dringt das gedämpfte Raunen von Livs
Stimme herunter: »... *und dann flog der kleine Drache
ganz hoch hinauf, bis er die Sterne berühren konnte* ...«
Ich lehne mich gegen die Spüle, schaue nach draußen
auf den Garten. Der große Tisch steht schon bereit.
Morgen wird er voller Luftballons, Kuchen und
Geschenke sein.

Und Familie.

Livs Eltern leben seit letztem Jahr hier. Die für
mich einst unnahbaren Geschäftsikonen aus London
sind jetzt Großeltern, die sonntags am Grill stehen,
mit Bash durch den Garten toben und sich bei seinen
spontanen Tanzeinlagen in die erste Reihe drängeln.

Er kommt nicht nur optisch ganz nach Pete.

Liv hat mir alles über ihn erzählt. Seine
Eigenarten, seine Art zu lachen, die kleinen Dinge,
die ihn ausgemacht haben. Es fühlt sich an, als hätte
ich ihn tatsächlich gekannt. Morgen kommen meine
Eltern aus Florida. Es ist Bashs großer Tag und
morgen wird zudem der Tag sein, an dem ich Liv
endlich frage, ob sie den Rest ihres Lebens mit mir
verbringen will. Ich streiche mir mit der Hand durch
die Haare und atme tief durch.

Es ist Zeit.

Seit drei Wochen liegt der Ring im Safe vom
Flavor Lane. Heute habe ich ihn mitgenommen. Ich
habe es aufgeschoben; den perfekten Moment
gesucht. Aber wann ist es schon perfekt, wenn sich

das ganze Leben so anfühlt? Deshalb mache ich morgen Nägel mit Köpfen; morgen, wenn Bash die Kerzen auf seinem Kuchen auspustet, Liv neben mir steht und unser Zuhause voller Lachen ist, ist der beste Zeitpunkt dafür.

Ich bin gerade dabei, das Geschirrtuch an den Haken zu hängen, als ich Schritte auf der Treppe höre. Liv kommt träge herunter.

Sie wirkt ausgelaugt.

»Alles okay?«

Sie seufzt müde. »Ja. Unser Sohn hat beschlossen, dass ich nicht die richtige Erzählerin für heute bin.«

Ich ziehe eine Braue hoch.

»Ach ja? Und wen bevorzugt der kleine Tyrann?«

»Dich. Er will, dass du die Geschichte erzählst. Wortwörtlich: *Daddy macht die Stimmen besser.*« Ich kann mir ein Grinsen nicht verkneifen.

»Na, wenn das kein Ritterschlag ist.«

Ich trete vor, lege die Arme um ihre Taille und ziehe sie an mich. »Soll ich deinen Ruf retten?«

Sie lehnt den Kopf an meine Brust. »Bitte. Ich bin offiziell entlassen.« Ich küsse sie auf die Stirn, lasse meine Lippen eine Sekunde länger dort verweilen.

»Ich übernehme das.«

Als ich die Treppen hinaufsteige, höre ich sie flüstern. »Mach die Drachenstimme diesmal nicht zu

gruselig.« Ich werfe ihr einen Blick über die Schulter
zu.

»Ich verspreche nichts.«

Leise ziehe ich die Tür zu Bashs Zimmer hinter mir
ins Schloss.

Endlich schläft er.

Es hat fast zwanzig Minuten gedauert, vier
Drachenstimmen und eine spontane Gesangseinlage,
bis er sich ergeben hat. Gedankenversunken schüttle
ich den Kopf.

*Drei Jahre alt und schon ein Meister darin, den Tag zu
verlängern.*

Unten brennt nur die Stehlampe im
Wohnzimmer. Liv sitzt auf dem Sofa, die Beine unter
sich gezogen, einen Arm um ein Kissen geschlungen.

Sie wirkt nachdenklich.

Ich bleibe kurz stehen und beobachte, wie sie
abwesend mit der Ecke des Kissens spielt.

Irgendwas ist los.

»Hat er endlich aufgegeben?« fragt sie leise, ohne
aufzusehen. »Er hatte keine Chance gegen den
Brüllbären und den Schnarchdrachen.« Ich lasse
mich neben sie fallen, lege den Arm um ihre
Schultern und ziehe sie näher zu mir.

»Ist alles okay, Baby?«

Zögernd kuschelt sie sich an mich, als würde sie

die richtigen Worte suchen.

»Brad…« Ich spüre, wie sich ihr Atem beschleunigt.

»Was ist los, Liv?«

Sie richtet sich auf und sieht mich an; ihre Augen sind grün, tief, voller Unsicherheit und doch mit einem besonderen Glanz darin.

»Ich … ich bin schwanger.«

Mein Herz setzt einen Schlag aus. Dann zwei. Ich blinzle, starre sie an, während ihr Blick nervös hin und her springt.

»Schwanger?« wispere ich schließlich. Sie beißt sich auf die Lippe und nickt. Ein unbeschreibliches Glücksgefühl überwältigt mich.

»Liv, Baby!«

Ich ziehe sie wieder an mich, küsse sie, fest, ungestüm, spüre ihr Lächeln gegen meine Lippen. Als ich mich daraufhin nach hinten lehne, strahlt sie mich an, aber da ist noch etwas.

»Brad … warte.«

Ich halte inne. »Was denn?«

Sie legt ihre Hand auf meine Brust, als müsse sie mich stützen, bevor sie weiterspricht.

»Es sind Zwillinge.«

»Zwillinge?«, wiederhole ich, als hätte ich mich verhört. Sie nickt, weinend und lachend zugleich. starre sie ungläubig an; dann kann ich nicht anders und lache mit ihr.

»Jesus, Liv. Wir gehen hier direkt aufs Ganze, was?« Sie wischt sich eine Träne von der Wange, und als ich diese kleine Geste sehe, fügen sich alle Puzzleteile zusammen.

Es gibt keinen besseren Zeitpunkt.

Ich atme tief durch und drücke sie sanft von mir weg.

»Weißt du was?« frage ich leise.

»Was denn?«

Ich fasse in meine Hosentasche. »Ich wollte eigentlich warten, bis morgen alle hier sind. Bashs Geburtstag, unsere Familie, das ganze Tamtam.« Ich klappe die kleine schwarze Box auf, der Ring funkelt im spärlichen Licht der Lampe.

»Aber ehrlich? Kein perfekt geplanter Tag könnte jemals besser sein als dieser. Genau hier. Genau jetzt.« Mit einem erstickten Laut hebt sie die Hand an ihre Lippen.

»Brad …«

Ich rutsche vom Sofa und auf die Knie, halte ihre Hand in meiner. »Du bist hierhergekommen, hast mein Leben auf den Kopf gestellt. Mit Bash auf dem Arm und einem gebrochenen Herzen voller Schuldgefühle.«

Ich schlucke schwer, doch ich fahre fort.

»Aber du bist weitergegangen. Nicht nur das, du hast auch mich in dein Herz gelassen. Du bist mein Zuhause geworden, Liv. Du und Bash. Und jetzt

unsere zwei kleinen Überraschungen.« Ich streiche
mit dem Daumen über ihren Handrücken, und lasse
sie nicht aus den Augen.

»Willst du mich heiraten? Willst du, dass wir
offiziell das sind, was wir sowieso schon sind – eine
Familie?«

Sie atmet schwer, das Kissen, das sie umklammert
hat, fällt unbeachtet zu Boden. Dann nickt sie heftig,
fast verzweifelt.

»Ja! Gott, ja, Brad.«

Ich schiebe ihr den Ring auf den Finger, bevor sie
es sich anders überlegen kann, schließe ich sie in
meine Arme und küsse sie.

»Ich liebe dich, Baby.« Sanft wische ich ihr die
Tränen von den Wangen.

»Und ich liebe dich, Brad.«

Das hier ist das Leben, das ich immer wollte.

Ende

Hat dir Livs Geschichte gefallen?
Hinterlass gerne eine Bewertung.

Hilfe bei schwierigen Lebenslagen findet ihr hier:
https://www.telefonseelsorge.de/
+49 800 1110111 oder +49 800 1110222

Danksagung

Ich habe gehört, dass das erste Buch immer etwas
Besonderes ist.
Und was soll ich sagen, so ist es auch bei mir!
Insbesondere möchte ich mich bei *Anni, Cathi* und
Sandra bedanken, die als meine ersten Testleserin-
nen herhalten durften.

Danke an die *Papyrus-Author Community*, die mir
mit Feedback zu den ersten Kapiteln geholfen hat.

Riesiges DANKE, an *Chrissy*! Du hast mir den Mut
gegeben, dieses Buch zu veröffentlichen!
Ich bin so froh, dass wir uns kennenlernen durften.

Und letztendlich – Danke an die *BloggerInnen*, die
meinem Debütroman eine Chance gegeben haben
und es mit ihrer Community teilen!
@fraufuchsliest, @lesemaus14, @buecherecke34,
@juna_rose_books, @seitenweise_buecher,
@aen_reads, @coffeebooksandbetuel, @brini.reads93,
@ilse_ausm_most4el, @kunterbunte_buchliebe

Und natürlich ein riesiges DANKE an alle, die
dieses Buch jetzt in ihren Händen halten und lesen.

Was kommt als Nächstes?

Seans Weg der Heilung hat gerade erst begonnen. Ab Herbst/Winter 2025 könnt ihr ihn hierbei begleiten. Zur Einstimmung auf seine Geschichte folgt die Leseprobe des ersten Kapitels.

Prolog Sean

Vor zwei Wochen

Ich habe viele Versionen von Valerie St. James erwartet. So sehr ich Livs Menschenkenntnis schätze, blieb da immer dieser winzige Schatten des Zweifels bestehen.

Kann sein, dass ihre Freundin lebendig und offen ist. Allerdings bedeutet das nicht, dass sie nicht die Züge einer kühlen Geschäftsfrau zeigt. Zumal sie vor Jahren für *Sinclair's Holding* gearbeitet hat.

Oder sie ist eine verhaltene, distanzierte Freundin, die Liv im Laufe der vergangenen Wochen nur für ihren eigenen Vorteil unterstützt hat. Es wäre nicht das erste Mal, dass sich diese Art Mensch in unser Leben schleicht.

Schlimmstenfalls steht mir gleich eine dieser High-Society-Tussis gegenüber. Die Sorte, die sich mit oberflächlicher Freundlichkeit tarnen und innerlich so leer wie ein perfekt poliertes Weinglas sind. Zugegeben … *Nein.*

Das würde nicht zu Livy passen.

Kurz darauf fällt jede aufgestellte Theorie in sich zusammen. Die Frau, die neben meiner Schwester auftaucht, entspricht keiner der Möglichkeiten, die ich durchgegangen bin.

Sie ist … eine *andere* Art Mensch.

Jemand, der einen Hurrikan lostritt und gleichzeitig einen Sturm bändigt. Die kastanienbraunen Haare sind zu einem lockeren Dutt gebunden. Eine einzelne Strähne löst sich daraus und fällt ihr fast in die haselnussbraunen Augen. Meine Finger zucken beim Drang, ihr diese hinter das Ohr zu schieben. Zwei Minuten in ihrer Gegenwart haben eine größere Wirkung auf mich als Monate nüchterner Gespräche in London.

Sie trägt eine schlichte Bluse, Jeans mit Sneakers und hat eine Energie an sich, die den Raum füllt, ohne dass sie es versucht. *Diese Anziehung* … sie trifft mich völlig unvorbereitet. Ich meine … *Sneakers!?* Und trotzdem will ich wissen, wie sie schmeckt, wenn sie mich küsst. Ich vertreibe den Gedanken mit einem Kopfschütteln.

In gewohnt sachlicher Manier kommt Liv zur Sache. Sie verliert dabei keine Zeit. Nicht selten beneide ich sie um ihr nüchternes, analytisches Talent. Es hat uns schon oft aus brenzligen Situationen gerettet. Dass sie langsam in ihre alte Form zurückfindet, erleichtert mich.

Nach allem, was sie durchgemacht hat.

»Dad, Sean – das ist Val. Val, das ist mein Dad Jason und mein Bruder Sean.« Dad geht auf sie zu und reicht ihr die Hand.

Sein Lächeln ist warm, aber von einer unterschwelligen Sorge begleitet, die ihn seit geraumer Zeit nicht verlässt. Auf dem Weg hierher hat er mir von verschiedenen Vorfällen der letzten Wochen berichtet.

Zum Glück konnten wir Livy davon fernhalten.

Ich habe zwar keine Ahnung, wie lange ich noch durchhalte ihr Schutzwall zu sein, aber ich werde der Letzte sein, der aufgibt.

Das bin ich ihr schuldig.

»Hallo, Liebes. Schön, dass du die vergangenen Wochen für meine Kleine da warst.« Dads Tonfall ist herzlich, seine Art einladend. Außenstehende könnten annehmen, Val wäre schon lange Teil unseres Lebens. Erst nach einem Moment der Sprachlosigkeit ergreift sie die dargebotene Hand. Die Verblüffung steht ihr ins Gesicht geschrieben.

»Ach, mir hat es Spaß gemacht. Die Auszeit hatte ich dringend nötig.« Ihre Wangen färben sich leicht rosa.

Sieht so aus, als hätte sie nicht damit gerechnet, so aufrichtig empfangen zu werden.

Das ist nichts Neues.

Dad ist üblicherweise, in *jeder* Beziehung, der kühle Geschäftsmann. Es sei denn, es geht um seine

Familie. Wir standen für ihn und Mom immer an erster Stelle. Und das, obwohl er an der Spitze eines Multimilliarden-Unternehmens steht.

Ich lasse mir Zeit, mustere die quirlige Frau für einen Moment. Mit ihrer Energie – dieser *Präsenz* – hat sie schon jetzt eine Tür zu meinem Kopf aufgestoßen und nicht einmal gemerkt, was sie damit auslöst. Liv hat erwähnt, dass sie jünger ist. Etwa sechsundzwanzig, maximal siebenundzwanzig. Ich trete näher und lasse ein verschmitztes Lächeln über meine Lippen huschen.

»Hallo Schönheit.«

Val blinzelt perplex und wendet mir ihre Aufmerksamkeit zu. Sie lässt ihren Blick über mich wandern. Fast zu beiläufig, wenn da nicht dieses freche Blitzen in ihren Augen wäre, mit dem sie mich erwartungsvoll betrachtet. Mein Schmunzeln verwandelt sich in ein Grinsen. »Schön, dich kennenzulernen.« Ohne lange zu überlegen, neige ich mich zu ihr und lasse meine Lippen kurz ihre Wange streifen.

Livy verdreht amüsiert die Augen, nur, um mich daraufhin neugierig zu mustern. Ich ignoriere es.

Wie macht sie das?

Es ist ihr nicht entgangen, dass da etwas zwischen ihrer Freundin und mir mitschwingt. Val hingegen erstarrt für den Bruchteil einer Sekunde, bevor sie hörbar nach Luft schnappt. Von der angekündigten hibbeligen, jungen Frau erkenne ich in dem Moment nichts. Scheinbar hat nicht nur *sie* eine ungeahnte Wirkung auf *mich*.

Ihre Wangen verdunkeln sich um eine weitere Nuance. Auf der Suche nach einer Art Rettungsleine sieht sie zu Liv. Doch meine Schwester hilft ihr nicht. Sie ist zu beschäftigt, ein Kichern zu unterdrücken.

Es ist lange her, seit ich eines von ihr gehört habe.

»Danke, gleichfalls.«, murmelt Val und räuspert sich. Gleichzeitig versucht sie, meiner Musterung zu entgehen. Ich beiße mir auf die Unterlippe, um das Grinsen zu unterdrücken.

***

Zwei Wochen später

Der letzte Tag ist da. *Schneller als mir lieb war ...*

Morgen reise ich ab. Vor zwei Tagen ist Sebastian, mein Neffe und Patensohn, zur Welt gekommen. Doch anstatt Liv bei der Eingewöhnung zu unterstützen, trete ich am Montag offiziell die Leitung der *Sinclair's Holding* an. Es ist längst alles geplant, und das nicht erst seit gestern.

Was es nicht einfacher macht.

Seitdem sich die britische Presse auf Livy eingeschossen hat, ist nichts mehr wie zuvor. Auslöser war Petes Tod; sein *Suizid.*

Er war Livs Verlobter; *mein bester Freund.*

Die zurückliegenden Wochen und Monate

waren … sagen wir mal, sie hatte eine schwere Zeit.

Genau wie ich.

Ich dränge den Gedanken beiseite. Livs Wohlergehen steht jetzt über Allem. Sogar wenn das bedeutet, dass sich die Medien auf mich stürzen und ich dafür die mühsam geschützte Privatsphäre aufgebe. Mein Name, geschweige denn Foto, ging nie durch die Presse. Ganz so konsequent war es für Liv nicht möglich, nachdem sie mit dem Frontsänger der Band *Stellar* liiert war.

Bis alles *über ihm* und *in ihm* einbrach. Und als würde das nicht ausreichen, verliere ich darüber hinaus Val.

Die Frau, die mein Herz erobert hat.

Mit geschlossenen Augen lehne ich den Kopf gegen die Rückenlehne. Der warme, vertraute Duft des Shampoos hängt in der Luft. Aus dem Bad dringt das gedämpfte Rauschen der Dusche gemischt mit ihrem Summen. Sie hat mir deutlich zu verstehen gegeben, dass ich diesmal draußen bleiben muss.

Denk nicht mal dran, Sinclair.

Dieses Blitzen in ihren Augen sprach Bände, kurz bevor sie durch die Tür verschwand.

Als ob sie mich davon abhalten könnte.

Aber ich lasse sie in Ruhe und gebe ihr die Zeit, auch wenn es schwerfällt.

Val …

Mit ihrer aufgedrehten, unverblümten Art hat sie

mich vom ersten Moment an in den Bann gezogen.

In den vergangenen zwei Wochen gab es kaum einen Abend, den ich nicht mit ihr verbracht habe.

Sie ist ein Wirbelsturm. Es gibt wenige Menschen, die für so viel Aufruhr sorgen und es gleichzeitig mühelos schaffen, Ordnung in meinen Kopf zu bringen.

Und mich daran hindert …-

Die Matratze senkt sich leicht, als sich Val an mich schmiegt und ihre Arme um meine Taille schlingt. Ohne darüber nachzudenken, ziehe ich sie näher.

Ich vergrabe das Gesicht in ihren feuchten Strähnen. Dieser Hauch von Vanille, der sie umgibt, zieht mich in seinen Bann.

»Ich hasse es, dass du morgen gehen musst.«

Vals Stimme ist nur ein heiseres Hauchen. Ich lasse meine Finger sanft über ihren Rücken gleiten und umfasse mit der anderen Hand ihren Hinterkopf, um einen Kuss in ihr Haar zu drücken.

»Was glaubst du, wie es mir geht.?« Fest schließe ich sie in die Arme. »Es geht nicht …«

Ich hasse mich dafür, dass ich sie *zurücklasse*. Und noch mehr hasse ich mich dafür, dass ich nicht den Mut habe, alles andere hinter *mir* zu lassen.

Ihre Finger tasten nach Halt und streifen dabei über meine Brust. »Wenn ich wüsste, dass es was bringt … ich würde dich bitten zu bleiben.«

Ich atme tief durch.

»Mein Weg ist vorgezeichnet, *mein Herz*. Wenn es nur nach mir ginge, wärst du längst Teil davon. Aber wir müssen beide unser Leben weiterführen.«

Ihr Körper bebt kaum merklich und die ersten heißen Tränen tropfen mir auf die Haut und brennen sich in mein Gedächtnis.

»Warum können wir uns nicht einmal Gedanken über Optionen machen!?« Es ist nicht das erste Mal, dass wir darüber sprechen.

Doch es führt ständig in eine Sackgasse.

»Es wäre nicht fair, Val. Ich lebe auf einem anderen Kontinent.« Das Zittern nimmt zu, nur eine Sekunde, bevor sich das Schluchzen Bahn bricht. Sanft lege ich einen Finger unter ihr Kinn und zwinge sie dazu, mich anzusehen. In ihren Augen liegt so viel gleichzeitig, dass ich es nicht deuten kann; Schmerz, Hoffnung, Angst.

Es ist alles dabei.

Ich öffne den Mund, aber kein Wort drückt aus, was ich fühle.

»Versprich mir, nicht auf mich zu warten, Val«, wispere ich stattdessen und einen Herzschlag lang vergisst sie zu atmen. Die Wärme ihrer Miene verfliegt, als sie sich vor Schreck weiten. Jede andere Emotion entweicht, und der zurückbleibende rohe Schmerz schnürt mir die Kehle zu.

»Das kannst du nicht von mir verlangen!«

Wenn es doch so simpel wäre.

Ich schüttle resigniert den Kopf. »Du verdienst mehr als das was ich dir geben kann.« Mit dem Daumen fange ich eine Träne auf, die sich ihren Weg über Vals Wange bahnt, und verharre in meiner Bewegung.

»Nein ...«

Ich lasse sie nicht fortfahren und ziehe sie an mich, um meine Lippen auf ihre zu legen. Jedes weitere Wort würde den Abschied nur tiefer in unsere Herzen brennen. Einen Moment zögert sie, doch dann gibt sie nach. Mit einem zittrigen Seufzen erwidert sie den Kuss, der alles enthält. Sie schmeckt nach salzigen Tränen ... nach Vanille ...

Nach *uns*.

Nach dem, was hätte *für immer* sein können.

Ich vergrabe meine Hände in der weichen Fülle ihrer Haare. Ich will sie in diesem flüchtigen Augenblick festhalten. Er bedeutet so viel mehr als nur ein Kuss. Ihre Finger umschließen meinen Nacken. Wie eine letzte Bitte, nicht loszulassen.

Nicht jetzt ... *nicht so.*

Unsere Lippen lösen sich für einen winzigen Moment, gerade lange genug, um Luft zu holen. Val legt ihre Stirn an meine, ihr warmer Atem streift meine Haut.

Nie war mir etwas so klar wie jetzt.

Und gleichzeitig sträubt sich alles in mir dagegen, ihr auch noch das zuzumuten. Aber ich kann nicht gehen, ohne es auszusprechen.

»Ich liebe dich, Val.«

Ein feines Beben durchzieht ihren Körper. Ich ziehe sie fester an mich, als könnte ich sie damit vor der Wahrheit schützen und gleichzeitig vor dem Schmerz bewahren. Sie hält sich an mir fest, als wäre allein ihre Umarmung stark genug, die Welt zusammenzuhalten. *Uns* zusammenzuhalten.

Dann setzt sie sich mit einem Schwung rittlings auf mich. Der Moment verändert sich. Die Schwerkraft kehrt sich um und alles in mir, was sich noch gewehrt hat, bricht in sich zusammen.

Ich lege die Hände an ihre Taille, ziehe sie näher, bis kein Platz mehr zwischen uns bleibt. Bis nur wir in diesem einen Augenblick zählen.

Der sich anfühlt, als würde er nie enden.

»Und ich liebe dich, Sean«, haucht sie kaum hörbar. In ihrer Stimme liegt alles. Allem voran eine stille Verzweiflung, die sich in Liebe kleidet.

Ich finde ihre Lippen, diesmal langsamer, tiefer … um mir ein letztes Stück von ihr einzuprägen. Unsere Herzen schlagen im Takt eines Abschieds, durch den etwas aus mir herausgerissen wird.

In mir schreit alles danach, zu bleiben.

Doch manchmal … muss man gehen, um diejenigen zu schützen, die man liebt.

Ende der Leseprobe

Erscheinungstermin

Voraussichtlich Oktober 2025

Du willst nichts verpassen?

Folge mir auf Instagram oder besuche meine Webseite

Instagram: https://www.instagram.com/katy.roth.autorin/

Webseite: https://www.katy-roth.com

Weitere Infos

Petes Song für Liv: https://youtu.be/2-ZVIN__sJE wurde mithilfe von *Suno KI* (https://suno.com/) erstellt.

Grafiken: Kapitelzierden wurden mit *ChatGPT* und *Microsoft Copilot* erstellt.

Coverdesign: Für das Coverdesign wurden eigene Aufnahmen und die Tools von *Canva, Paint, Image Creator* und *Microsoft Designer* verwendet.